KB048975

노가다 칸타빌레

'가다' 없는 청년의 '간지' 폭발 노가다 판 이야기
노가다 칸타빌레
ⓒ송주홍, 2021

초판 1쇄 2021년 3월 15일 펴냄
초판 4쇄 2023년 11월 8일 펴냄

지은이 송주홍
펴낸이 김성실
책임편집 박성훈
디자인&삽화 채은아
제작 한영문화사

펴낸곳 시대의창   **등록** 제10-1756호(1999. 5. 11)
주소 03985 서울시 마포구 연희로 19-1
전화 02)335-6125   **팩스** 02)325-5607
전자우편 sidaebooks@daum.net
페이스북 www.facebook.com/sidaebooks
트위터 @sidaebooks

ISBN 978-89-5940-756-9 (03810)

송주홍 순수 노동에세이

노가다 칸타빌레

'가다' 없는 청년의
'간지' 폭발 노가다 판 이야기

시대의창

직업에 귀천은 없다면서

요리하면 '셰프'라고 대우해주고, 옷 만들면 '디자이너'라고 부르면서, 집 짓는다고 하면 '노가다꾼'으로 뭉개는 대한민국에서 나는, 노가다꾼으로 살아간다.

커피를 좋아한다. 일 끝나면 늘 카페에 들른다. 물을 조금 적게 넣고 샷 추가한 진한 아이스아메리카노. 종일 먼지 뒤집어쓴 나에게 주는 작은 위로다. 근데 그 작은 위로가 참 쉽잖다. 카페 문 열 때면 어김없이 걸음이 망설여진다. 내 꼴 때문이다. 얼룩덜룩한 작업복에 안전화. 누가 봐도 난, 노가다꾼이니까.

카페에 들어서면 노골적인 시선이 온몸 구석구석 찌른다. 반쯤은 호기심, 반쯤은 불쾌한 감정 담은 그 시선 말이다. 아마도 '노가다꾼이 웬 카페?'라고 생각하겠지.

커피 주문하고 나면 괜히 카운터 옆을 서성인다. 자리에 앉아 기다리기 미안해서. 누구에게, 왜 미안해야 하는지 모르겠지만 그래도 그래야 할 것만 같아서. 그러다 커피가 나오면 얼른 받아 밖으로 나온다. 그때마다 뒷맛이 쓰다.

친구에게 이런 얘길 하면 "아 물론, 직업에 귀천은 없지만…"이라는 말을 서두에 달면서, 노가다꾼이 천대받을 수밖에 없는 이유를 늘어놓는다. 이런저런 얘길 종합해보니 셰프와 디자이너 그리고 노가다꾼의 가장 큰 차이는 '창작'이었다. 요즘 말로 하자면 노가다꾼은 '크리에이티브'하지 않다는 거다. 더럽고 위험하고 단순한 일 하는 사람. 이게 그들이 정의하는 노가다꾼이다.

진짜 모르는 소리다. 그들 말마따나 창작의 영역에 있는 건축가 혹은 그에 준하게 설계도면 만지작거리는 목수를 논외로 하더라도 현장에는 깜짝 놀랄 크리에이터가 많다. 망치와 못만으로도 이런저런 걸 뚝딱뚝딱 만들어내는 잡부(목수 아니고 잡부다!)보고도 창작이니 크리에이티브니 하는 소리가 나올는지. 하하.

그래, 나도 한때는 펜대 좀 굴리는 먹물, 아니 기자였다. 펜 하나로 세상 바꿔보겠다고 이리 뛰고 저리 뛰던 치기 어린 시절도 있었다. 또 나름 인정받는(?) 콘텐츠 기획자로 이런저런 프로젝트에도 참여했었다. 아 물론, 직업에 귀천은 없지만 말이다. 그러니까, 여전히 나에게 "어쩌려고 그래?"라는 친구나 지인 들 걱정을 이해 못하는 건 아니다. 그럼에도 불구하고, 어쩌려고 그러긴? 지금처럼 노가다꾼으로 즐겁게 살려고 그런다, 왜!

대기업 과장급은 아닐 테지만, 또래 친구들보다 돈도 잘 벌겠다, 야근 없고 일요일이면 꼬박꼬박 쉬겠다, 클라이언트 눈치 볼 일 없겠다, 성과 못 냈다고 스트레스 받을 일 없겠다, 만족하지 못할 이유가 뭐가 있겠나.

원고 마감한다고 며칠씩 밤새고, 주말 휴일도 없이 취재 다니고, 이 사람 저 사람 눈치 보던 때 생각하면 지금도 머리가 지끈지끈하고만.

이래저래 속상해서 신세 한탄 좀 해봤다.

나도 처음엔 머리나 식힐 요량이었다. 지금은 노가다꾼으로 사는 것도 나쁘지 않다는 생각이다. 어쨌든 나는 이곳에서 삶을 배우는 중이다. 당연한 얘기지만, 이곳에도 수많은 사연과 감정과 함의가 뒤엉켜 있다. 이곳 또한, 사람 사는 세상이다. 그러니까 천대받고 무시당하고, 동정받아야 할 하등의 이유, 없다.

그런 얘길 하고 싶었다. 셰프나 디자이너까진 바라지 않는다. 적어도 "너 공부 못하면 저 아저씨처럼 된다"는 소리는 안 들었으면 좋겠다. 땀내 좀 나고, 먼지 좀 묻었어도 맘 편히 카페에 가고 싶다. 그렇다고 내가 노가다꾼으로서 무슨 대단한 사명감이 있는 건 아니다. 노가다 일 하다 보니 일반인에겐 다소 신선할 수 있는 일을 보고 듣고 겪었다. '미천한 습성'이 남아 그런 얘길 글로 옮기면 재밌겠다, 싶었다.

극적 구성을 위해 두 캐릭터를 섞거나 별도의 사건을 한 에피소드에 끼워 넣는 등 교차 편집한 지점이 몇 있다. 에세이와 소설 중간 어디쯤으로 봐도 무방할 거 같다. 덧붙이자면 '노가다밥' 먹은

지 이제 겨우 3년차다. 모르건대 전문 정보의 오류나 사실관계의 오해가 있을 수 있다. 일일이 확인할 자신이 없어 미리 양해 구한다. 그냥, '글 쓰는 노가다꾼의 일기' 정도로 여겨주면 감사하겠다.

글 쓰는 노가다꾼

송주홍

목차

2부 노가다 현장: 사람과 풍경

1부

노가다 입문:

나는 노가다꾼이다

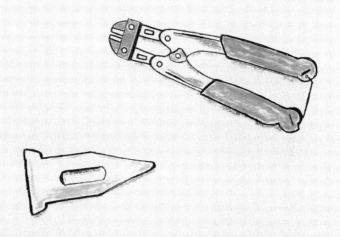

서른둘, 이혼이란 걸 했다

고백하자면,

서른둘에 이혼했다. 그전에도 인생에 크고 작은 파도는 늘 있었다. 돌이켜보면 "그땐 왜 그렇게 힘들어했나 몰라" 하며 웃어넘길 수 있는 정도의 파도였다. 그럭저럭 잘 넘어왔다. 나쁘지 않았다. 아니, 어떤 면에서 보자면 그 나름 괜찮았다. 그러다 덜컥, 이혼했다. 물론, 갑작스런 결과는 아니다. 모든 게 서툴렀다. 자주 엇갈렸다. 더 이상 어떻게 해볼 수 없게 됐다. 각자의 행복을 빌어주기로 했다. 이혼은 우리가 할 수 있는 최선의 선택이었다.

지금부터 써 내려갈 글은, 말하자면 고백이다. 내가 뭐 이혼이란 걸 고백하고 말고 할 만큼의 대단한 셀럽도 아니고, 이혼이 숨기고 말고 할 것도 아니지만, 이혼했단 걸 밝히지 않고 글을 써 내려가 자니 이 책의 모든 글이 거짓처럼 느껴질 거 같았다. 나조차 공감 할 수 없는 책을 세상에 내놓으면서 타인에게 공감하라고 할 순 없 었다. 해서, 고백하는 거다.

정의감에 불타는 젊은 글쟁이?

노가다 판에 오기 전까지 난 글쟁이였다. 글을 빼고는 나를 설명할 수 없을 만큼 내 삶은 일관됐다.

어릴 때부터 책 읽기를 참 좋아했다. 공부는 안 해도 책은 읽었 다. 닥치는 대로 읽었다고 해도 좋을 만큼 읽었다. 아주 '자연스럽 게' 국문과로 갔다. 대학 때는 학보사에서 많은 시간을 보냈다. 그 즈음 기자가 돼야겠다고 생각했다. 졸업하고 잡지사에 들어갔다. 그 뒤로 5년쯤, 대전과 서울에서 기자로 일했다.

기자 관둔 뒤엔 프리랜서로 출판 콘텐츠 기획을 했다. 주로 공공 기관이나 대학, NPO(비영리단체) 등에서 발주한 인터뷰 책자나 홍 보 책자 같은 걸 만들었다.

그때 인연 맺은 미디어 활동가들과 지역에서 대안 언론을 만들 기도 했다. 평생 노동자와 정의를 위해 싸운 멋진 사람의 선거 캠 프에 들어가, 팔자에도 없는 보도 공보 일도 했다. 분야와 형식은 조금씩 달랐어도, 어쨌거나 글과 함께했다. 대학 학보사가 그 시작 이었으니 한 10년쯤 펜을 붙들었나 보다.

그렇게 앞만 보고 달리는 동안, 그리하여 대외적으로 청년 기획자니, 미디어 활동가니, 무슨무슨 팀장이니 운영위원이니 사외이사니 하는 '타이틀'을 달고 이런저런 토론회에 나가고 회의에 참석하고 강연하러 다니는 동안, 안으로는 푹푹 썩어 곪아갔다. 곪을 대로 곪은 상처가 터지고서야 정신 차리고 뒤를 돌아봤다.

문득, 이런 생각이 들었다. 글로 세상 위로하고 싶어 글쟁이가 됐고, 정의로운 세상을 만드는 데 미약하나마 재주 보태겠다고 다짐했었고, 누군가 물으면 그런 글쟁이가 되겠노라 대답했었는데, 그게 진짜 내 본심이었던가. 혹시, 정의감에 불타는 젊은 글쟁이로 포장되고 싶었던 게 아닐까. 우쭈쭈 해주니까 더 신나서 제멋에 취했던 게 아닐까.

한편으론, 이런 생각도 들었다. 가정 하나 지키지 못한 놈이 세상을 향해 정의가 어떻고 공정이 어떻고 하는 글 쓸 자격이 과연 있는가. 그런 걸 차치하고라도 그런 거대 담론을 말할 깜냥이 과연 나한테 있었던가.

여러 가지로 혼란스러웠다. 나는 나만큼은 잘 안다고 생각했는데, 어쩌면 내가 알고 있는 나는, 진짜 내가 아닐 수도 있겠다는 생각을, 살면서 처음으로 했다.

이런저런 걸 다 떠나, 많이 지쳤다.

글쟁이로 계속 살아가자면 관계 맺고 지내는 사람들과 계속 만나야 했다. 그러자면 만나는 사람마다 구구절절 내 사연을 얘기할 수밖에 없었다. 그때마다 "괜찮아질 거야. 좋은 일이 있겠지"라는 위로와 함께 상대는 내 눈치를 볼 게 분명했다. 그러면 나는 "감사해요. 또 열심히 살아봐야죠. 하하"라는 말 따위로 나의 '괜찮음'을 드러내 상대의 걱정을 누그러뜨려야 할 텐데…. 이 과정에서의 감정 소모를 감당할 자신이 없었다. 아니, 감정이란 게 남아 있는지 조차 가늠할 수 없었다.

모든 걸 정리하고 도망치듯 노가다 판으로 향했다.

육체노동에 관한 막연한 동경

이게 내가 노가다 판에 온 이유다. 현실도피 그리고 생계유지. 그런데 많고 많은 직업 중 왜 하필 노가다였냐고 물으면 뭐, 나 나름 핑계는 있다.

소설가 김훈을 좋아한다. 한번은 그의 에세이를 읽으며 격하게 공감한 적이 있다. 대략, 육체노동에 관한 무한한 신뢰와 존경을 표하는 내용이었다. 그러면서 글 써서 먹고사는 자신의 삶을 부끄러워하는.

언제부터였는지는 모르겠다. 나 또한 육체노동에 관한 막연한 동경이 있었다. 아마도 글쟁이로 살았던 삶의 반작용 때문일 거다. 그런 감정들, 말하자면 몸 쓰고 땀 흘리는 사람들에 대한 경외심, 부러움, 호기심이 늘 있었고, 언젠가 기회가 된다면 한 번쯤은 노가다를 해보고 싶었다. 그러니 이제 뭐 하면서 먹고사나, 고민할 무렵, 당연하게도 노가다꾼을 떠올렸다.

주저 없이 노가다를 선택한 이유가 또 하나 있다. 교육자이자 교육 운동가였던 고故 이오덕 선생의 책 읽으면서다. 《민주교육으로 가는 길》(고인돌, 2010)이라는 책에서 선생은 이렇게 말한다.

"사람이 세상에서 사람 노릇(동물 노릇)을 하면서 살아가자면 기본적으로(최소한으로) 해야 할 일이 꼭 한 가지 있는데, 그것은 먹고 마시고 잠자고 입고 한 결과 자기 몸에서 나오는 온갖 불결한 폐기물들을 자기가 처리하는 것이다. (중략) 만약 자기가 해야 할 이 일을 자기가 못하고 남에게 맡겼을 때는, 자기 대신에 그 일을 해준 사람에게 정도에 따른 값을 치러야 할 것이고, 또한 남을 위해 힘든 일을 해준 그 사람을 진심으로 고마워하고 존경해야 할 터이다."

환경미화원을 천시하는 사회에 던진 쓴소리다. 환경미화원 대신 노가다꾼이라해도 백번 옳은 말이다. 내가 먹고 마시고 잠잘 집을 대신 만들어주는 사람이 노가다꾼이니 말이다. 이 책을 읽고서는 직업에 대한 선입견이 사라졌다. 막상 노가다 일 시작하기로 마음먹었을 때도 큰 고민이나 망설임이 없었다.

거짓이나 꾸밈이 없는 정직함

최근, 지인을 만났다. 글 쓰던 시절, 알고 지낸 사람이다. 요즘 어떻게 지내냐고 묻기에 '노가다 뛴다'고 했다. 그는 영문 모르겠다는 표정으로 날 쳐다봤다.

"아~ 일이 노가다처럼 힘들다고요? 요즘 어떤 프로젝트 하시길래 그러세요?"

"아뇨. 진짜 노가다요. 하하."

"진짜 노가다? 공사장에서 일하신다는 말씀이에요?"

"네네. 그 노가다요."

이만저만 했노라고 한참 사정을 설명했더니, "그러셨구나. 노가다는 할 만하세요?" 하고 묻는다. 그럭저럭 할 만하다고 대답하고는 집으로 돌아오며 곰곰이 생각했다. 나는 지금의 삶에 만족할까?

아직, 후회는 없다. 여전히 글쓰기에 미련을 못 버려, 새벽 5시 반에 일어나 종일 노가다 뛰고 이 늦은 시간까지 글 쓰고 있지만, 글쓰기만큼이나 노가다도 재밌다. 퇴근하고 집에 오면 몸은 천근만근인데 기분이 참 좋다. 취재하고 글 쓸 때와는 다른 기분이다.

왜 이런 기분이 들까, 거짓과 꾸밈이 없는 정직함 때문인 거 같다. 세상사, 어떤 일이든 남을 속이거나 적어도 과장해서 말하게 된다. 글 쓰는 삶도 예외가 아니다. 어떤 취재를 하든 어떤 글을 쓰든 내 감정이 실릴 수밖에 없으니, 감정에 따라 글을 보태거나 덜어낸다.

노가다는 그렇지 않다. 몸을 써서 움직여야 무거운 걸 옮길 수 있고, 그게 확인되어야 일당을 받을 수 있다. 단순하고 명확하다. 거짓이나 꾸밈이 없다.

지금은 이런 재미와 보람 느끼며 살아간다. 몸 쓰고 땀 흘려야 끼니를 보장받는 삶 말이다.

허드렛일이나 하는 사람?

나는 '중요하지 아니한 허드렛일'이나 하는 사람이래요

난 대학교 1학년 1학기 때 '한글맞춤법 강의'를 전공필수로 들은 국문과 졸업생이다. 그런 데다가 맞춤법을 헌법처럼 여기는 기자였다. 왜, 그런 사람 있지 않은가. 카톡에서 맞춤법 지적질하는 사람. 그 정도는 아니지만, 틀린 표기를 보면 은근히 신경 쓰는 사람이 바로 나다. 그러는 네 글은 완벽하느냐고 묻는다면, 절대 아니다. 여전히 헷갈린다. 내 글도 '틀린맞춤법투성이'일 거다.

그런 내가 '노가다'라는 단어는 고집스럽게 쓴다. 속된 표현인 줄 알면서도 말이다. 그 이유를 좀 말해볼까 한다.

노가다 용어 대부분이 그런 것처럼 '노가다'라는 낱말도 일본어

에 뿌리를 두고 있다. 일본어에 'ど-かた(도가따)'가 있다. "토목 공사 또는 그것에 종사하는 노동자"라는 뜻이다. 이 낱말이 우리나라로 건너오면서 발음은 변형되고 뜻은 좀 확장됐다. 우리가 아는 '노가다'로 재탄생한 거다.

근데, 이 단어가 아주 골 때린다. 표준국어대사전에서 노가다를 찾아보면 이렇게 나온다.

「1」 행동과 성질이 거칠고 불량한 사람을 속되게 이르는 말.
「2」 → 막일.
「3」 → 막일꾼.

「1」은 완전한 오역이어서 굳이 해설할 필요 없을 것 같다. 여기서 핵심은 '「2」 → 막일'과 '「3」 → 막일꾼'이다.

해설하자면 노가다는 일본어 잔재로 잘못된 낱말이니까, 표준어 '막일'이나 '막일꾼'을 쓰란 얘기다. 막일?

표준국어대사전에서는 '막일'을 이렇게 정의한다.

「1」 이것저것 가리지 아니하고 닥치는 대로 하는 노동. ≒막노동.
「2」 중요하지 아니한 허드렛일.

토씨 하나 안 틀리고 딱 저렇게 나와 있다. 표준국어대사전에 따르면, 노가다꾼인 나는 이것저것 가리지 아니하고 닥치는 대로 일

하는 노동자이거나, 중요하지 아니한 허드렛일을 하는 사람이다.

이게 도대체 말인지 방귀인지 모르겠다. 막일이라는 단어에서 부터 이미 멸시가 가득 담겼다고 말하면, 오버센스라고 하려나. 적어도 난 그렇게 느껴진다.

언어는 의식을 지배한다고들 한다. 저런 뜻이 담긴 걸 알고 나서부터는 막일 또는 막일꾼이라는 낱말을 도저히 쓸 수 없었다. 차라리 노가다 또는 노가다꾼이라고 쓰고 말지. 해서, 더 고집스럽게 노가다라고 쓴다.

갑자기 이 얘길 꺼낸 이유는 두 가지다. 첫째는 표준어가 아님에도 노가다라는 단어를 고집하는 것에 대한 변명 아닌 변명. 둘째는 이 글을 혹시라도 읽을지 모를 언어학자, 표준국어대사전 관계자 또는 그런 자를 알고 있는 사람에게 전하는 부탁이다. 노가다를 대체할 수 있는 제대로 된 표준어 좀 만들어달라고. 얼마든지 기분 좋게 써줄 테니. 허드렛일이 뭐냐 진짜!

a worker가 아니라 a diligent worker라고?

말 나온 김에 하나만 더 얘기해보련다. 얼마 전 일 끝나고 현장을 나오는데 몇 사람이 전단을 나눠줬다. 받아 보니, 건설근로자공제회라는 곳에서 주는 전단이었다.

건설근로자공제회가 뭐 하는 곳인지는 뒤에서 설명하기로 하고, 여기서 중요한 건 '근로자'라는 낱말이다. 가끔 보면 '근로자=노동자'로 생각하는 사람이 있다. 심지어 근로자가 노동자보다 고급스러운 말이라고 착각하는 사람도 있다.

　사전에서 근로자는 "근로에 의한 소득으로 생활을 하는 사람"이라고 정의한다. 노동자는 "노동력을 제공하고 얻은 임금으로 생활을 유지하는 사람"이다. 뜻만 놓고 보면 비슷하다.

　문제는 근로자라는 단어에 담긴 의도다. 근로자勤勞者를 하나하나 뜻면 '부지런할 근勤', '일할 노勞', '사람 자者'다. 직역하면 '부지런하게 일하는 사람'이다. 그냥 'a worker'가 아니라, 'a diligent worker'다.

　이게 뭐가 문제냐고? 문제다. 아주 심각한 문제다. 5월 1일, 다들 아는 것처럼 근로자의 날이다. 이날이 원래는 노동절이었다. 1957년, 대한노동총연맹 창립일에 맞춰 3월 10일을 노동절로 정했었다. 날짜를 5월 1일로 바꾼 건 한참 뒤다.

　노동절을 근로자의 날로 바꾼 건 박정희 군사정권 때다. 1963년 4월, '근로자의 날 제정에 관한 법률'을 만들었다. 군사정권은 관련 법률을 개정하면서 '노동'이라는 단어를 전부 '근로'로 바꿔버렸다.

　노동을 근로로 바꾼 데엔 두 가지 의도가 있었다 한다. 먼저, 노동이라는 단어에 담긴 '사회주의적 냄새'가 맘에 안 들었다. 여기까진 그럴 수 있다 치자. 냉전 시대였으니까. 해서, 노동이라는 단어를 없애고 싶은데, 그러자니 대체할 단어가 필요했다. 그래서 다시 가져온 단어가 근로다.

　다. 시. 가져온 거다. 어디서? 일제강점기에서! "1941년 일본은 '국민근로보국령'을 발효하고 조선인을 강제로 끌고 가 근로보국대를 조직했다"고 기록한다(두산백과). 짐작컨대, 여기엔 '일본대

제국을 위해, 천황폐하 생각하며, 묻지도 따지지도 말고 부지런히 일만 하라'는 아주 나쁜 의도가 담겼다. 그런 나쁜 단어를 그대로 가져온 게 군사정권이다. 아마도, 비슷한 의도였을 거다.

"암~ 노동자라면 마땅히 부지런하게 일해야 하지. 이제부터 너희들은 근로자야. 그러니까 앞으로는 더 부지런히 일만 해! 괜히 쓸데없는 짓 하지 말고. 푸하하하."

2018년 3월, 청와대에서 개헌안을 발표했다. 근로라는 낱말을 노동으로 일괄 교체한다는 개헌안이었다. 비록 폐기되었지만 환영할 일이었다. 그런가 하면 2020년 6월, 이수진 더불어민주당 의원(비례대표)이 근로자의 날을 노동절로 바꾸는 '근로자의 날 제정에 관한 법률' 전부개정안을 발의했다. 관심 갖고 지켜볼 일이다. 많이 늦었지만, 이제는 바로 잡아야 한다. 노동자가 사용자 위해 부지런히 일만 하는 기계는 아니니까.

처음으로 돌아와, 전단을 나눠준 건설근로자공제회는 "근로여건 및 소득수준이 상대적으로 열악하고 고용이 불안정한 건설근로자들간의 상호부조 및 복리증진을 도모하고 노후생활 안정을 위하여 1997년 설립된 기관"이다(건설근로자공제회 홈페이지). 한마디로 노가다꾼 복지 챙겨주는 공공기관이다. 이런 공공기관이 근로자라는 낱말을 쓰는 건 좀 아니지 않나 싶었다. 굳이 쓰겠다면 무슨 뜻인지 알고나 썼으면 해서. 다시 말하지만, 언어는 의식을 지배하는 법이니까.

인생의 막장, 혹은 벼랑 끝

기술·돈·인맥 그 무엇도 없는 사람들

인력사무소 에피소드를 풀자면 밤새워도 부족하다. 다이내믹한 얘길 워낙 많이 듣기도 했거니와 나 또한 그곳 출신(?)이다 보니, 보고 듣고 느낀 게 많다.

인력소엔 어떤 사람이 모이느냐. 아, 먼저 하나만 전제하자. 당연하지만, 모든 일용직 노동자에 해당하는 얘기가 아니다.

그럼 진짜 본론. 자본주의 사회는 간단하다. 셋 가운데 하나는 있어야 살 수 있다. 자기만의 탤런트가 있거나, 남의 탤런트를 살 수 있는 돈이 있거나, 그 두 가지가 없어도 뭉갤 수 있는 인맥이 있거나.

간단히 말해 인력소는 그 셋 모두 없는 사람이 모이는 곳이다. 특별한 기술도 없고, 돈도 없고, 비벼볼 언덕도 없는 사람들. 이런 까닭에 수수료 1만 3000원 내고, 남의 인맥을 사서 그날의 일거리(삶)를 보장받는다. 해서, 노가다 판에서는 인력소를 '인생 막장' 또는 '벼랑 끝'이라고 표현한다. 더는 기댈 곳도, 기대할 것도 없는 사람이 모인다는 뜻에서 말이다.

쓸쓸하지만, 실제로 그런 사람이 많다. 도박 중독자, 알코올 중독자, 이런저런 이유로 이혼하고 혼자 사는 아저씨, 애초에 결혼 같은 거 해본 적 없는 아저씨, 사업에 실패해 빚더미에 앉은 아저씨 등등.

생각나는 아저씨가 있다. 어느 날 인력소에 전혀 어울리지 않는 중년 남성이 쭈뼛쭈뼛 들어왔다. 마침 내가 그 중년 남성과 같이 일하러 가게 됐다. 웬걸. 그 아저씨가 고급 외제차에 오르는 게 아닌가. 궁금한 건 못 넘어가는 성격이라, 슬쩍슬쩍 물었다. 아저씨는 한때 잘나가는 중소기업 사장이었단다. 사업에 실패하고 그 탓에 이혼까지 했고, 자기한테 남은 건 딸랑 저 외제차 한 대뿐이라고. 어쨌든 차는 있어야 해서 끌고 다니는데, 본인도 외제차 끌고 인력소 나오려니 머쓱했단다.

이런 아저씨는 드물고, 인력소에 가장 많은 부류는 역시 도박 중독자다. 오죽 많으면 1·3·6으로 구분해서 말하기도 한다.

먼저 1. 하루 일하고 이틀 게임방에서 죽치고, 다시 하루 일하고 이틀 게임방에서 죽치는 부류다. 이 부류는 엄밀히 말해 도박 중독은 아니다. 그래 봤자 게임머니 주고받는 인터넷 고스톱이나 포커니까.

　다음은 3. 이 부류부터 진짜 도박이다. 3일 일하고 하루 성인 오락실 가고, 3일 일하고 하루 성인 오락실 가는 부류다. 지금부터는 들은 얘기다. 노가다 판은 통상 오전 11시 30분부터 오후 1시까지 점심시간이다. 보통은 10분 만에 밥을 후루룩 먹고 한 시간가량 낮잠을 잔다. 워낙 일찍 일어나기도 하고 그만큼 몸도 고되기 때문이다. 근데, 그 시간을 못 참고 성인 오락실에 갔다 오는 사람들이 있다. 도박 참 무섭구나, 싶었다.

　마지막 6. 월요일부터 토요일까지 정말 열심히 일하고 일요일에 경마장 가는 부류다.

　그날그날 일당 쥐어주는 인력소는 1·3·6들에게는 빠져나올 수 없는 늪이다.

수중에 돈이 뚝 떨어져야 나오는 사람들

인력소엔 아무런 미래도 비전도 없이 여관(달방이라고도 부른다)에서 홀로 사는 아저씨도 많다. 1·3·6도 대부분 여기에 해당하지만, 내가 지금부터 얘기하려는 '홀로족'은 경우가 조금 다르다. 1·3·6은 그래도 도박을 동력 삼아 죽으나 사나 꾸준히 나온다. 그런데 이 홀로족은 그러지 않는다.

　혼자 지내다 보니 외로울 테고, 자연히 술을 찾을 테고, 그러다 보니 술이 는다. 대개 강소주에 라면이나 과자로 끼니를 때울 테니 몸이 성할 리 없다. 그래서 그런지 정말 드문드문 나온다. 인력소 사장 표현을 빌리자면 "수중에 돈이 똑 떨어져야" 나오는 부류다.

홀로족 가운데 이런 사람도 있다. 오랜만에 출근해, 쭈뼛쭈뼛 인력소 사장한테 가서는 5000원을 가불받는다. 왜냐고? 담배 사려고. 그때마다 인력소 사장은 나에게 이렇게 말하곤 했다.

"저것들은 주머니에 1만 원만 있어도 안 나와. 담배 한 갑에 소주 한 병, 라면 한 봉지 사면 딱 떨어지거든. 재떨이에 쌓인 꽁초까지 뒤져서 주워 피다가 진짜 100원도 없을 때 일 나오는 거여. 어휴."

홀로족의 또 다른 공통점은 대체로 휴대전화가 없다는 점이다. 애초에 휴대전화라는 걸 가져본 적 없는 사람도 있지만, 요금이 밀리고 밀려 정지됐다가 겨우 살렸다가를 반복하다 자연스레 없어진 경우가 많단다.

드물지만, 반대 경우도 있었다. 내가 다니던 인력소엔 참 점잖은 할아버지가 한 분 있었다. 정확한 나이는 모르겠다. 일흔이 좀 넘었을까.

인력소 사장 말로는 비가 오나 눈이 오나 평일이든 주말이든 단 하루도 쉬지 않고 매일 인력소에 나온단다. 근데 나이도 있고, 기력도 쇠해서 할 수 있는 일이 많지 않다 보니 데마 맞는(일거리가 없어 쉬게 될 때 '데마 맞는다'고 표현한다. 일본어 てまち[데마찌]에서 파생) 날이 허다했다. 한번은 할아버지에게 물어보니, 한 달에 평균 보름 남짓 일한단다.

인력소는 보통 새벽 6시 전후로 '교통정리'가 끝난다. 일거리가 정해진 사람은 삼삼오오 현장으로 간다. 7시쯤 되면 데마 맞은 사람들도 집으로 돌아간다. 그러고 나면 사무실엔 사장 포함해 서너 명 정도가 남는다. 아주 드물지만 8~9시에 급하게 연락이 와 사람을 보내달라고 하는 경우가 있어서다. 혹시나 싶은 미련에 남아보는 거다.

나도 그 서넛 가운데 하나였다. 일찍 일어난 게 억울해서라도 9시까지는 기다리다가 집에 오곤 했다. 그때마다 나와 함께 늘 자리를 지킨 사람이 그 할아버지였다. 매일 나와서 자주 데마 맞으면 인력소 사장한테 투정이라도 한번 부릴 법한데, 그 할아버지는 한결같았다. 9시가 되면 자리에서 일어나 멋쩍게 웃어 보이고는, 이렇게 말하고 돌아갔다.

"커피 잘~ 마시고 갑니다."

칭기즈칸의 후예와 뜬금없는 동포애

첫 번째 스승

얘기했듯, 인력사무소는 인맥 사고파는 곳이다. 인력소 사장은 자
신의 인맥 활용해 일자리를 제공해주고, 일용직 노동자는 일자리
를 소개받는 대가로 일당의 10퍼센트를 인력소 사장에게 떼어 준
다. 2020년 기준, 잡부 일당이 보통 13만 원이니 일자리 하나당 보
통 1만 3000원이 오가는 거다.

자본과 노동 그리고 사회가 만나는 가장 기초단위라고 해야 할
까. 요샛말로 '일자리 플랫폼'쯤 되겠다. 아, 어렵다. 쉽게 말해 '알
바몬의 노가다 버전'이라고 하자.

자, 그럼 궁금해할 만한 걸 얘기해보자. 나도 인력소 다니기 전

엔 늘 궁금했던 이야기다.

인력소 사장은 건설 관계자를 어찌 그리도 많이 알까. 이건 좀 간단하다. 인력소 사장 또한 노가다 판 출신인 경우가 많다. 그 판에서 20~30년 지내다 보면 자연히 그 바닥 인맥이 쌓인다. 이건 노가다 판이 아니어도 마찬가지다.

인력소를 차릴 정도로 사업 수완이 있고 사교성이 있는 사람이라면, 그의 인맥도 일반적인 수준 이상이지 않을까. 그런 사람이 나이도 먹었겠다, 계속 노가다하자니 힘도 달리겠다, 노가다 판에 아는 사람 많겠다, 이리저리 고민하다가 인력소를 차리는 거다.

물론, 그런다고 모든 인력소가 잘되지는 않는다. 세상은 보기보다 정직하다. 내가 다니던 인력소 사장이 언젠가 슬쩍 해준 얘기다. 사장은 내가 아들 같아선지, 이따금 퇴근하려는 날 붙들고 한참 수다를 떨곤 했다.

"넌 내가 가만 앉아서 노는 줄 알지? 아침에 잠깐 나와서 일거리 나눠주고, 쩡~일 놀다가 니들 퇴근할 때 와서 돈이나 받아가는 것 같지? 그지? 나도 처음엔 사무실 차려놓기만 하면 알아서 일거리 들어오고 어련히 인부들이 오는 줄 알았어. 절대 안 그려.

처음 6개월 동안은 일거리도 없고 인부도 없어서 가만히 앉아 담배만 폈다니까. 진짜여. 너도 알지? 저기 사거리부터 여기까지 인력소가 얼마나 많은지. 자그마치 일곱 곳이여. 이렇게 자리 잡기까지 5년 걸렸어, 5년."

얘기 들어보니, 다들 출근시켜놓고는 오전 10시쯤부터 차에 명함 잔뜩 싣고 골목골목 뒤지고 다닌단다. 아무리 작은 공사 현장이라도 지나치는 법 없이 쫓아 들어가 현장 소장한테 명함 주고, 인사하고, 오후 3시쯤에서야 사무실로 돌아온다고.

"니들이야 쉬고 싶으면 맘대로 쉬잖어. 나는 1년 365일 하루도 안 빠지고 사무실 문 연다고. 괜히 문 닫았다가 니네들 헛걸음할까 봐. 하루 쉬려다가 중요한 현장 놓칠까 봐.

내 소원이 뭔 줄 알어? 딱 하루만 늦잠 좀 자보는 거여. 그리고 니들 데마 맞고 돌아가면 내 마음은 편하겠냐? 나도 노가다꾼이었는데, 데마 맞는 기분 모를까 봐?

내가 제일 기분 좋은 날이 언제인 줄 아냐? 일거리랑 사람이랑 딱 맞아 떨어지는 날이여. 가~끔 그런 날이 있어. 데마 한 명도 안 맞는 날."

사장의 고백 아닌 고백을 들은 뒤, 나는 사장을 좀 더 좋아하게 됐다. 돌이켜보면, 나에게 노가다 판을 알려준 첫 번째 스승이다.

한국 사람끼리 이럴 거요?

바로 그 인력소에서 있었던 우스운 에피소드 하나. 위에서 말한 것처럼 인력소 사장 또한 노가다 판 출신인 경우가 많다. 그래서 인력소 일거리는 사장 출신 성분(?)을 따라간다. 우리 인력소 사장은 '철거 오야지'였다. 들어오는 일거리도 절반 이상이 철거였다.

철거 현장은 별거 없다. 무식하게 말하자면, 오함마랑 빠루(생긴 게 노루발처럼 생긴 연장이다. 지렛대 원리로 못을 뽑거나 무언가 뜯어낼 때 쓴다. 일본어 バール[빠아르]에서 파생) 가지고 때려 부수거나 뜯

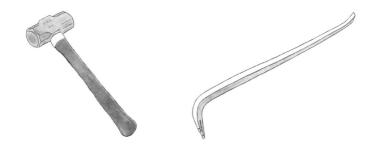

오함마   빠루

어내는 거다. 한마디로 힘 좋은 사람이 인정받을 수밖에 없다!

참고로 우리 인력소는 한국인 절반 몽골인 절반이었다. 몽골인이 누군가. 칭기즈칸의 후예 아닌가. 농담 아니다. 나도 몽골인과 몇 번 일 해봤다. 그네들은 뭐가 달라도 달랐다. 체격은 우리와 비슷한데 뭐랄까, '통뼈에서 나오는 농밀한 파워'가 느껴진다고 해야 할까. 당연히 철거 오야지들은 몽골인을 선호했다.

사건은 이랬다. 며칠 내내 철거 현장 일거리만 들어왔다. 으레 철거 현장은 몽골인 몫이니, 한국인은 줄줄이 데마를 맞았다. 계속 데마 맞는 것도 열 받는 데다가 한국 땅에서 몽골인한테 밀린 것 같아 괜히 자존심도 좀 상했을 터, 그런 찰나에 누군가가 선동적으로 이렇게 외쳤다.

"한국 사람끼리 이럴 거요? 하루 이틀도 아니고!"

그 순간, 뜬금없는 동포애가 발현되면서 한국인들이 집단으로 반발하기 시작했다. 이런 식으로 하면 단체로 인력소를 옮기겠다는 둥, 철거 현장에 한국인도 보내달라는 둥, 여기저기서 볼멘소리가 터져 나왔다. 나로 말할 것 같으면 젊은 데다가 체격도 좋고 힘도 좀 쓰는 축이다 보니 철거 현장에도 곧잘 보내진 터였다. 그래서 그저 가만히 상황을 지켜봤다.

하하. 어찌나 황당하던지. 한국인들 어르고 달래느라 진땀 빼는 사장 모습하며, 애꿎은 몽골인에게 화풀이하는 꼰대 어르신까지. 한 편의 콩트를 보는 것 같았다.

현대판 장돌뱅이

인생의 첫 일당 10만 8000원

인력사무소에 처음 갔던 날이 생각난다. 주워들은 건 있어서 새벽에 나간다는 것까진 알았다. 정확히 몇 시 출근인지 몰랐다. 새벽 4시 반에 일어났다. 그게 또 뭐라고 전날부터 긴장한 탓에 잠도 제대로 못 잤다. 부랴부랴 준비하고 인력소에 간 시간은 5시. 문이 굳게 닫혀 있었다. 5시 반쯤 되니까 사장이 왔다. 문 앞에서 서성이는 나를 사장은 위아래로 훑었다.

"노가다 해봤어?"

안 해봤다. 그래도 왠지, 본능적으로, 그렇게 대답하면 안 될 것 같았다.

"아 네, 군대 가기 전에 몇 번 해봤습니다."

"증."

"네?"

"주민등록증 달라고."

근데 보자보자 하니까 언제 봤다고 반말이야, 라는 말은 당연히 하지 않았다. 지금은 적응돼서 반말 정도는 신경도 안 쓴다. "어이"로 시작해 "×발, ×같네"로 끝나는 게 이 판이니 말이다. 혹시라도 노가다하려는 사람이 있다면 이런 쌍욕에 상처받지 마시라. 쌍욕은 일종의 추임새니까.

주민등록증 복사해 간 사장은 으레 그렇듯, 간단한 호구조사를 시작했다. 노가다 판엔 왜 왔냐, 원래는 어떤 일 했냐, 결혼은 했냐 등등. 정말 궁금해서 물어보는 건 아닐 테니 나도 형식적으로 대답했다. 그냥 회사 다니다가 그만두고 용돈이나 벌려고 왔다는 식의 대답.

"체격이 좋네?"

기회는 이때다 싶었다.

"아예, 고등학교 때까지 유도 좀 했습니다. 힘쓰는 일이라면 자신 있습니다."

이건 사실이다.

"근데 안전화는?"

"네? 안전화요?"

그렇다. 안전모, 안전벨트, 각반 등등은 옵션이지만, 안전화는 필수였다. 그땐 몰랐다. '노가다밥'좀 먹으면서 그 이유를 알았다.

안전화

못에 찔리는 일이 허다하다. 안전화 안 신으면 발바닥에 구멍 날
수 있다. 정말이다.

다행히 사장은 날 마음에 들어 했고, 사무실에 굴러다니던 안전
화를 빌려줬다. 덕분에 첫날부터 일할 수 있었다. 줄곧 월급쟁이로
만 살아봐서 그런가. 첫 일당 10만 8000원을 받았을 때의 그 기분
이란. 지금도 잊을 수 없다.

제발 직선 좀 타지 말라고!

그렇게 난 노가다꾼이 됐다. 그리고 '장돌뱅이'라는 것도 알았다.

누차 얘기한 것처럼 인력소는 인맥을 사고파는 곳이다. 우리는
그 대가로 일당의 10퍼센트를 사장에게 떼어 준다. 이 바닥에서는
그걸 "똥 뗀다"고 표현한다. 하루 1만 원 남짓. 일주일에 하루나 이
틀 쉰다 치고 한 달 열심히 일하면 20여만 원을 똥으로 떼는 거다.

많다면 많고 적다고 생각하면 또 별거 아니다. 어쨌거나 사장이 평생에 걸쳐 쌓아온 땀과 노력의 결괏값이니, 나는 합당한 돈이라고 생각하는 축이다. 문제는 이 똥 때문에 사람이 치사해진다는 거다.

현장에선 인력소 통해 일 나온 사람을 '용역'이라 부른다. 현장 소장이든 오야지든 일손이 급해 용역을 부르긴 하는데, 용역에게 특별한 기대는 안 한다. 그도 그럴 게 용역치고 열심히 일하는 사람 드물다. 용역 입장에서 현장은 한마디로 '남 일'이다. 이 공사 현장의 결과가 자신의 삶과 무관하다. 열심히 하든 안 하든 오후 4시 반이면 일당이 나온다. 더군다나 어차피 오늘 보고 말 관계이기 때문에 예의와 격식, 잘 차리지 않는다. 적당히, 설렁설렁. 이게 용역의 기본 마인드다. 다 그런 건 아니지만.

난 성격이 좀 지랄 맞다. 슬슬 눈치 봐가며 '삐대는' 게 영 거북하고 불편하다. 그러자면 시간도 더 안 간다. 차라리 열심히 하는 게 속 편하다. 시간도 빨리 가고, 괜히 욕먹을 일 없으니까. 어떤 현장이든 그냥 열심히 했다. 나처럼 젊은 데다가 미련하게 일하는 용역은 눈에 띌 수밖에 없다. 일이 끝날 때쯤이면 꼭 현장 소장이 연락처를 물어봤다.

"젊은 친구가 열심히 하는구먼! 내일부터는 괜히 똥 떼지 말고 바로 현장으로 나와."

현장 소장 입장에서 이러나저러나 나가는 돈 똑같고, 이왕이면 '보장된 용역' 부리는 게 좋으니, 당연한 이치다.

이런 과정을 이 바닥에선 "직선 탄다"고 표현한다. 이 직선이 인력소 사장을 가장 골치 아프게 만드는 상황이다. 인부가 직선 타버리면 현장도 잃고 인부도 잃고 무엇보다 돈을 잃는다. 인력소 사장은 새로운 인부가 오거나 새로운 현장에 인부를 보낼 때 거듭 "직선 좀 타지 마라"고 강조한다. 그럼에도 불구하고 직선 타는 인부는 어디에나 있기 마련이다. 한두 번 직선 타는 거야 사장도 눈감아주지만 반복하면 퇴출이다.

이 바닥에선 직선 타고 쫓겨나는 걸 반복하면서 여기저기 인력소를 옮겨 다니는 인부가 의외로 많다. 이런 이들을 장돌뱅이라고 부른다. 1만 원 남짓한 돈을 욕심내다가 장돌뱅이 신세가 되는 거다. 현대판 장돌뱅이.

노가다 판이라고 해서 별거 없다. 열심히 하면 인정받고, 괜한 것에 욕심 부리면 몸이 고생한다. 똑같다. 세상사.

야! 쓸데없는 짓 하지 말고, 기술 배워

노가다 판에서는 여전히 유효한 그 말

한강의 기적으로 상징되는 시절이 있었다. 국가가 나서서 뭐든 생산하고 수출하기 위해 발버둥 쳤다. 오죽하면 '세계는 넓고 도망갈 곳은 많다', 아니 《세계는 넓고 할 일은 많다》라는 베스트셀러를 남긴 고故 김우중 전 대우그룹 회장이 직원들에게 이렇게 말했었단다.

"니들은 계속 생산만 해! 파는 건 내가 할 테니까!"

그 시절, 돈 없고 '빽' 없는 개인이 출세할 수 있는 가장 쉽고 빠른 방법은 기술이었다. 무언가 생산해낼 수 있는 기술 말이다. 그게 옷이든, 신발이든, 가방이든 심지어 건물이든 숙련된 기술로 빠르게 '찍어낼 수 있는' 사람이 인정받고 돈 벌었다. 해서, 우리 삼촌들은 귀에 못이 박히도록 이 말 들어야 했다.

"야! 쓸데없는 짓 하지 말고, 기술 배워."

어떤 기술이든, 기술만 있으면 평생 먹고 살 수 있는 시절이었으니까. 이 말이 노가다 판에선 여전히 유효하다. 내가 노가다하면서 제일 많이 들은 말 역시 기술 배우라는 말이었다.

기공과 잡부 차이? 하늘과 땅 차이!

직영 잡부로 일할 때다. 제법 큰 아파트 현장이었다. 일일이 세어보진 않았지만, 조회 때 모든 인부가 모이면 대략 300~400명 정도는 됐던 거 같다. 모르긴 몰라도 이들 가운데 내가 제일 젊었다. 외국 노동자 빼고. 아, 사무직도 빼고.

젊은 데다가(실제로 그렇게 어리진 않지만 이 바닥에선 어딜 가나 막내급이다) 직영 일 특성상 한자리에서 진득이 작업하는 게 아니라 여기저기 왔다 갔다 하면서 작업하다 보니, 아무래도 눈에 띄는 존재였다. 각 공정 반장뿐만 아니라 각 공정의 몇몇 기공과도 자연스럽게 친해졌다. 아침저녁으로 인사하고, 때로 담배 하나씩 피우며 농담 주고받는 아저씨들이 늘기 시작했다. 그러면서 기술 배우라는 말도 듣기 시작했다. 거짓말 좀 보태 백 번은 들은 거 같다.

"젊은 사람이 왜 직영 잡부 하고 있어? 어차피 노가다할 거면 빨리 기술 배워. 하루라도 빨리 배우는 게 남는 거여."

얘기하는 맥락은 비슷했다. 나이 좀 먹었다면 모를까 어차피 새벽 5시에 일어나 오후 5시까지 먼지 먹으며 살 생각이면 지금이라도 기술 배우라고. 장기적으로 봐도 그게 훨씬 낫다면서.

실제로 '스카우트' 제의 많이 받았다(자랑이다). 젊은 놈이 하루도 안 거르고 꾸준히 나오니까 예뻐 보였나 보다. 어느 날은 나를 두고서 목수반장과 철근반장이 김칫국부터 마신 적도 있었다. 난 떡 줄 생각이 없는데.

"야~, 너 그러지 말고 우리 팀에 들어와. 내가 소장한테 잘 얘기할 테니까. 지금부터 내 밑에서 목수 일 배워. 딴 놈들 따라가 봐야 ×빠지게 고생만 하고 기술은 안 가르쳐줘. 내 밑에 들어오면 6개월 안에 기술 배울 수 있어. 그러면 너 지금 버는 것보다 두 배는 더 벌 수 있어. 어때? 들어올텨?"

"어이어이~, 저 인간 말 듣지 말어. 요즘 누가 목수 하냐? 너 목수 일 배우면 평생 몸 고생한다. 철근 배워 철근. 철근이 일도 편하고 일당도 제일 쎄. 옛날에나 '철근쟁이', '목수양반'이라고 했지. 요즘은 '목수새끼', '철근양반'이여~. 너 이것만 알아둬. 목수 하다가 철근 하는 사람은 있어도 철근 하다가 목수 하는 사람은 절대 없다. 왜 그런지 곰곰이 생각해봐."

처음엔 정말 머리나 식힐 요량으로 노가다 판에 왔던 거라, 이런 제안을 받아도 웃고 말았다. 에이, 기술은 무슨…. 지금도 충분히 돈 많이 벌고 즐거운데, 뭐 얼마나 더 부귀영화를 누리겠다고 일을 크게 벌이나 싶었다.

근데, 이게 그냥 쉽게 넘길 문제가 아니었다. 겪어보니, 기공과 잡부 차이가 그야말로 하늘과 땅 차이였다. 이래서 기술 배우라고 하는구나 싶은 마음이 절절히 들 정도로 말이다.

1년이면 자동차 한 대, 10년이면 집 한 채

기공과 잡부의 가장 큰 차이는 역시, 돈이다. 잡부는 이러나저러나 일당 13만 원이다. 기공은 20만 원에서 많으면 25만 원까지도 받는다. 거의 두 배 차이다. 하루만 따져도 10만 원 정도 차이 나니까 한 달이면 250만 원, 1년이면 대략 3000만 원 차이다. 10년이면 작은 집 한 채 값이다. 어마어마한 차이다. 그렇다고 기공이 잡부보다 두 배 더 힘들게 일하냐. 그것도 아니다.

노가다 판엔 유명한 말이 있다.

"새벽에 일어나서 현장 나왔으면 하루 또 간 거여~."

실제로 그렇다. 새벽 5시에 달콤한 잠의 유혹을 떨쳐내고 일어나 출근하기까지가 힘든 거지, 일단 현장에 가기만 하면 하루가 금방 간다.

차이가 있을지는 몰라도 기공이나 잡부나 힘든 건 매한가지다. 똑같이 5시에 일어나야 하고, 똑같이 먼지 먹어야 하고, 똑같이 덥고, 똑같이 춥다.

장기적으로 봤을 땐 기공이 더 편할 수 있다. 잡부는 평생 가봐야 잡부지만, 기공은 나중에 반장이 되거나 그에 준하는 역할을 맡을 수 있다. 그러면 적어도 몸은 편해진다. 무거운 걸 나르거나 '빡센' 일은 덜 하니까. 그런 단순노동은 주로 잡부나 조공이 하니까.

인간적인 대우에서도 기공과 잡부 차이가 크다. 인력사무소 통해 나오는 용역 아저씨들이나 각 공정 반장이나 나이는 비슷하다. 50~60대. 근데 정말, 나이는 숫자에 불과하다는 걸 노가다 판에서 새삼 느낀다. 반장이 용역 아저씨보다 어려도 반말하는 게 다반사다.

"어이어이~ 김 씨. 그것도 제대로 못 해. 그건 됐고, 이쪽으로 와서 이거나 날라."

그런다고 "내가 나이도 더 많은 거 같은데 왜 반말하십니까?" 하는 용역 아저씨, 난 아직 못 봤다. 나이의 많고 적음을 떠나 기공이냐, 잡부냐로 계급이 나뉜다. 더럽고 치사하지만, 그게 그냥 이 세계의 '룰'이다. 기술 가진 자와 못 가진 자의 차이라고 해야 할까. 하긴, 이게 뭐 노가다 판만의 룰일까 싶긴 하다.

그런 꼴 자주 보고, 또 겪다 보니 억울한 생각이 좀 들었다. 똑같이 일하는데 누구는 20만 원 넘게 받고, 나는 고작 13만 원 받고! 맨날 욕이나 먹고! 이게 뭐야. 흥! 칫! 뿡!

반장들은 자꾸 기술 배우라 하지, 심지어 자기 팀으로 들어오라 하니, '그래 볼까 그러엄?' 하는 마음이 스멀스멀 올라왔다. 더욱이 지금껏 글 쓰는 걸 천직으로 알고 살아왔는데, 서른 넘어 비로소 '적성'을 찾기라도 한 사람처럼 일까지 너무 재밌으니! 몸 쓰는 일이 나한테 이렇게 잘 맞을 줄은 진정 몰랐다. 결정적으로, 친하게 지내던 목수 오야지가 한번은 이렇게 말했다.

"사람 죽이는 거 빼고 뭐든 배워. 배워두면 어디든 써먹을 데가 있어. 옆집 여자 꼬시는 것도 배워두면 언젠가는 쓰게 되어 있어. 인생이 그런 거여. 그래서 기술 배우라는 겨~. 한 번 배워두면 평생 써먹을 수 있으니까."

그래, 맞는 말이다. 그래서 결심했다. 이왕 하는 거 제대로 한번 해보자고. 그렇게 난, 기술 배웠다.

그리고 공부하라는 말

노가다 판 와서 비로소 이해한 말도 있다. 학창 시절, 아빠가 그렇게나 애타게 했던 말.

"공부 좀 해라 이 자식아. 너 공부 안 하면 평생 후회한다. 나중에 대접받고 살려면 공부해야 돼."

그때는 그 말을 이해하지 못했다. 거들먹거리며 대접받는 삶이 꼭 행복한 삶은 아닐 테니까. 그런 거에 흥미 없다면, 그냥 내가 하고 싶은 일 하면서 사는 게 더 행복할 거 같으면, 굳이 공부할 필요 없는 거 아닌가? 뭐 그렇게 생각했다.

남들 공부할 때 나는 책만 왕창 읽었다. 남들 영어 단어 외울 때 손발 오그라드는 소설, 시 같은 거 쓰면서 학창 시절을 보냈다. 남들 취업 걱정할 때도 탱자탱자 연애나 하고 카페에 앉아 책 읽고 글 쓰면서 보냈다. 그렇게 글쟁이가 됐다. 공부 열심히 한 누구처럼 큰돈은 벌 수 없었지만, 어디 가서 거들먹거리고 대접받을 순 없었지만, 그 나름 나쁘지 않은 삶이었다(고 조심스럽게 자평해본다).

해서, 난 내 생각에 확신이 있었다. 공부할 필요 없다, 하고 싶은 일 하면서 행복하게 살면 된다, 뭐 그런 꼴같잖은 확신.

물론! 지금도 이 생각에 변함은 없다. 다만, 공부해야 대접받을 수 있다던 아빠 잔소리를, 이제는 조금 이해할 수 있을 것 같다. 그 잔소리에 담겼던 아빠의 '절박함'을 말이다.

얘기한 것처럼 현장에선 기술 배운 사람이 '짱'이다. 근데, 그 짱을 찍어 누르는 게 공부한 사람이다.

현장에서 반장이라 하면, 보통 노가다밥 20~30년 먹은 사람이다. 눈 감고도 건물 한 채 뚝딱뚝딱 지을 수 있는 사람이다. 이들이 노가다 판에서 겪었을 산전수전을 말로 다 할 수 있을까? 친하게 지냈던 일흔 살 노인 반장이 있었다. 노가다 판에서 40년 보낸 '진짜 꾼'이었다. 언젠가 그 반장이 이런 얘길 했다.

"20년 전인가? 6미터에서 떨어졌어. 그래서 병원에서 1년이나 있었어. 그 뒤로는 무서워서 노가다 못 하겠더라고. 집에서 1년을 더 쉬었어. 근데 어떻게 해? 먹고 살아야지. 그래서 다시 온 거여."

"지금은 괜찮으세요? 저라면 진짜 무서워서 다시는 못 할 거 같은데."

"안 괜찮으면? 배운 게 망치질뿐인데, 자식들 장가보내고 시집보내려면 하는 수밖에. 이제 그만할 때도 됐지 뭐. 올해까지만 하고 그만할까 하고…."

이 말 하면서 노인은 먼 산을 바라봤다. 그 촉촉한 눈동자에 담긴 함의를, "이제 그만할 때도 됐지 뭐"라는 말속에 담긴 애환을 어찌 말로 다 할 수 있겠냔 말이다.

이런 꾼들조차 굽실거리게 만드는 사람이 원청 건축기사다. 원청에서는 타설(콘크리트를 붓는 작업) 전, 꼭 검침을 한다. 시공은 잘

됐는지, 문제는 없는지 등을 확인하는 거다. 이때 건축기사, 하청 소장, 각 공정 반장들이 모두 우르르 몰려다니면서 작업 내용을 체크한다.

이때 간혹 '꼬마 기사'가 설계도면을 펄럭이며 반장을 혼내기도 한다. 건축학과 졸업하고 자격증 따서 바로 현장에 온 건축기사를, 노가다 판에선 꼬마 기사라 표현한다. 꼬마 기사들 나이가 많아야 20대 후반이다. 속된 말로 자격증에 잉크도 안 마른 꼬마 기사가 산전수전 공중전까지 다 겪은 반장을 혼내는 거다. 그러면 반장은 두 손 공손히 모으고 "예, 예, 수정하겠습니다" 하면서 고개를 푹 숙인다.

이 과정이 문제라는 건 절대 아니다. 당연히 거쳐야 하는 과정이다. 부실시공과 안전사고를 방지하기 위해서라도 검침 과정은 꼭! 꼭! 필요하다. 다만, 내 눈엔 그 모습이 좀 짠하게 느껴졌다. 그리고 이 장면을 볼 때마다 아빠의 잔소리가 떠올랐다. 아, 이래서 공부하라고 했구나, 하면서.

꼬마 기사에게 실컷 혼난 날이면 퇴근하는 길에 '쐬주' 한잔 걸치지 않을까. 그런 날이면 얼큰한 기분으로 집에 들어가 자식들 앉혀놓고 이렇게 말하지 않을까.

"니들 공부 열심히 해. 그래야 대접받으면서 살 수 있어. 안 그러면 아빠처럼 평생 고생한다."

아빠가 날 앉혀놓고 그랬던 것처럼 말이다. 아빠가 공부하라고 할 때, 공부 좀 할 걸 그랬나? 대접받으며 살았으면 좋았겠다 싶어서가 아니다. 아빠 소원대로 공부 좀 했더라면, 술 취해 돌아온 아

빠에게 '짜~안' 하고 자랑스럽게 성적표를 내밀 수 있는 아들이었
더라면, 아빠가 속상했던 일 훌훌 털어버리고 웃으면서 주무시지
않았을까.

저~ 가서, 투바이 못 좀 죽여라

난 누구, 여긴 어디?

나에게도 노가다 초짜 시절이 있었다. 지금도 어디 가서 명함 내밀 수준은 절대 아니지만, 처음엔 정말 하루하루가 정신없었다.

노가다꾼들은 기본적으로 화가 많다. 별거 아닌 일에도 불같이 화를 내곤 한다. 무언가 모르거나 못하면, 한마디로 '어버버' 하고 있으면 쌍욕부터 날아온다. 물론, 모든 노가다꾼이 그렇다는 건 아니다.

"아 ×발, 넌 그것도 모르냐? 도대체 아는 게 뭐여?"

처음엔 당황스러웠다. 모르는 게 당연한데, 모른다고 욕까지 먹을 줄이야. 몸은 몸대로 고되고, 욕은 욕대로 먹고. 아, 정말 힘든

나날이었다. 그렇다고 내가 특별히 못난 놈이어서도 아니다. 눈칫밥으로 살아온 30여 년이다. 어디 가서 눈치 없단 소리 안 들어봤다. 대학 시절에도 PC방, 편의점, 피자 배달, 호프집, 택배 상하차 등 수많은 알바를 했지만, 일 못해서 잘린 적 없었다. 진. 짜. 다!

누구라도, 이 세계에 처음 오면 어리바리할 수밖에 없다. 모든 상황이 그렇게 만든다. '노가다 용어'부터 그렇다. 아저씨들이 "바라시", "나라시", "기리바리", "야리끼리" 하는데…. 참나, 난 일본에 온 줄 알았다. 게다가 노가다 판은 아주, 아주, 아주 시끄럽다. 가까이에서 말해도 들릴까 말까다. 또 대부분 50~60대다 보니 발음이 조금씩 샌다.

이렇게 생각하면 쉽다. 큰아버지 댁에 놀러 갔다. 헤비메탈 음악이 크게 흘러나온다. 안 그래도 시끄러운데 안방에 계신 큰아버지가 거실에 있는 나에게 일본말 섞어가며 무언가를 말한다. 대략 그런 느낌이다. 난 누구, 여긴 어디?

이러니 말을 알아들을 수 없는데, 알아듣지 못하면 쌍욕부터 날아온다. 사람인지라 주눅 들게 되고, 원래 할 수 있는 일도 실수하게 된다. 그럼 더 센 욕이 날아온다. 그럼 더 주눅 들다가 결국 패닉에 빠진다. 노가다 초짜가 겪는 아주 일반적인 상황이다.

노가다 판에선 이렇게 말한다. 첫 일주일만 버티면 쭉 간다고. 호기롭게 노가다 판 왔다가 일주일 안에 돌아가는 사람, 나도 많이 봤다.

한번은 이런 적도 있었다. 완전 초짜 시절 얘기다. 반장이 저쪽을 가리키며 이렇게 말했다.

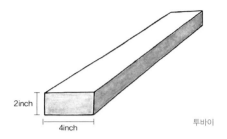

2inch

4inch

투바이

"저~ 가서, 투바이 못 좀 죽여라."

"네?"

"저~ 가서, 투바이 못 좀 죽이라고!"

"아, 네⋯."

무슨 말인지 모른다고 했다간 욕먹을 게 빤했다. 우선 반장이 가리킨 쪽으로 갔다. 근데 말이다, '두바이'는 알아도 '투바이'는 도대체 뭔 말이며, 못은 알겠는데 '못 죽인다'는 건 또 뭔 소린가 싶었다. 도대체 못을 어떻게 죽이냐고!

근처에 있던 다른 아저씨한테 "반장님이 투바이 못 좀 죽이라는데요" 하고 물어봐도 돌아오는 대답은 "어~ 죽여"뿐이니, 사람 환장할 노릇이었다.

참고로, 투바이는 두께(가로×세로) 2×4인치, 길이 3600밀리미터짜리 각재(각목)다. 그래서 풀네임은 '투바이포'로 2인치 곱하기 4인치라는 의미다. 이것도 정식 명칭은 아니다. 현장에선 그냥 투바이라 한다.

투바이는 상황에 따라 재활용할 때도 있다. 투바이 못 죽이라는 말은, 투바이포 각재에 삐죽삐죽 튀어나온 못대가리를 아예 박아버리거나 뽑아서 재활용할 수 있게 잘 정리해놓으라는 뜻이다.

노가다 초짜가 어리바리할 수밖에 없는 이유가 바로 여기에 있다. 모든 게 "저~ 가서, 투바이 못 좀 죽여라"식이다. 무언가 시킬 때 앞뒤 맥락 없이 툭 시킨다. 어느 정도 '짬(경력)'이 차면, 투바이 못 죽이라고만 해도 어련히 못 뽑고, '다이(받침이라는 뜻으로, 일본어 だい[다이]에서 파생)'에 잘 정리해서 굵은 철사로 묶어놓을 테지만, 초짜가 이걸 어떻게 아냐고!

그럴 때마다 참 아쉬웠다. 차근차근 설명하면 효율이 더 높아질 텐데 왜 버럭 화부터 낼까. 왜 앞뒤 맥락 없이 일을 시킬까. 결국 난 모든 걸 스스로 터득해야 했다. 물어봤자 친절한 답변 기대할 수 없으니 말이다.

'삿보도'가 'Support'에서 나온 말임을 알았을 때

이제는 제법 내게서도 노가다꾼 냄새가 난다. 그리고 이제는 안다. 의사에겐 의사의 언어가 있고 판사에겐 판사의 용어가 있듯, 노가다꾼에겐 노가다꾼의 언어가 있고, 노가다 판엔 노가다 판 나름의 룰이 있다는 걸. 이건 옳고 그름의 문제가 아니라, 다름의 문제이기 때문에 억지로 바꿀 필요도 없고, 바꾸려 한다 해도 쉽게 바뀌지 않으리라는 걸 말이다.

삿보도

　해서, 요즘은 문득 이런 생각도 든다. 바꿀 수 없는 성질의 것이라면, 그냥 그렇게 받아들여야 하는 것이라면, 쉽게 받아들이게 할 수 있는 방법은 없을까. 가령, '노가다 초짜를 위한 입문서' 같은 거 말이다.

　내가 출판 편집자라면 가장 먼저 말도 안 되는 노가다 용어부터 정리할 거다. 인터넷에도 누군가 정리해놓은 게 있긴 있다만, 쭉 훑어보니 실제 현장에서 잘 쓰지 않는 용어도 많고, 뜻만 덜렁 풀이해놔서 영 눈에 안 들어온다. 단순하게 뜻만 풀이할 게 아니라, 그 용어가 어디에서 파생했는지, 어떨 때 쓰는 용어인지, 어떤 공정에서 주로 쓰는 용어인지 사례까지 곁들여서 정리하면 좋을 거

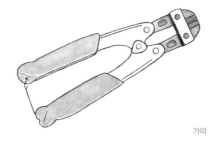

가따

같다.

　말 나온 김에, 천장을 지지할 때 쓰는 원형 쇠파이프 '삿보도'가 영어 'Support'에서 파생했다는 걸 깨달았을 때, 굵은 철사를 자르는 '가따'가 영어 'Cutter'에서 나온 말이라는 걸 알게 되었을 때, 나무 자르거나 켤 때 쓰는 휴대용 원형톱 '스킬'이 실은 독일 전동공구 브랜드 SKIL에서 비롯되었다는 걸 알았을 때, 난 황당하고 어이가 없어 웃고 말았다. 알고 보면 별거 아닌 용어가 많다.

　그다음으로는 사례별·상황별로 어떻게 일하면 수월한지 설명해주는 거다. 예를 들어, 큰 현장에선 자재 정리할 때 무조건 다이에 쌓는다. 자재를 정리한다는 건 당장은 아니더라도 언젠간 지게차나 타워크레인이 떠 간다는 얘기니까. 맨바닥에 쌓아놨다간 쌍욕이 날아온다. 다이 놓는 방향도 계산해야 한다. 타워크레인으로 뜰 땐 상관없는데, 지게차로 뜰 땐 지게발이 들어 올릴 수 있는 방향으로 다이를 놓아야 한다.

반생이

시노

　이런 얘기? 처음부터 해주는 사람 없다. 욕 한번 시원하게 먹어야 알 수 있다.

　그림도 첨부하면 좋겠다. 예를 들면, 반생이(현장에서 쓰는 굵은 철사. 보통 직경 4.8mm인 6반생과 직경 3.2mm인 10반생을 쓴다. 일본어 ばんせん[반쎈]에서 파생) 묶는 방법 같은 거 말이다. 상황에 따라 방법이 제각각이다. 신발끈 묶듯 쉽게 맬 수는 없다. 시노(30cm 정도 쇠막대기로 끝이 가늘고 약간 구부러져 있다. 반생이를 조일 때 쓰는 연장)를 활용해 이렇게 저렇게 틀어야 한다. 이거, 말로 설명할 수 없다. 직접 보여주거나 그림으로 표현할 수밖에.

　철근, 형틀, 전기, 설비, 해체, 정리, 타일 등등 공정별 특징도 정리해놓으면 진짜 좋을 거 같다. 말하자면 '어떤 기술을 배우는 게 좋을까?' 같은 고민, 할 수 있단 말이다. 나도 노가다 초짜 시절에 했던 고민이다. 어떤 공정의 일당이 많고, 어떤 공정의 비전이 좋고, 어떤 공정이 위험한지, 힘든지 정리해주면, "아하! 그럼 난 철근을 배워야겠다", "내 적성엔 형틀목수가 맞을 것 같아!" 할 수 있도록. 이왕이면 공정별 반장을 한 명씩 섭외해 인터뷰 형태로 편집하는 거다. 그 사람 삶까지 녹여낼 수 있다면 더없이 좋겠지.

예를 들어 내가 함께 일했던 직영반장은 60대 중반이었다. 그 사람은 전형적인 딸 바보였다. 얘길 들어보니, 결혼한 딸이 근처에 살면서 자주 놀러 오는데 토요일만 되면 어김없이 강아지를 맡기고 간단다. "아빠! 우리 강아지 목욕 좀 시켜줘! 남편이랑 나들이 갔다 올게!" 하면서. 그래서 토요일엔 늘 강아지를 목욕시킨다며 투덜거리곤 했다.

상상해보라. 노가다 판에서 30년 굴러먹은 진짜 노가다꾼이, 딸의 강아지를 목욕시키며 투덜거리는 모습을. 난 그 얘길 듣고부터 노가다 판 자체를 새롭게 보게 됐다. 거칠고 걸걸하지만, 그래서 때론 무시당하지만, 이 사람들도 그냥 보통 사람, 보통 아버지구나, 하면서.

그런 입문서 한 권 있으면 얼마나 좋을까. 적어도 노가다 초짜가 읽기에 안성맞춤인 그런 책이 진작 있었더라면! 그 시절, 그 고생 안 했을 텐데 말이다.

이런 상상도 해봤다. 그런 책 만들어서 전국에 있는 수많은 인력사무소와 공사 현장에 뿌리는 거다. 노가다 판 문턱이 한참은 낮아지지 않을까. 그러면 노가다 판에서 늘 걱정하는 "젊은 사람 없어서 큰일이야" 하는 문제와 반대편에서 걱정하는 청년 일자리 문제도 조금은 해결할 수 있지 않을까.

그래서 실은 이런 결심도 했다. 내가 언제까지 노가다 할진 모르겠다만, 그까짓 노가다 입문서 내가 한번 써보자고. 당장 쓰겠다는 건 아니고, 언~젠~가, 아주 머~언 미래에, 혹시 마음이 내킨다면 말이다. 안 내키면 말고. 후훗.

노가다 초짜를 위한 패션 가이드

날이 더워 반팔 입었을 뿐인데

언젠가 노가다 입문서 쓰게 된다면(그런 날이 올진 모르겠지만) 제일 먼저 정리해보고 싶은 건 노가다 패션 가이드다. 패션잡지처럼 꾸미는 거다. 화보 촬영도 하고, 머리부터 발끝까지 아이템마다 돼지 꼬리 따서 브랜드와 가격 정보 등도 소개하고! 노가다 입문자에겐 그 어떤 것보다 유용하고 실용적인 정보일 거다. 그런 의미에서 준비했다. 노가다 초짜를 위한 패션 가이드.

노가다꾼으로 맞이한 첫 여름 때다. 날씨가 더워져 자연스레 반팔 티셔츠를 입고 나갔다. 남들이 뭐 입는지 신경 쓸 틈 없던 시절이었다. 며칠이나 지났을까. 같이 일하던 용역 아저씨가 이렇게 물었다.

"근데, 송 군은 왜 반팔 입고 다녀? 안 불편해?"

"네…?"

점심때가 되면 밥 먹듯, 배가 아프면 화장실 가듯, 날이 더워져 반팔 입은 건데, 이럴 수가! 너무 당연해서 의식조차 안 했다. 그제 야 주변을 보니 반팔 입은 사람은 나뿐이었다.

그렇다. 노가다꾼은 여름에도 긴팔 옷을 입는다. 반팔을 입을 때 '살이 많이 탈 텐데 괜찮을까?' 정도는 나도 생각했다. 문제는 그게 아니었다. 손목과 팔뚝이 여기저기에 긁혀 연고 마를 날이 없었다. 난 그 또한 노가다꾼의 숙명이라 생각했을 뿐 긴팔을 입어야겠다고는 정말 상상도 못 했다. 지금도 오른쪽 팔뚝에 그 시절 긁힌 흉터가 희미하게 남아 있다. 정 반팔을 입어야겠으면 토시라도 꼭 해야 한다.

반대로 겨울엔 살짝 쌀쌀하다 싶은 복장이 좋다. 겨울에도 부지런 떨며 움직이다 보면 금세 열이 올라온다. 오전 9시만 넘어가도 땀이 나기 시작한다. 춥다고 두꺼운 패딩 입고 출근했다간 난처해질 수 있다. 더워서 벗자니 땀이 식어 감기 걸리기 딱 좋고, 계속 입고 일하자니 더운 데다가 몸까지 둔해 일하기 영 불편하다. 제일 좋은 건 도톰한 가을 점퍼 두어 개 껴입는 거다. 그 정도 복장이 딱 알맞다. 일하다 더우면 한 꺼풀만 벗으면 되니까 감기 걸릴 일도 없다. 단, 영하 10도 이하로 떨어지는 한파 때는 무조건 껴입어야 한다. 추위 앞에 장사 없다는 걸 노가다 판 와서 느꼈다. 한파 때는 아무리 열심히 일해도 도통 땀이 안 난다.

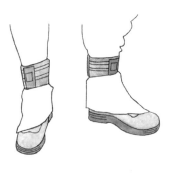

각반

바지는 노가다꾼마다 천차만별이다. 아무래도 제일 많이 입는 건 등산 바지다. 운동복 바지나 카고 바지 같은 거 입는 사람도 있다. 나도 이것저것 입어봤다. 개인적으로는 스키니 청바지가 제일 편하다. 소재는 둘째 치고, 바지통은 무조건 좁아야 한다. 통이 넓으면 여기저기에 걸려 찢어지거나 걸려 넘어질 수 있다. 노가다꾼이 발목에 차는 각반, 괜히 있는 게 아니다. 스키니 청바지 입으면 각반 안 차도 된다. 대신 스키니 청바지 입을 거면 신축성 좋은 거 입어야 한다. 안 그럼, 작업할 때 자꾸 엉덩이가 바지를 잡순다.

내구성으로 따져도 청바지만 한 게 없긴 하다. 등산 바지나 면바지는 살짝만 걸려도 쭉쭉 찢어진다. 몇 번 못 입고 버리기 일쑤다. 청바지는 어지간하면 쭉쭉 찢어지진 않는다. 툭툭 긁히는 정도다. 하긴, 원래 청바지라는 게 광부들 작업 바지로 나온 거니. 우리가 패션으로 아는 워싱 청바지나 찢어진 청바지도 실은 광부들이 입다 버린 청바지를 히피들이 주워 입으며 유행했다니까…. 믿거나 말거나.

한여름엔 청바지가 다소 답답할 수 있다. 나는 계절 관계없이 청바지를 입는데, 노가다꾼 대부분이 여름엔 '냉장고 바지'를 입는다. 입고 다니는 사람들 말로는 정말 냉장고에 들어가 있는 것처럼 시원해지는 기분이라고.

덧붙여, 요즘엔 한여름을 이겨내기 위한 방법으로 아이스 조끼, 냉풍 조끼, 목에 두르는 휴대용 선풍기 등 다양한 아이템이 나온다. 심지어 선풍기 달린 안전모도 봤다. 직접 착용도 해보고, 착용해본 사람들 후기도 들어봤다. 종합해본 결과, 큰 의미 없다. 그런 소소한 아이템은 현장 열기와 몸에서 뿜어져 나오는 화火를 감당하지 못한다. 뜨거운 물에 얼음 한 조각 띄운 정도라 해야 할까. 여름엔 방법 없다. 그냥 시원한 물 수시로 벌컥벌컥 마시고 틈틈이 그늘에서 쉬는 수밖에.

안전화! 브랜드냐 시장표냐

안전화는 선택지가 두 개다. 10만 원 안팎의 브랜드를 신을 거냐, 3만 원 안팎의 시장표 신을 거냐. 둘 다 신어본 결과, 브랜드이건 시장표이건 길어야 서너 달이다. 물론, 어떤 공정이냐에 따라 더 오래 신기도 한다. 상대적으로 깔끔하게 작업하는 전기공이나 인테리어 목수 등은 6개월 이상도 신는다. 어쨌든 그 정도 신으면 앞부분이 해지거나 밑창이 벌어진다.

넥워머

그럼에도 노가다꾼들이 왜 브랜드 신느냐. 쿠션감이 확실히 다르다. 안 그래도 종일 몸 쓰는데, 발까지 피로하면 피로감이 두 배다. 해서, 좀 비싸더라도 브랜드 신는다.

그래 봤자 고작 서너 달 신고 버리게 될 텐데 10만 원짜리 안전화는 도저히 못 사겠다면, 방법이 있긴 하다. 시장표 안전화에 푹신한 깔창 깔면 얼추 비슷한 쿠션감을 느낄 수 있다. 깔창은 '다 있어'에서 싸게 판다. 겨울엔 '털안전화'를 추천한다. 손발이 찬 사람이라면 더더욱! 나도 몸은 차라리 괜찮은데, 손발이 차서 겨울엔 털안전화 신는다.

안전화와 더불어 노가다꾼 필수 아이템이 하나 더 있다. '목토시'라고도 하고 '넥워머'라고도 부르는 그것. 노가다꾼들은 계절에 관계없이 넥워머를 한다. 목만 감싸는 게 아니라 코까지 덮고 다닌다. 말하자면 눈만 빼꼼 내놓고 얼굴과 목 전체를 가리는 거다. 알

조끼

리바바와 40명의 도둑들처럼.

넥워머를 하는 제일 큰 이유는 먼지 때문이다. 넥워머 없이 일하고 집에 오면 목이 칼칼하다. 코에서도 새카만 먼지가 한 움큼씩 나온다. 건강 생각해서라도 꼭 하는 게 좋다. 넥워머 하면 얼굴 타는 것도 조금은 막을 수 있다. 여름에 답답하다고 안 했다간 와일드하고 섹시해진 자신을 발견할 수 있을 거다.

겨울엔 넥워머가 방한 역할도 해준다. 개인적으로 겨울이 무서운 건 귀가 시려서이다. 이러다 귀 깨지겠네, 싶은 날도 있다. 기모 소재로 된 넥워머라도 하면 그나마 한결 낫다.

꼭 필요한 건 아닌데, 주머니 왕창 달린 낚시 조끼도 걸치고 다니면 편하다. 지갑이야 차에 놓고 다닌다 해도 핸드폰, 차키, 담배, 라이터까지도 들고 다녀야 하는데 노가다꾼에겐 이것도 짐이다. 바지 주머니에 넣고 다니자니 은근히 거치적거리고, 외투 주머니에 넣자니 고개 숙일 일 많은 노가다 판에서 틈만 나면 툭툭 떨어진다. 핸드폰 성할 날이 없다. 재수 없게 물웅덩이나 높은 곳에서 떨어트리는 날엔 대략 난감이다.

낚시 조끼 주머니엔 보통 지퍼가 달려 있다. 핸드폰 떨어트릴 일도 없고, 바지 주머니에 넣는 것처럼 거치적거리는 느낌도 없다. 노가다꾼들이 한여름에도 낚시 조끼 걸치고 다니기에 왜들 그러나 했더니, 다 이유가 있었다.

노가다 판에선 비싼 것도 비지떡

선글라스도 추천한다. 자외선이 여름에만 있다고 생각하면 경기도 오산이다(죄송). 1년 365일 야외에서 일해야 하는 노가다꾼은, 눈 건강도 신경 써야 한다. 이건 내가 예민한 눈을 가진 사람이라 더 잘 안다. 햇빛 쨍쨍한 날, 일하고 퇴근하면 눈도 정말 피로하다. 실제로 계절 관계없이 선글라스 끼고 다니는 노가다꾼, 제법 많다.

선글라스 껴야 하는 또 다른 이유는 눈 보호를 위해서다. 먼지는 말할 것도 없고, 모래나 콘크리트 부스러기, 톱밥 같은 것도 눈에 곧잘 들어간다. 못질하다가 못이 튀어 눈을 찌르는 경우도 있다. 같이 일했던 용역 아저씨한테 들은 얘긴데, 자신도 눈에 못이 튀어 두어 바늘 꿰맸단다. 자칫하면 한쪽 눈 실명할 뻔했다고. 선글라스가 부담스러우면 보호 안경이라도 꼭 껴야 한다. 요즘은 색 들어간 보호 안경도 있다. 어지간한 햇볕은 막아준다.

안전모

    마지막으로 덧붙이고 싶은 얘기다. 안전화나 선글라스처럼 기능성을 고려해야 하는 아이템이 아니라면 무조건 싼 게 좋다. 싼 게 비지떡이라고? 아니다. 노가다 판에선 비싼 것도 비지떡이다. 비싸나 싸나, 브랜드나 아니나 어차피 오래 못 간다. 1만 원짜리 바지든, 10만 원짜리 바지든 길어야 두어 달이다. 해서, 나 같은 경우는 인터넷 최저가나 구제숍 이용한다. 구제숍에 가면 1만 원, 1만 5000원짜리 도톰하고 질 좋은 점퍼와 편한 청바지 널렸다.

    이상, 시시콜콜하지만 초짜에겐 꼭 필요한 노가다 패션 가이드였다. 이런 얘기? 아무도 안 해준다. 내 경험에서 우러나온 진짜 살아 있는 얘기다.

    아차차, 너무 당연해서 깜빡했다. 안전모는 필수다. 손가락만 한 쇳조각도 10층, 20층에서 떨어지면 무기다. 턱끈도 꼭 조여야 한다. 현장에선 이렇게 말한다. 턱끈 안 조인 안전모는 그냥 플라스틱 모자라고.

노가다 패션 가이드

안전모

선글라스

넥워머

X자 안전벨트

파우치
(핸드폰, 담배 등)

못주머니

각종 공구

겨울용
패딩 바지

각반

안전화

10분 안에 건축 전문가로 만들어드립니다

필독 바람!

이번엔 건축 공정 얘기다. 노가다 입문자가 알고 있으면 도움이 될 내용이다. 특히 철근공이나 형틀목수, 타설공, 비계공 등 골조 공사 관련 기술 배우고 싶은 사람에게 '강추'한다.

그리고 이 책에서 이 글은 꼭 읽어야 한다. 노가다 판을 이해하기 위한 최소한의 사전 정보이니까. 재미는 좀 없을 수 있다. 그럼에도 이 글을 안 읽으면 이 책이 통째로 재미없을 수 있다(협박입니다).

뒤에서 얘기할 테지만, 현재 내 직업은 철근콘크리트 건물을 짓는 '형틀목수'다. 당연히 이 책에 나오는 에피소드 대부분도 철근콘크리트 건물 현장 얘기다. 해서, 우리가 지금부터 함께 공부(?)해볼 내용도 철근콘크리트 건물에 대한 것이다.

먼저, 철근콘크리트 건물이란? 우리가 거리에서 보는 건물 대부분이 철근콘크리트 건물이다. 대표적인 게 아파트와 원룸이다. 사전에선 철근콘크리트를…. 아니다. 사전적 의미가 뭐 중요하겠는가. 초등학교 미술 시간으로 가보자.

지금부터 찰흙으로 1미터짜리 사람 모형을 만들 거다. 찰흙으로만 빚으면 흐물흐물할 테니, 철사로 뼈대를 만들고 거기에 찰흙 덧대는 방식으로 사람 모형을 만들지 않겠나.

철근콘크리트 건물이 딱 그렇다. 철근으로 먼저 건물 뼈대를 잡고 거기에 콘크리트를 덧입혀 만든 건물. 그래서 '철근+콘크리트' 건물이다. 구조적으로 보자면 그렇다는 말이다. 여기까지 오케이?

그럼 어떻게 만드느냐. 특히 액체 상태의 콘크리트를 어떻게 굳힐 건가. 아차차. 콘크리트가 액체 상태라는 걸 모르는 사람도 많을 거 같다. 콘크리트는 시멘트에 모래와 자갈을 섞어 물로 반죽한 혼합물이다.

이런 콘크리트를 굳히는 과정은 얼음 만드는 과정과 똑같다. 얼음 만들기 위해 필요한 건? 얼음 트레이와 물. 얼음 트레이에 물 부을 주전자도 필요하다 치자. 현장에서 얼음 트레이 역할을 하는 게 거푸집이라는 거다. 거푸집에 대한 설명은 뒤에서 하기로 하고, 그

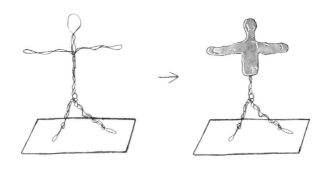

찰흙으로 사람 모형 만들기

얼음 트레이

냥 '거푸집=얼음 트레이'라고 가정해보자.

거푸집(=얼음 트레이)에 콘크리트(=물)를 붓는다. 이때 주전자
역할을 하는 게 '펌프카'다. 펌프카는 '레미콘'에 실린 콘크리트를
끌어올려 거푸집에 부어주는 특수차량이다. 거푸집에 부은 콘크

펌프카

리트는 일정한 시간이 지나면 굳는다. 그러고 나면 얼음 트레이에서 얼음을 꺼내듯, 거푸집을 뜯어낸다. 짜잔! 그게 바로 철근콘크리트 건물이다. 참 쉽죠잉?

자, 그럼 정리해보자. 철근콘크리트 건물 짓는 순서다.

1. 철근을 세운다. (철근 사이사이에 전기와 설비 배관을 연결한다.)
2. 철근을 중심으로 거푸집을 만든다.
3. 거푸집에 콘크리트를 붓는다.
4. 콘크리트가 굳으면 거푸집을 해체한다.
5. 건물 완성!

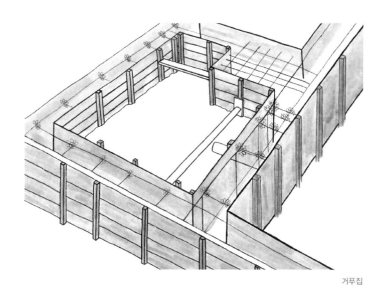

Part 2. 천 조각, 실과 바늘

건물 짓는 순서를 공부했으니, 이제 심화 과정으로 가보자. 앞서 얘기한 것처럼 난 형틀목수다. 형틀은 '모형 형型'에, 순우리말 '틀'을 합성한 단어다. 사전에선 "형틀=거푸집"이라고 설명한다. 그러니까 '형틀목수=거푸집 (만드는) 목수'인 거다. 그래서 지금부터 거푸집 제작 과정을 설명할 거다.

거푸집은 천 조각을 한장 한장 누벼 옷으로 만드는 과정과 같다. 현장에서 천 조각 역할을 해주는 건 '유로폼'이다. 유로폼이란 아주 쉽게 말해 테두리에 강철을 둘러놓은 나무 합판이다. 공장에서 일

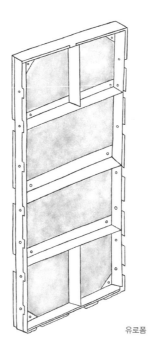

유로폼

정한 규격으로 생산한다. 보통 가로 600밀리미터 세로 1200밀리미터짜리 유로폼을 많이 쓴다(현장에서는 6012 또는 600폼이라고 부른다).

거푸집은 유로폼을 한장 한장 이어붙이고, 그 사이사이에 꼬깔콘 모양의 손가락만 한 쇳조각인 '외지핀'을 끼워 고정하는 방식으로 만든다. 마치 실과 바늘로 천을 조각조각 누벼 옷을 만들듯 말

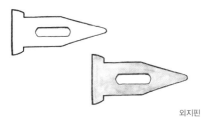

외지핀

이다.

아주아주 쉽게 설명하자면 그렇다는 말이다. 기둥 거푸집이냐 벽 거푸집이냐 계단 거푸집이냐에 따라 시공 방식도, 주자재와 부자재도 천차만별이다. 시공 방식만 해도 굉장히 복잡하다. 이걸 전부 설명할 순 없으니, 거푸집을 만드는 기본 원리만 이해하고 넘어가자고요~.

열심히 거푸집 제작해서 콘크리트 붓고 굳으면, 거푸집을 해체한다. 여기에서도 알아둬야 할 내용이 좀 있다. 여기서 질문! 거푸집 해체할 때 나오는 자재는 버리나요? 그렇지 않다. 이것도 얼음 트레이를 생각하면 된다. 얼음 한 번 얼렸다고 얼음 트레이를 버리지 않듯, 거푸집 제작에 활용하는 자재 대부분을 다시 쓴다. 쉽게 생각해, 거푸집 제작에 활용하는 자재는 '재료material' 개념이 아니라 '도구tool' 개념이다. 해서, 유로폼 같은 자재는 애초에 임대 형태로 현장에 반입해 이리저리 옮겨가며 쓰고, 공사가 끝나면 다시 잘 정리해 반출한다.

여기까지다. 어려운 내용이었으나, 그래도 우린 보람을 느껴야 한다. 건축학과에서 4, 5년 동안 배울 내용을 불과 10분 만에 마스터(?)했으니 말이다. 하하.

진짜 마지막으로 복습!

철근콘크리트 건물은 얼음 만드는 과정과 같다는 것, 거푸집(= 얼음 트레이) 만드는 사람이 형틀목수라는 것. 거푸집은 천 조각 한 장 한장 누벼 옷을 만드는 방식으로 제작한다는 것. 거푸집 제작에 활용하는 자재는 재료 개념이 아니라 도구 개념이라는 것. 이것만 기억하자.

개. 잡. 부.

잡부 중에서도 최고 잡부

노가다 판엔 '직영'으로 통하는 이들이 있다. 직영을 설명하자면 건설 현장의 하청 구조 먼저 얘기해야 한다.

예를 들어, 정부나 지자체(=발주처)에서 10개 동짜리 임대 아파트를 짓는다 치자. 발주처에서 대형 건설사(=원청)에 '도급'을 준다. 원청은 10개 동을 다시 반으로 쪼개 중소 건설사(=하청) A업체와 B업체에 '하도급'을 준다. 하청은 공정별 오야지를 모은다.

내가 직영으로 일했던 하청 현장엔 철근 오야지 한 명, 목수 오야지 세 명, 비계 오야지 한 명, 해체정리 오야지 두 명이 있었다. 오야지들은 팀을 꾸려 현장에 들어온다. 공정마다 조금씩 다른데 열 명에서 많게는 서른 명 정도가 한 팀이다. 각 팀엔 기공도 있고, 조공도 있다.

현장은 그렇게 돌아간다. 발주처는 원청 소장을 관리하고, 원청은 하청 소장을 관리하고, 하청은 공정별 오야지를 관리하고, 오야지는 기공을 관리하고, 기공은 조공을 관리하는 식이다.

이 구조에 따라 원청 소장의 '명령'을 받아 건물을 쌓아 올린다. 거짓말 좀 보태 '101동 쓰레기 치우라'는 명령을 잡부 김 씨가 전달받기까지, 이 복잡한 과정이 이어지는 거다. 이런 꼴을 보고 있자면 가끔 난 이런 착각이 들곤 했다. 몸이 아닌 말로써 건물을 쌓아 올리고 있구나, 하는 착각.

얘기가 옆으로 새기 전에 다시 직영 얘기로 돌아가자. 이 철저한 상명하복 체계엔 아이러니하게도 빈틈이 생길 수밖에 없다. 이 빈틈을 메우는 자들이 바로 직영이다.

101동을 올린다 치자. 기초를 닦고 나면 철근팀·목수팀·전기팀·설비팀·비계팀·해체정리팀이 꼬리에 꼬리를 물면서, 혹은 서로 뒤엉켜 작업한다. 현장은 삽시간에 아수라장이 된다. 누군가는 쓰레기도 줍고 정리정돈도 해야 한다. 이걸 누가 할까. 철근팀 조공이? 같이 어지럽혔는데 왜 철근팀에서 하느냐고 난리 칠 거다. 이런 일을 직영이 한다.

다른 예를 들어보자. 현장엔 소모성 자재가 많이 필요하다. 쉽게는 못, 철사부터 마대, 눈삽이나 빗자루 같은 것들. 공정마다 크고 작게 쓰이기 때문에 누군가는 반입반출을 책임지고 관리해야 한다. 그런 일이다. 직영 일이. 공동 책임으로 벌어진, 혹은 벌어질 어떤 일을 수습하는 것. 회사로 따지자면 총무팀 내지는 비서실 역할이다.

주저리주저리 길게 설명했는데, 한마디로 직영은 '하청 건설사 소속 잡부'다. 하청 소장의 명령을 '직접' 받아 온갖 잡일을 하는 사람. 직영끼리는 잡부 중에서도 잡부라는 뜻에서 자조적으로 이렇게 표현한다. 개. 잡. 부.

직영 일은 지저분하다. 'Dirty'하다는 게 아니라 '맥락이 없다'는 얘기다. 101동이 어수선하대서 쓰레기 줍다가, 102동에서 목수팀 철수했다고 하면 거기 가서 폐목도 줍고, 유로폼과 부자재도 정리하고, 그러다 104동 타설하기 전 원청에서 점검 나온다고 하면 또 그쪽 가서 정리하고, 자재 왔다고 전화 오면 창고 가서 자재 받고, 그러다 다시 103동에서 철근팀 철수했다고 하면 가서 고철 줍고, 원청 안전관리자가 어두운 데 조명을 설치하라거나 난간에 안전대 설치하라고 하면 그거 해주고. 그러다 보면 하루가 간다. 직영끼리는 이렇게 말한다. 이리 갔다 저리 갔다 어쩌고 하면 하루가 끝난다고.

같이 일했던 직영반장(입버릇처럼 "내가 직영반장만 28년째여~"라고 말하는 귀여운 아저씨였다)이 말하길, 직영은 하루에 10~15킬로미터는 걸어야 일이 끝난다고 했다. 측정해보진 않았지만 그럴 것도 같았다. 처음 직영 일 시작했을 땐 어깨나 허리가 아픈 게 아니라 발바닥에 물집이 잡혀 고생했다. 해서, 베테랑 직영은 딱딱하고 튼튼한 안전화보단 폭신하고 가벼운 안전화를 신는다.

직영 일당에 땀 값은 없다

그렇듯, 직영은 일이 좀 지저분하긴 해도 일 자체가 고되거나 어렵진 않다. 현장에선 유명한 격언(?)이 있다. "직영 일당에 땀값은 없다. 참값만 있을 뿐이다."

직영 일을 처음 시작했을 무렵이었다. 이미 말했지만, 난 어딜 가든 그냥 열심히 하는 편이다. 그게 속 편하다. 그런 나를 며칠 지켜보던 직영반장이 이렇게 말했다. 참고로, 부여가 고향이라던 직영반장은 전형적인 충청도 사람이다.

"저기~ 송군 말이여~ 직영은 땀 흘리면서 일하는 거 아녀어~ 직영이 열심히 한다고 해서 절~대 건물 빨리 올라가지 않어어~ 직영은 현장이 끝날 때까지 진득~하게 해야 하는 거니까, 찬~찬~히 몸 사리면서 혀어~."

그러면서 덧붙인 말이 이랬다. 직영 일이라는 게 한마디로 현장 정리인데, 현장이라는 게 정리하고 돌아서면 또 어지럽혀지기 때문에 애당초 깨끗하게 정리하기란 불가능하다, 그 넓은 현장에서 몇 사람이 이리 뛰고 저리 뛰어봤자 표시도 안 나고, 또 그렇게 한다고 일찍 퇴근하는 것도 아니고, 결국은 시간이 되어야 퇴근하는 거고, 완공해야 철수할 수 있는 게 직영 일이니까, 적당히 몸 사리면서 참 시간 되면 참 꼬박꼬박 잘 챙겨 먹으면서 일해야 한다고, 직영반장은 한참을 설명했다.

"내가 직영반장만 28년째여~ 내가 하라는 대로만 하면 돼~."

몇 번 같이 일했던 용역 아저씨는 직영을 이렇게 표현했다.

"현장이 아무리 넓고 사람이 아무리 많아도 직영은 딱 보면 알

아. 아, 저 사람 직영이구나.”

그 아저씨가 말하길, 같은 폐목 들어도 해체정리팀이 나르는 것과 직영이 나르는 게 다르다는 거다. 참고로 해체정리팀도 하도급이다. 하루라도 빨리, 한 시간이라도 빨리 일을 끝내야 하는 운명이다. 당연히 반장은 인부들을 달달 볶는다. 해체정리팀 인부들은 폐목을 한 다발씩 지고 빠릿빠릿 나른다. 반면, 직영이 누군가. 일당에 땀값이 없는 사람들 아닌가.

“직영은 늘 마대를 하나 들고 다녀. 그 마대에 폐목을 하~나~씩 하~나~씩 주워 담아. 절대 가득 채우지 않아. 적~당~히 주워 담아. 그걸 어깨에 짊어지고 실~실~ 걸어가. 현장에서 그런 사람 보인다, 틀림없어. 직영이여.”

우리나라 아파트값은 왜 비쌀까?

참값밖에 없는 직영 일당은 13만 원이다. 그렇다고 매일매일 그때그때 일당을 받는 건 아니다. 한 달에 며칠 출근했는지 따져 월급으로 받는다. 4대 보험도 가입한다. 표현은 ‘개잡부’라 해도 엄연히 중소 건설사 ‘계약직’이다. 복지 차원(?)에서 두어 달에 한 번 안전화도 나오고, 날이 쌀쌀해지니까 도톰한 작업용 점퍼도 줬다. 회사 로고가 크게 박힌.

이런저런 부차적인 걸 떠나, 내가 직영 일 하면서 좋았던 건 두 가지 정도다. 우선, 비가 오나 눈이 오나 출근한다는 점. 다들 알겠지만, 현장은 비 오면 여지없이 작업 중단이다. 비 맞으면서 일하는 게 문제가 아니라, 미끄럼, 감전 등 안전사고 위험 때문이다.

직영만 예외다. 비가 오면 오는 대로 소소하게 할 일이 있다. 배수 시설이 아직 안 되어 있기 때문에 양수기 설치해 물도 퍼야 하고, 미뤄뒀던 창고 정리도 해야 한다. 어쨌거나 이리저리 왔다 갔다 하다 보면 또 하루가 간다.

비 오는 날 하니까, 생각나는 얘기 하나. 전날 밤부터 비가 내린 탓에 아무도 현장에 안 나왔다. 그날따라 직영 잡부들까지 이런저런 일이 있다고 안 나왔다. 직영반장과 나, 딸랑 둘만 출근했다. 물부터 퍼야겠다 싶어, 직영반장과 우비 입고, 장화 신고 분주하게 왔다 갔다 했다. 비는 또 어찌나 쏟아붓던지. 한참 고생하고 사무실로 돌아와 따뜻한 커피를 마시는데 직영반장이 엉뚱한 질문을 했다.

"저기~ 송군 말이여~. 우리나라 아파트값이 왜 비싼 거 같어?"

"글쎄요?"

"잘 봐. 원청 스무 명, 감리단 열 명, 안전관리자 스무 명, 하청 사무직들 다 해서 한 스무 명, 비 와도 오야지들은 나왔을 테니까, 공정별 오야지들 한 열 명, 거기다가 이 공사에 관계된 공무원 한 스무 명. 모르긴 몰라도 이 공사 때문에 오늘 100명은 출근했을 거라고. 근데 오늘 실제로 ×빠지게 일한 사람은 송군이랑 나랑 둘뿐이잖어. 안 그려? 100명 중에 꼴랑 두 명만 일하는데 아파트값이 안 오르면 되겠어? 허허."

직영반장도 농담 반 진담 반이었겠지만, 돌이켜 생각해보면 참 기막힌 얘기였다.

다시 원래 얘기로 돌아와, 비 오는 날 출근해서 좋은 이유는 나의 가계가 예측 가능하다는 거다. 노가다꾼은 내가 한 달에 얼마나 벌게 될지 좀처럼 가늠할 수 없다. 언제 비가 올지, 언제 공사 일정이 꼬여 데마 맞을지 알 수 없기 때문이다. 직영은 용역처럼 쉬고 싶을 때 맘대로 쉴 순 없어도, 일하고 싶은데 못하게 되는 경우는 거의 없다. 내 의지만 있으면 26~28일은 무조건 일한다. 아주 구체적으로 내 월급을 예상할 수 있다.

진짜 노가다꾼이 될 수 있는 방법

직영 일 하며 좋았던 또 한 가지는 노가다 판을 읽을 수 있게 됐다는 점이다. 이 점은 나에게, 그러니까 초보 노가다꾼이었던 나에게 아주 귀중한 소득이었다.

직영 일 하기 전, 인력사무소를 몇 달 다녔다. 안 다녀본 현장 없고, 안 해본 일 드물었다. 단순 잡부부터 곰방, 철거, 미장, 용접, 창호 등등. 내장목수 따라 카페 인테리어도 해봤다. 카페 인테리어 할 때는 목공, 타일, 견출, 도장까지 다 했다(직접은 아니고, 옆에서 거들었다). 그때는 내가 베테랑 노가다꾼이라도 된 양 착각했었다.

지금 생각해보면 정말 가소로운 수준이었다. 매일 현장이 달랐고, 가는 현장마다 단편적인 일만 했다. 요령은 좀 늘었는지 모르겠으나, 일의 맥락은 전혀 몰랐다. 직영 일 해보고 나서야 내가 얼마나 초짜였는지 깨달았다.

직영은 업무 특성상 거의 모든 공정에 직간접적으로 개입한다.

각 공정이 어떤 순서를 거쳐 마무리되는지, 그 흐름을 알게 된다. 또, 공정별 자재 반입반출에도 개입하기 때문에 자재 이름과 그 자재의 부속품 이름까지도 대략 알 수 있다. 한마디로 건물이 어떻게 지어지는지, 말하자면 나무가 어떻게 자라는지 알게 된다.

직영 일 하다 보면 나무뿐만 아니라 숲도 볼 수 있게 된다. 업무 특성상 원청 직원, 건축기사, 안전관리자, 타워·지게차·화물차 기사, 심지어는 철물점·고물상 사장, 간식·생수 납품 기사 등등 공사 현장에 들고나는 거의 모든 사람과 관계 맺고 소통한다. 한마디로 공사 현장 A to Z를 알게 되는 거다. 해서, 노가다 판에서는 이렇게 말한다. 직영으로 현장 하나만 돌면 진짜 노가다꾼 된다고.

그래서 하는 말이다. 만에 하나라도, 정말 만에 하나라도 노가다에 관심 있는 사람이 있다면 직영을 추천한다. 2~3년까지 붙어 있을 필요도 없다. 1년, 아니 6개월이면 된다. 깊게 파려면 넓게 파라는 말이 있다. 먼저 직영 일을 하면서 다양하게 경험하고, 그다음에 철근공이든 전기공이든 목수든 적성 찾아가면 된다. 열심히 하면 기술 배울 수 있는 기회는 언제든 온다. 나만 해도 직영 일 하면서 공정별 오야지들과 친해졌고, 그 덕에 목수 일을 시작할 수 있었으니 말이다.

직영, 벌이도 나쁘지 않다. 솔직히 말해 그 정도면 훌륭하다. 한 달 꾸준히만 나가면 300만 원은 번다. 슬픈 얘기지만, 직영 일 시작하고 받았던 첫 월급이, 내 인생에서 가장 많은 월급이었다. 통장에 찍힌 액수 보면서 문득 이런 생각이 들었다. 나는 뭐 하러 죽어라(?) 공부해서 대학까지 졸업했던가. 하하.

타설
·········

공구리 터진 날

공구리 치는 날 아침 풍경

〈노가다 입문 ③〉에서 '얼음 트레이' 얘길 했다. 얼음 트레이에 물 붓듯, 거푸집에 콘크리트를 부으면 건물이 완성된다고. 이 과정, 그러니까 '거푸집에 콘크리트 붓는 과정'을 건축 용어로 타설打設 이라 한다. 현장에서는 그냥 "공구리 친다"고 표현한다. 설마 하니, 맞다. 노가다 판에선 '콘크리트'를 '공구리'라 한다.

 공구리 치는 날은 아침부터 정신없다. 공구리 치려면, 우선 펌프 카가 거푸집 근처에 자리 잡아야 한다. 그것부터 간단치 않다. 펌 프카 자체도 워낙 크려니와(우리가 아는 가장 큰 차, 덤프트럭보다 크 다) 차체 양옆으로 길게 지지대를 빼 고정해야 해서 자리를 많이

레미콘

차지한다.

근데 또 현장이라는 게 어떤가. 이것저것 할 것 없이 모든 자재가 널브러진 곳이다. 사람이 들 수 없는 엄청나게 무거운 자재 말이다. 지게차가 그 자재를 옮기는 것부터 시작이다. 펌프카가 자리 잡을 수 있게 주변을 정리하는 거다. 그렇게 어느 정도 정리하면 펌프카가 지지대를 세워 자리를 잡는다.

그때부터 공구리 실은 레미콘차가 줄줄이 현장으로 들어온다. 정말 끝도 없이 들어온다. 얼음 트레이에 물 붓는 주전자가 펌프카라면, 주전자에 물 보충해주는 양동이가 레미콘차다.

레미콘차가 줄줄이 들어오다 보면 길이 막힌다. 자재 실은 화물차까지 줄줄이 밀린다. 순식간에 현장은 마비다. 어쩔 수 없이 레미콘차 사이사이를 인부들이 왔다 갔다 하게 되고, 혹시라도 '협착

(기계의 움직이는 부분 사이 또는 움직이는 부분과 고정 부분 사이에 신체 또는 신체의 일부분이 끼이거나 물리는 것, 산업안전대사전) 사고'가 날까 싶어 안전 요원들까지 호루라기 불어대며 사방팔방 뛰어다니는 풍경! 이게 공구리 치는 날 아침 풍경이다. 아, 생각만 해도 진짜 정신없다.

사람 하는 일에 실수 없으려고

그렇게 정신없는 와중에 공구리라도 터지면 현장은 그야말로 아수라장이다. 김밥 옆구리 터졌단 소린 들어봤어도, '공구리 터진다'는 건 또 무슨 소린가 싶을 거다. 공구리 터진다는 게 무슨 의미이며, 왜 터지는지 설명하기 위해선 거푸집 만드는 과정부터 얘기해야 하는데, 이 또한 〈노가다 입문 ③〉에서 자세히 설명했다.

간략하게 다시 설명하자면 거푸집은 실과 바늘로 천 조각 한장 한장을 누벼 옷 만들듯 유로폼과 유로폼 사이에 외지핀을 끼워 고정하는 방식으로 만든다. 기본 원리만 상기하고 넘어가자.

거푸집을 만들다 보면 왕왕 실수가 나온다. 기계도 한 번씩 오류를 범하는 판에, 사람 하는 일에 실수 없을라고. 노가다밥 30~40년씩 먹고 산 베테랑 목수 십수 명이 달라붙어 만드는데도 그렇다. 구체적으로 설명하자면 끝도 없다. 그냥 이렇게 생각하자. 바늘을 한 땀 덜 꿰맸다거나, 너무 낡은 천 조각이 한 장 껴 있었다거나 하는 식의 실수가 있었던 거다.

어딘가 문제를 안고 있는 거푸집에 묵직한 공구리를 사정없이 부으면 거푸집이 그 압력을 견디지 못한다. 그렇게 되면 마치 몸에 맞지 않은 셔츠를 입어 단추가 '뿅' 하고 튕기듯, 유로폼과 유로폼 사이가 '퍽' 하고 벌어지면서 공구리가 쏟아져 나온다. 설사처럼, 주르륵 주르륵. 이 상황을 현장에선 '공구리 터졌다'고 표현한다.

아차 싶어 뒤늦게 확인하면 이미 늦는다

사고는 실수와 우연이 겹겹이 쌓일 때 발생하곤 한다. 공구리 터질 때도 그렇다. 공구리는 거푸집 위에서 붓기 때문에 만약 터지면 압력이 가장 센 아래쪽이 터진다. 그러니까 위쪽에서 공구리 치는 타설공은 공구리가 터지는지 어쩌는지 알 수 없다. 그냥 때려 붓는 거다.

공구리 터질까 노심초사하는 건 형틀목수다. 공구리 터졌다는 건 자신들이 만들어놓은 거푸집에 문제가 생겼단 얘기니까. 해서, 목수 오야지는 거푸집 곳곳에 목수를 배치해 혹시 모를 사고를 대비한다. 이를 "공구리 망 세운다"고 표현한다.

근데 이상하게도 공구리는 꼭 공구리 망 없는 곳에서 터진다. 타설공 입장에서 이 정도 공구리 부었으면 어지간히 차올라야 하는데 가끔 부어도 부어도 안 차오를 때가 있다. 아차 싶어 뒤늦게 확인하면 이미 늦었다. 여지없다. 어딘가에서 공구리가 터진 거다.

그때부터 현장은 비상이다. 목수 오야지는 타설부터 중지시킨다. 이어 기공, 조공 할 것 없이 목수팀 전원을 공구리 터진 곳으로 집합시킨다. 직영팀에도 연락해 쇠삽, 플라스틱삽 등 삽이란 삽은다 보내달라고 말한다. 공구리 퍼 담을 포대도 잔뜩.

삽과 포대를 받은 목수들은 거푸집 밖으로 주르륵주르륵 밀려 나오는 공구리를 옆으로 치워가며 터진 데를 억지로 막는다. 말하자면, '뻥'하고 단추가 튕겨져 나간 자리를 이중 삼중으로 다시 꿰매는 거다.

터진 거푸집을 어지간히 틀어막고 나면 뒷수습을 해야 한다. 이때부터 아주 골치 아프다. 내가 이번 편 제목을 '공구리 터진 날'로 정한 건 문제의 그날 때문이다. 그날, 정신없이 리어카를 끌고 다니다가 문득, 현진건의 단편소설 〈운수 좋은 날〉이 떠올랐다. 소설은 결국 비극으로 끝나지만, 그래도 그전까지 연거푸 행운을 누리지 않던가. 문제의 그날은 그렇지 않았다. 리어카 끌고 정신없이 왔다 갔다 한 건 소설 속 주인공이나 내 처지나 똑같았는데, 나에게는 처음부터 끝까지 운수 좋지 않은 날이었다. 종일, 공구리가 터졌다. 여기서 뻥, 저기서 뻥, 여기저기 뻥뻥뻥.

만만한 게 홍어 좆, 직영이 뭔 죄야

직영 잡부로 일할 때다. 문제의 그날 정확히 일주일 전 이미 대형 사고가 있었다. 레미콘 세 대 분량의 공구리가 터질 때까지 아무도 몰랐다. 정말 어마어마한 공구리가 쏟아져 나왔다.

아, 미처 얘기 못 했는데 목수팀은 터진 거푸집 대충 수습하고, 다시 타설 시작하면 대체로 나 몰라라 한다. 쏟아져 나온 공구리 치우는 건 결국 직영팀 몫이다. 만만한 게 홍어 좆이라고, 뭔가 애매하고 난처하다 싶으면 직영팀 부른다.

공구리는 생각보다 금방 굳는다. 여름엔 반나절, 겨울엔 한나절이면 굳기 시작한다. 이 '골든타임'을 놓치면 딱딱하게 굳은 공구리를 깨가며 치워야 한다. 일이 두 배, 아니 세 배 네 배 힘들다.

그날은 어마어마한 공구리가 터졌으므로, 이미 골든타임은 물 건너간 상황이었다. 결론부터 말하자면 그걸 다 치우기까지 꼬박 6일이 걸렸다.

공구리 치우는 방법은 이렇다.

① 함마드릴(해머드릴. 공구리 깰 때 쓰는 전동공구)로 공구리를 자잘하게 깬다.

② 깬 공구리를 삽으로 퍼서 작은 포대에 담는다.

③ 작은 포대를 다시 대형 포대에 차곡차곡 쌓는다.

④ 지게차나 타워크레인으로 대형 포대를 떠서 야적장으로 옮긴다.

⑤ 덤프트럭에 실어 반출한다.

공구리 터진 위치도 중요하다. 위로 뚫려 있거나 옆으로 뚫려 있어서 타워크레인이든 지게차든 접근할 수 있는 위치라면, 공구리 터진 곳 바로 옆에 대형 포대를 펴놓고 바로바로 퍼 담을 수 있으니까.

6일이나 공구리 치운 곳은 위치가 안 좋았다. 계단으로 내려가야 하는 지하실 맨 구석. 계단 때문에 지게차도 못 들어오고, 천장이 막혀 있어 타워크레인으로도 뜰 수 없었다. 어쩔 수 없이 사람

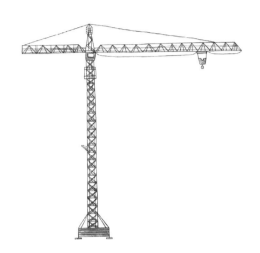

타워크레인

이 쪽 서서 연탄 이어받듯, 작은 포대를 받아치기해서 계단 위로 옮겨야 했다. 세 사람이 공구리 깨고, 여섯 사람이 퍼 담아 받아치기했음에도 6일이나 걸렸으니, 그 양과 작업 환경이 가히 최악이었다.

사람도 고생이 많았지만, 하청도 손해가 컸다. 9명이 6일이면 인건비만 어림잡아 700만 원이다. 거기에 폐기물 처리한 공구리, 기타 부자재 값 생각하면 작은 실수 하나로 돈 천만 원 날린 거다.

공구리를 겨우 다 치운 6일째, 옆 동에서 또 공구리가 터졌다. 다행인지 불행인지 이번에는 양이 많지 않았다. 두어 사람이 한나절

만에 마무리했다.

그리고 문제의 그날이 밝았다. 일주일 내내 공구리만 치우고 다녔더니 허리도 아프고 어깨도 아프고 "에휴, 그래도 이제 다 끝났네" 하며 안도의 한숨을 내쉬던 찰나, 직영반장이 괜한 소리(?)를 했다.

"진짜 굿이라도 한번 해야 하나. 아니, 어떻게 두 번 연속으로 공구리가 터져. 요즘 소장 기분도 영 안 좋잖아. B 하청 업체는 공구리 잘만 치는데, 우리는 맨날 터지니. 에휴."

"그래도 다 치우고 나니까 이제 좀 살겠네요. 맨날 이렇게 빡세면 일 못 해요. 하하."

그때였다! 직영반장 전화벨이 울리기 시작했다. 그날따라 일정이 겹쳐 세 개 동 공구리를 동시에 쳤다. 약속이나 한 듯 두 개 동에서 공구리가 터진 거다. 그것도 A동에선 두 군데, B동에선 무려 세 군데나.

나는 리어카에 삽이랑 포대를 실어 정신없이 날라다 주고, 직영반장은 목수 오야지들 전화 받으랴 부족한 삽이랑 포대 급하게 주문하랴 전화통에 불나고, 소장은 똥 씹은 표정으로 공구리 터진 데 체크하러 다니느라 땀 삐질삐질 흘리고…. 지금 생각해도 정말 끔찍한 하루였다. 무려 다섯 군데나 뻥뻥뻥뻥뻥.

이상, 운수 좋은 날, 아니 공구리 터진 날이었다. 아, 그건 어떻게 수습했느냐고? 상상에 맡기겠다.

90

지랄도 일관적이어야지 멋있는 거야

땅콩회항급 가족 갑질을?

이 사람 얘기를 글로 옮기기까지 고민이 많았다. 주저리주저리 늘어놔 봐야 결국 '뒷담화'밖에 안 될 거 같아서. 그런 글이 과연 가치 있을까 싶어서. 그럼에도 쓰기로 결심한 건 그 사람이 어떤 의미로는 너무 신선하고 재밌는 캐릭터여서다. 묵혀두자니 너무너무 아까웠다. 실제로 친구들에게 이 사람 얘기를 해주면 빵빵 터진다.

"그런 사람이 세상에 존재하긴 하는 거야? 너 거짓말 하는 거 아니지?"

물론, 거짓말 아니다. 이 세상에 존재하는 사람이다.

이 사람을 처음 만난 건, 하청 직영팀에 들어갔을 때다. 이 사람은 직영팀 새끼 반장이었다. 나이는 딱 일흔 살이었다. 40년을 목수로 보냈다고 했다. 노쇠해 더 이상 목수 일을 할 수 없어 직영팀에 들어오긴 했으나, 누구보다 노가다 판을 잘 아는 진짜 꾼이었다. 지금부터 이 사람을 박 반장이라 칭하겠다.

첫날, 난 박 반장이 범상치 않은 인물이란 걸 단박에 알아챘다. 내 입장에선 그 현장에 간 첫날이었고, 직영 일을 하는 것도 처음이었다. 게다가 그날따라 비까지 내렸다. 여러모로 정신 차릴 수 없었다.

그렇게 어리바리하고 있는데, 박 반장이 버럭 화를 내며 쌍욕을 퍼부었다. "뭐 이런 놈이 왔냐"부터 시작해서 "왜 이따위로밖에 못하냐"는 게, 쌍욕하는 주된 이유였다. 그러다 오후 참 시간이 됐다. 배가 고파서라기보단 담배라도 피우며 한숨 돌려야 할 것 같아, 조심히, 아주 조심히 물었다.

"저기, 박 반장님. 참은 따로 안 드시나 봐요?"

"이 새끼가! 참 먹을 시간이 어딨어. 첫날부터 참 타령이여. 빨리 저거나 가져와. 뭐 이런 새끼가 다 왔어. 일하기 싫으면 꺼져. 너 아니어도 일할 사람 많으니까."

"…."

그렇게 정신없는 첫날이 지났다. 둘째 날, 출근하는 나를 보며 박 반장이 대뜸 또 화를 냈다.

"난 저 새끼랑 답답해서 일 못 하겠으니까 최 반장(또 다른 새끼 반장)이 데려가서 하든가 말든가. 뭐 저딴 놈이 다 왔어."

최 반장이 오전 참 시간에 넌지시 말을 꺼냈다.

"박 반장이 여기 하청 사장의 친형이여. 나한테는 사돈이기도 해. 우리 마누라 동생, 그러니까 처제 남편이 여기 하청 사장이여. 그 사람의 형이 박 반장이니까…. 박 반장이랑 나는 젊을 때부터 목수로 같이 일했어. 나이는 내가 한 살 많고. 근데 성격이 아~주 지랄이라, 나한테도 맨날 뭐라뭐라해. 그러니까 송 군도 한 귀로 듣고 한 귀로 흘려. 박 반장 말에 스트레스 받기 시작하면 일 못해."

그런 거였다. 같은 직영 잡부끼리 뭐 그렇게 어깨에 힘주고 다니나 했더니, 사장의 친형이란다. 노가다 판에서 설마하니 땅콩회항급 가족 갑질을 경험하게 될 줄이야.

노가다 판 스티브 잡스

박 반장 스스로는, 관리자라는 책임의식 비슷한 게 있는 듯 보였다. 바로 이점이, 말하자면 직책에 맞지 않는 책임 의식이 여러 사람을 불편하게 했다.

가장 큰 피해자는 역시 직영반장이었다. 직영반장 입장에선 소장에게 지시받은 업무를 직영팀 인부들에게 분배해서 착착 처리해야 하는데, 박 반장이 직영반장 지시를 귓등으로도 안 들었다. 안 듣는 정도가 아니라 도리어 직영반장에게 훈계했다. 인부 관리를 제대로 못 한다는 둥, 일머리를 모른다는 둥 하면서 말이다. 말하자면 내가 회사 부장인데, 사장 아들이 낙하산 차장으로 들어와 날 무시하는 격인 거다. 그것도 대놓고.

박 반장 때문에 직영반장 스트레스가 이만저만 아니었다. 박 반장이 사사건건 시비 걸어오는데 사장 친형이라니 들이받지도 못하겠고, 미꾸라지처럼 자꾸 헤집고 다니니 일은 일대로 진행이 안 되고, 한마디로 환장할 노릇이었던 거다. 할 수 있는 거라고는 만만한 나 붙들고 하소연하는 정도.

"나보다 몇 살이나 많은 사람한테 이렇게 말하면 안 되지만, 그렇게 지 멋대로 할 거면 지가 직영반장을 하던가. 아님 현장 소장을 하던가. 그것도 아니면 본사 가서 넥타이 메고 임원을 하던가. 왜 직영 잡부로 와서는 여러 사람 피곤하게 하느냐고. 지가 사장 친형이면 다여? 똑같이 작업복 입고 삽질하는 잡부 인생 주제에 누가 누구한테 훈계질이여 훈계질이."

"그러게 말이에요. 저도 박 반장님 때문에 스트레스 받아 죽겠어요."

"아닌 말로 사장 친형이면 행동 더 조심해야지. 저렇게 날뛰고 다니면, 지 동생만 욕 먹이는 거여. 안 그려?"

나는 박 반장을 보면서 종종 스티브 잡스가 떠오르곤 했다. 월터 아이작슨이 쓴 《스티브 잡스》를 보면 잡스의 괴팍한 성격이 잘 나온다. 가령, 잡스의 현실 왜곡장(순전히 정신력만으로 자신의 새로운 세계를 창조하는, 말하자면 의도적인 현실 거부로 타인뿐 아니라 자기 자신도 기만하는 잡스 특유의 최면)이라든가, 세상을 이분법(인간을 무조건 깨달은 자와 멍청한 놈으로 분류하는 잡스만의 독특한 세계관)으로 바라보는 기질 같은 것. 잡스는 뭐라 말로 표현할 수 없는, 한마디로 괴짜 같은 사람인데 박 반장이 딱 그랬다. IT의 괴짜가 스티브 잡스라면, 노가다 판 괴짜는 박 반장이었다. 양대 산맥 같은 느낌이랄까.

100명이면 100명 다 다른 게 세상이니

괴짜 박 반장에겐 몇 가지 특징이 있었다. 우선, 세상 모든 것이 마음에 안 드는 사람처럼 행동했다. 직영팀뿐 아니라 철근, 형틀, 타설 가릴 것 없이 본인 마음에 안 들면 쫓아가서 시비를 걸었다. 그러니 툭하면 싸움이었다.

박 반장이 하청 사장 친형이라는 사실을 아는 사람은 더러워서라도 피하는데, 그 사정 모르는 사람 입장에선 웬 잡부 할아버지가 와서 시비 거는 어이없는 상황이 연출되는 거였다. 그러니 싸움이 벌어질 수밖에.

또 박 반장은 성격도 매우 급한 데다가 다혈질이었다. 그런 사람 특성 하나가 입이, 정확하게는 혀가 뇌를 못 따라간다는 점이다. 뭔 말이냐 하면 생각은 벌써 저만큼 가 있는데, 말은 그 생각을 못 따라가는 거다. 그러니 늘 버벅거리며 말하고 발음은 뭉개졌다.

박 반장 같은 경우 화낼 때 그런 특성이 더욱 도드라졌다. 그럴 때면 정말 한마디도 알아들을 수 없었다. 더 큰 문제는 정말 무슨 말인지 모르겠어서 어리둥절하는데, 박 반장은 상대방이 일머리를 몰라 자기 말을 못 알아듣는다고 착각한다는 점이었다. 언젠가는 나한테 이렇게 말했다.

"히, 히, 히, 히께 가져와 히께."

"네?"

"히, 히, 히께 가져오라고. 빨리 가서 히께 가져와."

"히께요? 히께가 뭐예요?"

"하~ 진짜 이 새끼. 히께 몰라? 쓰, 쓰, 쓰레기 주울 때 쓰는 거, 히께."

"집게요?"

"그래, 히께. 왜 이렇게 말귀를 못 알아 처, 처, 처먹어."

"…."

박 반장 때문에 나 또한 스트레스가 이만저만 아니었다. 언젠가 최 반장이 또 넌지시 말을 꺼냈다.

"박 반장이 하는 말, 무슨 말인지 못 알아듣겠지? 나도 40년이나 같이 일했는데 지금도 반밖에 못 알아먹어. 좀 지내다 보면 조금씩 들릴 거여. 그리고 이 세상에서 박 반장 마음에 들 사람, 한 사람도 없어. 박 반장 마음에 들려면 공장에서 찍어내야 돼. 송 군 정도면 일 잘하는 거여. 그러니까 그런 줄로만 알어."

박 반장의 마지막 특징은 일관적이지 않은 태도였다. 세상 두려울 거 없어 보이는 박 반장도 딱 한 사람, 소장한테는 굽실굽실 했다. 그건 도대체 무슨 기준인지 모르겠으나, 어쨌든 그랬다. 소장 앞에선 순한 양이었다. 소장이 무슨 말을 하든 싱글벙글 웃으며 "네! 알겠습니다!" 하고 씩씩하게 대답했다.

난 그 모습을 볼 때마다 이러면 안 된다고 생각하면서도 참 미운 마음이 들었다. 사람 성격, 지랄 맞을 수 있다. 말이나 행동, 거칠 수 있다. 가치관이나 성향도 다를 수 있다. 100명이면 100명 다 다른 게 세상이니, 얼마든지 이해한다. 근데 지랄도 일관적이어야지 이해해줄 수 있다. 약자 앞에선 한없이 강하고, 강자 앞에선 한없이 비굴한 박 반장 모습은 진짜 좀 멋없었다.

콩 볶듯, 쥐 잡듯

어릴 때부터 어른들 앞으로 지나가지 마라, 어른이 먼저 수저 들면 그때 들어라, 좋은 거 맛있는 거 있으면 어른 먼저 챙겨라 등등의 말을 지겹게 들으며 컸다(늘 옳은지는 모르겠지만). 그래서 아무리 더럽고 아니꼬운 어른을 봐도 그냥 그러려니 하는 편이다. 그런 내가, 살면서 거의 처음으로 큰아버지뻘 되는 사람한테 대들었다. 박 반장에게.

몇 번 얘기했듯, 난 어떤 일이든 열심히 하는 편이다. 그게 속 편하다. 생긴 거와 달리 은근 일개미 스타일이다. 근데, 박 반장만큼은 날 베짱이 취급했다.

"11시면 밥 먹으러 가고, 4시면 집에 갈 궁리하고, 너는 일을 언제 하냐?"(당연히 그런 적 없다.)

"너는 일은 안 하고 하루 종일 담배만 피고 앉아 있냐?"(어쩌다 담배 피는 모습 볼 때면.)

"너는 참 먹으러 현장 나왔냐? 음료수 한 개 빵 한 개만 먹어."(어쩌다 음료수 두 개 먹을 때면.)

그럴 때마다 최 반장 조언대로 "네네" 하며 넘어갔다. 근데, 그것도 한두 번이고 어지간해야 하는데, 박 반장은 나만 보면 콩 볶듯

쥐 잡듯 했다.

문제의 그날은 일요일이었다. 통상 일요일은 현장 전체가 쉰다. 간혹 바쁠 때만 일요일에도 현장이 돌아간다. 일요일 출근이 의무는 아니기에 내 입장에선 안 나가도 그만이었다. 그래도 나름 책임감 가지고 일요일에 나오라면 군말 없이 나갔다.

참고로 일요일은 4시쯤 일을 마무리한다. 정해진 건 아니고, 관행적으로 그렇게 한다. 그날은 내가 3시 55분쯤 일을 마무리하고 들어왔던 모양이다. 그 모습을 박 반장이 본 거다. 일은 안 하고 집에 갈 궁리만 한다며 노발대발하기 시작했다. 참고 참다가 나도 터졌다.

"아니, 일요일까지 나와서 개고생했으면 수고했다는 말은 못 할망정, 5분 일찍 들어왔다고 사람을 죽일 듯하면 일을 어떻게 하라는 거예요? 진짜 어지간히 좀 하세요!"

"야 너! 이 새끼가. 너 당장 꺼, 꺼, 꺼져. 너 아니어도 일할 사람 마, 마, 마, 많으니까."

"네네~ 현장이 여기 하나만 있는 줄 아세요? 안 그래도 저보고 같이 일하자는 사람 많습니다."

"어허! 이 새끼 봐라?"

정말 그만둘 생각이었다. 실제로 같이 일하자는 반장이 여럿 있었다. 짐 싸려는데 소장이 쫓아 내려왔다.

"박 반장님, 여기서 혼자 일하실 거요? 인부들 다 내쫓고 혼자 하실 거냐고요. 젊은 애가 하루도 안 빠지고 성실하게 나와서 열심히 하는데 왜 못 잡아먹어서 안달이에요. 박 반장님이 자꾸 그렇게 하시면 저도 여기서 소장 못 해요."

그러고는 날 따로 불렀다.

"얀마. 너 일 열심히 하는 거 이 현장에서 모르는 사람이 어딨어? 내가 박 반장이랑 현장 몇 군데 같이 해봐서 잘 아는데, 원래 저래. 자기 몸 피곤하면 괜히 옆 사람한테 화내고 그래. 너도 이제 저 사람 성격 알잖아. 그냥 그러려니 해야지."

"소장님. 진짜 어지간해야죠. 스트레스 받아서 일 못 하겠어요."

그 사건이 있고 얼마 뒤, 현장을 옮겼다. 박 반장 때문은 아니고 상황이 그렇게 됐다. 현장 옮긴 지 꽤 지났는데도 가끔 박 반장이 생각난다. 돌이켜보면 박 반장은 나에게 '예방주사' 같은 사람이었다. 박 반장한테 쌍욕을 워낙 많이 먹었던 '덕분'에 이제 어지간한 욕 정도는 웃어넘길 수 있다. 이것도 고마워해야 할 일인지는 모르겠다만, 미운 정도 정은 정인가 보다.

고마워요, 박 반장님! 잘 지내시죠? 하하.

나무는 양陽이요, 철은 음陰이니

공정마다 달라도 너무 다른 성향

집단이건 개인이건 직업에 따라 성향이나 분위기가 결정되곤 한다. 한때 문화·예술 잡지 기자로 일했다. 예술가를 만날 때마다 늘 이런 생각이 들었다. '화가냐, 문인이냐, 연극배우냐에 따라 그 특유의 분위기가 있구나.' 뭐라고 딱 꼬집어 말할 순 없지만 어쩐지 느껴지는 그 무엇. 야구 잡지 기자를 할 때도 같은 생각을 했다. 투수냐, 타자냐, 심지어 포지션이 포수냐, 내야수냐, 외야수냐에 따라 미묘한 성향 차이가 있었다. 같은 야구 선수라 해도 말이다.

노가다 판도 마찬가지다. 같은 노가다꾼이라도 공정마다 특유의 분위기가 있다. 단적인 예로 전기공들은 전반적으로 '차도남'

같은 분위기가 있다. 먼지 한 톨 묻지 않은 작업복과 안전화, 간결하고 깔끔한 작업 방식까지, 노가다꾼 냄새가 가장 안 난다.

노가다 판에선 외국 노동자들도 끼리끼리 모이는 경향이 있다. 해체나 철거처럼 묵직하게 힘 써야 하는 공정엔 몽골인이 많다. 키가 크고 날렵하면 절대적으로 유리한 비계팀엔 우즈베키스탄이나 러시아 등 추운 나라 사람이 많다. 키나 힘보다는 요령과 기술이 더 중요한 형틀목수팀엔 베트남, 캄보디아, 필리핀 등 동남아시아 사람이 많다.

공정에 따른 성향 차이를 길게 설명한 건, 내장목수와 용접공 얘기를 해볼까 싶어서다. 인력사무소 다니던 시절이었다. 우연히 내장목수를 보름 정도, 뒤이어 바로 용접공을 한 달쯤 따라다닌 적 있다. 그때 난 참 특별한 경험을 했다. 똑같은 노가다 일이고, 내 입장에선 똑같은 데모도(조수라는 뜻으로 일본어 てもと[데모또]에서 파생) 일인데, 모든 게 달라도 너무 달랐다. 오야지 성격부터 현장 분위기, 작업 스타일, 다루는 연장과 자재 등등 모든 게 말이다.

모든 차이의 근원, 물성物性

내장목수와 용접공의 차이가 무엇이냐. 먼저, 다루는 자재부터 다르다. 내장목수는 말 그대로 '나무' 다루는 사람이다. 용접공은 '철' 다루는 사람이다. 실은, 모든 차이가 여기에서 시작한다. 말하자면, 나무와 철이 가진 각각의 물성 차이가 모든 차이의 근원이라고 할까.

내가 생각하는 나무의 기본적인 물성은 양陽이다. 나무는 빛을 받고 자란 덕에 양의 기운이 가득하다. 내장목수 작업장에 들어가면 산뜻하고 따뜻한 나무향이 은은하게 퍼져 있다. 틀림없는 양기陽氣다. 기분 탓인지는 모르겠는데, 내장목수 따라 일할 땐 어쩐지 몸도 마음도 가벼운 느낌이었다.

　양의 기운이 가득한 나무는 다듬을수록 부드러워진다. 내가 여기서 말하는 부드러움은 철의 매끈함과 또 다른 질감이다. 샌딩기(나무 표면 갈아내는 전동공구)로 곱게 갈아낸 나무를 만지면 '아~' 하고 느낄 수 있을 거다. 나무 속살이 얼마나 부드러운지.

　또, 나무는 시간이 지날수록 수축과 팽창을 거듭하면서 단단해진다. 나는 이걸 깊어지는 과정이라 표현한다. 말하자면 나무는 뿌리가 뽑히고, 밑동이 잘려도 죽는 게 아니라 자연과 조화하면서 거듭나는 거다. 이것 또한 분명 양기의 흐름이다.

　반대로 철의 기본적인 물성은 음陰이다. 철은 땅속 깊은 곳 광물에서 추출하기 때문에 음의 기운이 가득하다. 철을 만지고 있으면 매끈하긴 한데 차갑고 '쎄한' 기운이 느껴진다.

　나무가 시간과 자연의 조화 속에서 깊어지고 단단해지는 것과 달리, 철은 시간과 자연에 순종하거나 균열을 일으키며 서서히 녹슬고 결국엔 삭아버린다. 나무가 유柔에서 강剛으로 나아가는 성질이라면, 철은 강剛에서 유柔로 쇠퇴하는 성질이다. 분명 음기陰氣의 흐름이다.

　이렇듯 극명하게 다른 나무와 철의 물성 차이가 내장목수와 용접공의 성향 차이로도 이어지는 것 같다.

더디지만 정교한 시간

건물을 짓고 나면 내부에도 목공 작업이 필요하다. 그걸 하는 게 내장목수다. 대표적인 작업이 카페 인테리어다. 각자 자주 가는 카페를 떠올려보자. 카페에서 볼 수 있는 온갖 목재들, 가령 마룻바닥이나 카운터 선반, 테라스 바닥, 주방과 화장실 수납장, 테이블과 책장, 창문틀과 문 등 나무로 만들 수 있는 모든 걸 내장목수가 만든다.

내가 목수 따라 보름간 했던 작업도 카페 인테리어였다. 자랑할 건 아니지만, 내가 인테리어 한(?) 카페가 지금도 어딘가에 있다. 아주 가~끔 그 카페에 간다. 지인과 같이 가면 조용한 목소리로 이렇게 말한다.

"여기 인테리어 내가 했잖아~ (소곤소곤)."

"인테리어는 무슨, 목수 데모도 하면서 페인트칠이나 한 주제에."

"야! 작게 말해. 페인트칠하는 게 얼마나 어려운데."

내장목수 작업은 매우 복잡하다. 그리고 매우 더디다. 책장 하나 만든다 치자. 먼저, 합판이나 각재를 사이즈에 맞게 켜거나 자른다. 재단한 나무에 목공 본드를 발라 붙인다. 어느 정도 차이인 줄은 모르겠으나, 목수 말로는 목공 본드를 바른 뒤 고정한 것과 그냥 고정한 것의 내구성이 하늘과 땅 차이란다.

목공 본드로 고정한 후엔 타카(순간적인 공기 압력으로 얇은 핀을 쏘는 기계. 영어 Tacker[압정 박는 사람이나 기구]에서 파생)나 전동드릴과 나사, 망치와 못 등으로 완전하게 고정한다. 다음으로는 샌딩

타카

기로 곱게 갈아낸다. 내장목수나 클라이언트 취향에 따라 그 정도
에서 마무리할 수도 있고, 샌딩한 뒤에 바니시(나무 표면에 바르는
투명 코팅제)나 오일스테인(나무 고유 무늬를 살릴 때 주로 쓰는 마감
재), 페인트 등을 발라 멋을 내기도 한다.

풍류와 낭만을 즐길 줄 아는

내가 따라간 목수는 섬세하고 따스한 사람이었다. 풍류와 낭만도
즐길 줄 알았다. 블루투스 스피커를 연결해 노래 트는 걸로 아침을
열었다. 이문세나 김광석 노래처럼, 찬바람 불기 시작할 때 들으면
좋을 만한 노래를 주로 틀었다. 이따금 휴대용 에스프레소 머신으
로 커피를 내려주기도 했다.

　그 이전까지, 아니 그 이후에도 노가다 판에서 아메리카노를 마
셔본 적이 없다. 낯설었지만 기분 좋은 아침이었다. 종이컵에 휘휘

저어 주던 믹스커피나 마시다가, 머그잔에 담긴 아메리카노라니.

목수는 내가 한참 동생이었는데도 내내 존대해줬다. 말씀 편하게 하시라고 거듭 얘기해도 그랬다. 그러면서 세세하게 목공 작업을 알려줬다.

"주홍 씨, 테이블톱으로 합판을 켤 때는 양쪽을 잘 잡아줘야 해요. 안 그러면 합판이 확 튕겨버릴 수 있기 때문에 항상 조심해야 해요."

낯선 경험이었다. 노가다 판에서 그토록 친절하게 설명해준 사람은 그 이전에도 그 이후에도 만나지 못했다. 물론, 작업할 땐 분명했다.

목공 작업 특성상 그 자체가 마감인 경우가 많다. 앞서 얘기한 것처럼 멋을 더하는 바니시, 오일스테인, 페인트 정도가 추가될 뿐이다. 그렇다 보니, 단 1밀리미터의 오차도 허용하지 않았다. 목수는 톱날 두께까지 계산해서 나무를 켜거나 잘랐다. 조금이라도 어긋나면 다시 작업했다. 이 정도까지 해야 하나 싶을 정도였다.

"주홍 씨 여기 봐요. 합판이랑 합판 사이가 살짝 벌어져 있죠. 아는 사람이 보면 이런 게 딱 보이거든요. 일 못하는 목수가 작업했다고 할 거예요."

마감재 바를 때도 마찬가지였다. 그나마 내가 할 수 있는 작업이 샌딩과 도장이어서, 주로 붓 들고 다니며 바니시나 페인트칠을 했다. 한참 칠하고 있으면 목수가 다가왔다.

"주홍 씨가 바른 거랑 내가 바른 걸 비교해봐요. 주홍 씨가 바른 건 붓 자국이 지저분하게 남아 있죠? 일단 붓을 합판에 댔으면 끝

샌드위치 패널

까지 쭉 밀고 나가야 해요. 그래야 깔끔해 보여요. 하하.”

무엇 하나 허투루 넘기지 않다 보니 작업이 더뎠다. 그래도 개의치 않아 했다. 성격 급한 내가 오히려 서두르면 목수는 웃으면서 이렇게 말했다.

“주홍 씨. 후딱후딱 해서 돈 몇 백만 원 더 남겨 먹는 목수보다 꼼꼼하게 해서 나중에 욕 안 먹는 목수가 더 좋은 목수예요. 주홍 씨도 목수 일 배워보고 싶댔죠? 배우려면 진짜 목수 만나서 제대로 배워야 해요. 개목수한테 배우지 말고. 이 바닥엔 개목수가 너무 많아. 대충대충 작업하는 목수들.”

뜨겁고도 거친 시간

조립식 주택·창고·공장 등을 지을 때, 혹은 철근콘크리트 건물 외벽에 특수한 마감 작업을 할 때는 철, 그 가운데서도 주로 각파이프로 와꾸(테두리, 틀. 영어로는 프레임을 뜻하는 일본어 わく(와꾸)에서 파생)를 짠다.

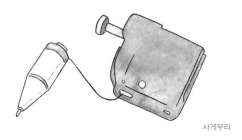

사게부리

　그렇게 와꾸를 짜면 거기에 합판이나 철판, 샌드위치 패널(단면이 샌드위치처럼 생겨 샌드위치 패널이라 부른다) 등을 붙여 건물을 만든다.

　노가다 판에서 말하는 용접공(금속공이라고도 한다)은 쉽게 말해 그 와꾸 짜는 사람이다. 참고로 사전에서 말하는 용접공은 "금속, 플라스틱, 유리 등을 영구적으로 결합시키기 위해 연결될 부분에 열을 가해 녹이고 융합시켜 연결하는 사람"이다.

　용접공 작업은 매우 간단하다. 고속절단기로 각파이프 자르고, 자른 각파이프를 용접기로 붙여가며 와꾸를 짠다. 이게 끝이다.

　물론, 그 과정이 간단치는 않다. 말했듯 주로 하는 작업이 와꾸 짜는 것이다 보니 수직과 수평 잡는 일이 어느 공정보다 중요하다. 가로 폭 100미터짜리 건물 와꾸를 짠다고 했을 때, 한쪽에서 1밀리미터만 수평이 어긋나도 저쪽 끝에선 엄청난 간극이 난다. 해서, 용접공들은 사게부리(다림추라는 뜻으로 수직 잡을 때 쓰는 연장. 일본어 さげふり[사게후리]에서 파생)와 수평대, 레이저 레벨기 등을 가

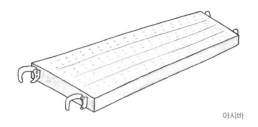

아시바

지고 다니며 수시로 수직과 수평을 체크한다.

과정도 간단치 않지만 위험 요소도 매우 많다. 화상 사고가 가장 빈번하다. 용접기로 용접하는 걸 전문 용어로 아크용접이라 한다. 이 작업만 해도 여기저기에 불꽃이 마구 튄다. 장갑과 옷에 구멍이 송송 난다. 제법 큰 불꽃이 튀면 옷을 뚫고 들어와 물집이 잡히기도 한다.

가스를 연소시켜 용접하는 가스용접은 그야말로 큰 화상으로 이어질 수 있는 작업이다. 또한, 작업 특성상 강한 (용접) 광선을 계속 봐야 하기 때문에 보안경을 쓴다. 그렇게 한들 시력 나빠지는 걸 피할 수는 없다.

이뿐만 아니라, 노가다 판 용접공은 주로 외벽에서 아시바(높은 곳에서 일할 수 있도록 설치하는 임시가설물. '발판'이라는 뜻의 일본어 あしば[아씨바]에서 파생. 우리말로는 '비계')를 타고 다니며 작업한다. 늘 추락사고 위험이 있는 거다.

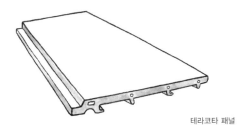
테라코타 패널

시원시원하고 화끈화끈한

카페 인테리어가 끝나고 내장목수와 아쉽게 작별한 다음 날, 용접 현장에 가게 됐다. 현장에는 용접공 세 사람이 기다리고 있었다. 원래는 데모도까지 네 사람이 한 팀이었던 모양이다. 바로 직전 현장에서 데모도 하던 사람이 추락 사고를 당했단다. 7미터에서 떨어졌다는데 불행인지 다행인지 꼬리뼈만 부러지는 정도로 끝났다고. 그러니까 나는, 병원에 입원한 데모도 대신 투입된 거였다.

우리가 할 일은 철근콘크리트 건물 외벽에 각파이프로 와꾸 짜는 거였다. 우리가 와꾸를 짜놓으면, 이후에 테라코타 패널(점토를 구워 만든 패널. 쉽게 설명해 가로세로 1m 정도의 평평한 기와라 생각하면 된다)을 붙여 멋진 건물이 될 거라고 했다.

첫날, 나를 위아래로 쓱 훑어보던 용접공 오야지가 믹스커피를 획획 타서 건네며 이렇게 말했다.

"몇 살이여? 우리는 여기서 한 달쯤 작업해야 되니까 열심히 해봐. 오늘 하는 거 봐서 일 좀 한다 싶으면 계속 부를 테니까. 너도 한 현장에서 쭉 하는 게 편하잖어?"

용접공 오야지는 좋게 표현해 시원시원하고 화끈화끈한 사람이었다. 때때로 후끈후끈해서 문제였지만.

"별거 없어. 우리가 사이즈 불러주는 대로 각파이프만 잘라주면 돼. 용접은 수직과 수평이여. 길이는 좀 짧아도 돼. 5밀리미터까지는 우리가 커버할 수 있으니까 1~2밀리미터 가지고 낑낑거리지 말란 얘기여. 여기 고속절단기 앞에 있다가 줄자로 한 번 딱 재고, 대강 잘라서 주면 돼. 오케이? 아 그리고 우리가 쭉 용접해나가면 용접한 데 용접똥이 덕지덕지 붙어 있을 거라고. 그걸 털어줘야 나중에 녹이 덜 슬어. 저기 보면 똥망치 있어. 대가리 쥐×만 한 거. 그걸로 톡톡 쳐주면 돼. 오케이?"

그 현장에선 정말 정신없었다. 말한 것처럼 어차피 테라코타 패널로 마감해야 하는 공사여서, 수직과 수평만 잘 잡으면 그만이었다. 오야지가 수직과 수평 잡으면서 치고 나가면 나머지 두 사람이 순식간에 용접하면서 쫓아갔다. 사방팔방 불꽃이 튀었다. 나는 그 사이를 왔다 갔다 하며 절단한 각파이프를 정신없이 날라줬다. 조금만 늦거나 어리바리하고 있으면 어김없이 쌍욕이 날아왔다.

"어이어이! 이 새꺄! ×발, ×나게 늦네. 우리 손 놓고 있는 거 안 보여? 빨리빨리 가져오라고!"

그렇다고 뒤끝이 있는 건 아니었다. 욕하는 것도 그때뿐, 금세 "하하하" 웃으며 내 어깨를 툭툭 쳐줬다.

"고생했으니까 밥 많이 먹어. 부족하면 더 시켜 먹고. 많이 먹는다고 뭐라고 안 할 테니까. 하하하. 아 그리고 우리가 용접할 때 절

대로 불꽃 보면 안 된다잉? 아다리(명중, 적중이라는 뜻으로 일본어 あたり[아따리]에서 파생) 몇 번 나면 밤에 잘라고 누워도 눈이 침침할 거여. 하하하."

한 달이 어떻게 갔는지 모르게 지나버렸다. 마초들 틈바구니에서 걸쭉한 농담 들으며, 시금털털한 믹스커피 마시며, '똥꼬'가 근질근질해지는 높이에서 아시바 타고 다니며, 정신없이 각파이프 날라줬더니 어느새 건물 외벽에 와꾸가 다 짜여 있었다.

"이 쉐끼 이거 제법이네? 고생했어~. 일 있으면 연락할 테니까 언젠가 또 보자고! 하하하."

서로의 삶에 짐으로 사는 삶

일당에 근거한 미묘한 위계

큰 현장에선 원청 주관으로 아침마다 모든 인부가 모여 체조를 한다. 이때, 원청 간부가 그날의 작업 일정과 안전 관련 유의 사항 등을 얘기해준다. 노가다 판에 온 지 얼마 안 됐을 때다. 한번은 원청 간부가 이런 말을 했다.

"오늘은 공정 간 간섭할 일이 많습니다. 조금씩만 양보하면서 작업해주시길 부탁드립니다."

재밌는 표현이라 생각했다. '공정 간 간섭'이라. 어떤 뜻인지는 대략 알겠는데, 그 문장에 '간섭'이라는 낱말이 있으니 뭔가 어색하기도 하고 재밌기도 했다. 보통은 공정이 '겹친다'거나 공정끼리 '방해하게 된다'거나, '같은 작업장에서 함께 작업하게 된다'거나 하는 식으로 표현할 것 같은데 말이다. 어쨌거나 노가다 판에선 '간섭한다'고 표현한다.

그럼 어떤 경우에 공정 간 간섭이 생기느냐. 실은 일상이 간섭이다. 말로는 늘 서두르지 말고 천천히 작업하라고 하는데, 실제 일정은 굉장히 빡빡하다. 하나의 공정이 끝나고 다음 공정이 들어와야 숨이라도 쉬면서 일할 텐데, 보통은 꼬리에 꼬리를 물면서 다음 공정이 들어온다.

현장에선 바닥을 슬라브(평판, 판을 뜻하는 영어 slab에서 파생)라한다. 슬라브를 공사할 때 보면 진짜 도떼기시장이 따로 없다. 참고로 슬라브 공사는 형틀—철근—전기와 설비—타설 순이다.

101동 4층 슬라브 공사를 한다고 치자. 가장 먼저 목수가 바닥을 깔아야 한다. 근데 보통은 바닥 다 깔기도 전에 철근공이 우르르 몰려온다. 반쯤은 바닥이 뻥 뚫린 4층에서, 목수들을 따라가며 철근을 깔기 시작하는 거다. 철근공이 402호까지 작업하고 403호로 넘어갈까 싶으면 벌써 전기공과 설비공이 4층에 연장 푼다. 거기에 직영 잡부까지 섞여 있으면 한 개 층에 다섯 공정 팀, 50~60명이 뒤엉켜 작업하게 된다. 도로에만 꼬리 물기가 있는 게 아니다. 이렇듯 노가다 판에도 꼬리 물기가 빈번하다. 이럴 때면 진짜 정신도 없거니와, 서로가 서로를 '간섭'하는 상황이라 사소한 일로 왕왕 싸움이 나곤 한다.

간섭 때문에 벌어진 싸움 하면 떠오르는 사건이 있다.

군대에서 대대가 다르면 병장이든 이등병이든 서로 존대하면서

'아저씨'라고 하듯(군대 다녀온 친구한테 들은 얘기다. 참고로 난 공익 출신이다) 현장에서도 공정이 다르면 수직 관계가 성립 안 된다. 예를 들어, 경력 3년 철근공과 경력 30년 전기팀 반장이 마주한대도 서로 그냥 '아저씨'다. 나이에 따라 예우는 해줄 수 있겠지만 철근 공이 전기팀 반장 명령에 따라야 한다거나 굽실거릴 필요는 없단 얘기다. 그럼에도 공정을 뛰어넘는 미묘한 위계는 있으니, 그건 바로 일당에 근거한다. 지금부터 얘기할 사건도 그 미묘한 위계 때문에 벌어졌다.

직영 잡부로 일할 때다. 철근팀 반장과 정리팀(타워크레인이나 지게차가 자재를 떠갈 수 있게 종류별, 사이즈별로 자재를 정리해주는 팀) 반장, 하청 소장이 삼각 편대로 마주 서 있었다. 싸움을 막 시작하려는 참인 것 같았다. 잽싸게 쫓아갔다. 이 세상에서 제일 재밌는 게 싸움 구경 아니던가.

참고로 철근공 일당이 20~24만 원, 정리꾼 일당이 13~14만 원 정도다. 일당 차이가 그만큼이니 철근팀과 정리팀의 미묘한 위계는 따로 설명할 필요도 없을 거 같다.

얘길 들어보니, 철근팀은 지하 1층 바닥에 철근 깔아야 하는 상황이고, 정리팀은 지하 2층 자재를 지하 1층으로 받아치기해서 정리해야 하는 상황이었다. 철근을 먼저 깔고 타설까지 한 뒤에 자재를 빼내든, 자재 다 빼낸 뒤에 철근을 깔든 크게 문제 될 일은 아니었다. 문제는 철근팀 반장의 권위적인 태도였다.

"아닌 말로 자재야 내일 빼든, 일주일 뒤에 빼든 상관없잖아. 자재 정리하는 게 뭐 별거라고 철근 까는 걸 방해하냐고. 철근을 깔아야 다음 공정을 이어갈 거 아녀. 노가다 하루이틀 해봐? 맨날 자재 정리만 하니까 그런 것도 잘 모르나?"

"참나~ 기막혀서 말도 안 나오네. 철근쟁이(현장에서 철근공을 얕잡아 표현할 때 철근쟁이라 부른다. 같은 맥락으로 목수한테는 목수새끼라고 표현한다)가 무슨 벼슬이라도 되는 줄 아네. 정리한다고 무시하는 거여? 자재 부족하다고 빨리 정리해서 빼달라잖아. 소장님이!"

"뭐? 철근쟁이? 정리꾼 주제에 말하는 싸가지 보소. 됐고, 우리는 철근 깔 거니까, 철근 위에 자재를 쌓든가 말든가 맘대로 해."

"소장님, 이 양반 하는 말 들었죠? 이런 대우 받으면서 일 못 합니다. 애들아! 짐 싸! 오늘 더럽고 치사해서 일 못 하겠다. 빨리 짐싸."

말다툼이 끝나고, 정리팀 인부들이 정말로 짐 싸서 가버렸다. 일종의 보이콧이었다.

전기팀 반장과 절친이 된 사연

나도 직영 잡부 시절, 다른 공정에 간섭할 일 많았다. 그 가운데 '앵발이' 불 때 여러모로 힘들었다. 앵발이는 제초기처럼 생겼다. 모터를 돌려 바람을 부는 기계. 시동을 켜면 앵~앵~ 하는 소리가나서 앵발이 또는 앵앵이라 부른다. 영어로는 Air blower다.

앵발이는 콘크리트 부스러기나 모래, 먼지 등 손으로 치울 수 없는 걸 불어 날릴 때 쓴다. 문제는 말 그대로 불어 날린다는 점이었

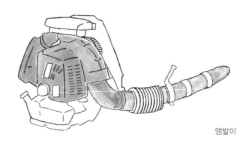

앵발이

다. 앵발이 부는 사람은 물론, 그 주변 모든 사람이 먼지를 옴팡 뒤집어쓸 수밖에 없다. 특히나 사방이 벽체로 막힌 바닥을 앵발이로 불 땐 앞이 안 보일 정도로 뿌옇게 된다.

작업 타이밍으로 보자면 앵발이는 철근 다음, 전기와 설비 이전이다. 그런데 얘기한 것처럼 공정이 꼬리를 물다 보니 앵발이 불러가면 꼭 전기팀과 설비팀이 작업하고 있었다. 그러면 어김없이 전기팀 반장이 쫓아오곤 했다.

"어이어이~ 잠깐잠깐! 우리 30분이면 작업 끝나니까 조금만 있다가 해요. 지금 꼭 해야 하는 거 아니잖아요."

"원청에서 지금 검침 나온다고 해서 어쩔 수 없어요. 죄송해요."

"물론 알지~. 시켜서 하는 일이니까 어쩔 수 없다는 건 이해하는데, 한두 번도 아니고, 우리 오늘만 보고 말 거 아니잖아요. 20층 올라갈 때까지 앞으로 계속 봐야 하는데, 매번 이렇게 무작정 불어제치면 우리는 어떻게 작업하라고. 내 말은~ 좀 조심하자는 거지~. 저쪽에서 작업하고 있으면 방향을 좀 틀어서 분다든가, 아님 미리 말이라도 해줘서 잠깐 비켜달라고 한다든가. 매일 먼지 뒤집어 쓰니까 죽겠어서 그래~. 이해하죠? 하하."

그렇게 한번 허심탄회하게 얘기를 나눈 뒤로 전기팀 반장과 나는 거짓말처럼 절친이 됐다.

"어~ 앵발이 불러 오셨구나. 애들아~ 담배 하나 피고 하자. 형씨도 담배 하나 피고 해요. 급한 것도 없는데. 근데 직영은 일당 얼마나 받나? 보니까 나이도 젊은 거 같은데 전기 배워, 전기. 직영 계속 해봐야 비전도 없고, 남는 거도 없잖아. 기술을 배워야지. 아니~ 진짜로 생각 있으면 얘기해요. 요즘이야 전기도 그냥 그렇지만, 옛날에는 전기가 일등 신랑감이었다고. 나 봐봐. 깔~끔하잖아. 하하. 노가다꾼처럼 안 보이잖아."

내 삶이 누군가에게 짐이 될 수 있다는 자각

'간섭'은 내 삶에서도 중요한 키워드였다. 어릴 때, 아버지한테 제일 많이 들은 얘기가 남한테 피해 주지 말라는 거였다. 그 얘기를 워낙 많이 듣고 자라서 그런가, 나이 먹고도 강박 비슷한 게 있었다. 남한테 도움은 못 되더라도 피해는 주지 말자, 하면서.

근데 그 강박 비슷한 무엇이 어느 샌가 내 주위에 울타리를 만들었다. 말하자면, 나도 네 영역에 안 넘어갈 테니까, 너도 내 영역에 넘어오지 마, 하고 선 긋기 하는 사람처럼 말이다.

그 울타리 탓에 가까운 사람에게 상처 주는 일이 잦아졌고, 그런 게 쌓이고 쌓여 '펑' 터지기도 했다. 폐 끼치지 않고 살겠다는 강박 탓에 도리어 가까운 사람에게 폐 끼치는구나, 싶었다. 내 삶이 온통 짐처럼 느껴졌다.

누구에게든 짐이 되고 싶지 않았다. 그래서 내가 택한 방법은, 멍청하게도 울타리를 더 단단하게 둘러치는 거였다. 그즈음 하던 일과 맺은 관계를 모두 정리하고 노가다 판에 왔다. 그러면서 맘고생 많이 했다. 아이러니하게도, 외로워서.

그런 시기였다. 스스로 문 걸어 잠가놓고는 문 열어달라고 징징거리던 시기. 인터넷 뒤지다 우연히 도시빈민운동가이자 정치인이었던 고故 제정구 선생의 생전 말씀을 읽게 됐다.

> "우리들의 삶은 서로에게 짐이 되면서 사는 삶이다. 가난한 자와 함께 사는 것이 무엇인가. 가난한 자라면 구름 낀 볕뉘마저도 쬐지 못하는 사람들이다. 함께 산다는 것은 선하고 훌륭하고 위대한 사람으로 그들 위에 군림하지 않는 것을 뜻한다. 또한 자선을 베푸는 것이 아니라 삶과 생명을 같이 나누면서 섞여 사는 것을 뜻한다. 같이 의논하기도 하고 싸우기도 하며 서로가 서로에게 짐이 되면서 사는 삶이다. 서로서로가 착한 이웃인 동시에 귀찮은 이웃이 되는 것이며 서로의 삶에 짐으로 사는 삶이다."

뭐랄까. 단단하게 둘러쳤던 울타리가 산산조각 나는 기분이었다. 우리네 삶이라는 게 결국 부대끼면서 살 수밖에 없는 거고, 그냥 그렇게 부대끼면서 살아가면 된다는 선생 말씀이, 그 어떤 말보다도 따뜻한 위로로 느껴졌다. 나는 내 삶만이 짐이라고 생각했는데, 아니었다. 비로소 강박 비슷한 걸 내려놓을 수 있었다.

그래, 평범하게 일하고 평범하게 먹고 싸고 잠만 잔대도 누군가에겐 짐일 수 있다. 그걸 자각하면서 살아가면 될 일이었다. 내 삶이 누군가에게 짐이 될 수 있다는 자각은, 남의 짐을 흔쾌히 나눠들 수 있는 용기의 다른 말이기도 할 테니까. 그러면 되는 거였다. 전기팀 반장이 내 간섭을 이해해주고, 기꺼이 절친이 되어주었던 것처럼, 실은 별것도 아니었는데 말이다.

요즘은 마음이 한결 편하다. 현장에서 누가 간섭하든 허허 웃고 만다. 간섭한다고 뭐라 하면 머리를 긁적긁적하면서 헤헤 웃고 만다. "반장님 죄송합니다~" 하면서.

7등급 맞아도 상관없다고 응원해주는 어른

담임 선생님이 내 습작 노트를 벅벅 찢었다면

기자 시절, 이런저런 요청으로 왕왕 학생들 앞에 섰다. 주로 중·고등학생이었고, 때로 초등학생이나 대학생 앞에서 말할 때도 있었다. 언론과 기자에 관한 어쭙잖은 얘기나 글쓰기와 논술에 관한 되지도 않는 요령 같은 걸 떠들었다.

강연 주제와 관계없이 결론은 언제나 "지금 당장 나의 생활 범위 밖으로 떠나라"는 거였다. 하다못해 근교라도, 다만 하루라도, 일상에서 벗어나 세상을 경험했으면 했다. 그게 여의치 않다면 책이라도 읽으라고 말했다. 만화책이어도 좋고 판타지 소설이어도 좋다고 덧붙였다. 교과서만 아니면 된다고.

고등학교 3학년 때였다. 내 자리는 창가였다. 저녁 먹고 '야자'하기 위해 책상에 앉아 있으면 창 너머로 해가 뉘엿뉘엿 지곤 했다. 나는 그 순간이 늘, 미치도록 슬펐다. 이 꽃다운 나이에, 저 아름다운 석양을, 겨우 책상에 앉아 바라볼 수밖에 없는 현실이 말이다 (감수성 넘쳤던 시절이었으니 이해해주시길).

그 시절 나를 견디게 해준 건 습작 노트였다. 야자가 시작되면 공기는 한층 무거워졌다. 나는 한쪽 귀에 몰래 이어폰을 꽂고 라디오를 들었다. 라디오 듣는 것조차 허용되지 않던 엄혹한(?) 시절이었다. 그렇게 앉아 소설도 아니고, 시도 아니고, 에세이라고도 할 수 없는 글을 써 내려가곤 했다. 지금 생각해보면 그냥 글자 나열해놓은 수준이었지만, 그때는 제법 진지했다.

어느 날, 너무 집중했던 탓인지 야자 감독 선생님이 곁에 있는지도 몰랐다. 덜컥 걸려버렸다. 내 습작 노트는 담임 선생님에게 전달됐다. '아, 난 죽었구나' 싶은 생각뿐이었다. 다음 날, 담임 선생님이 나를 조용히 불렀다.

"꿈이 작가라고 했지? 이런 걸 요즘은 뭐라고 부르나? 우리 땐 하이틴 소설이라고 했는데, 하하하. 재밌게 잘 읽었어. 어쨌든 지금은 고3이고, 수능을 준비해야 할 시기니까…. 너무 대놓고 쓰진 말어! 선생님 체면도 좀만 생각해주라. 알았지?"

담임 선생님이 돌려준 습작 노트엔 빨간 펜으로 맞춤법이 고쳐져 있었다. 그것도 아주 꼼꼼하게. 간단한 감상평과 함께.

가끔 그때를 기억한다. 담임 선생님이 내 습작 노트를 벅벅 찢으면서 공부는 안 하고 쓸데없는 짓 한다고 나무랐더라면, 나는 지금

뭘 하며 살고 있을까. 어쩌면 조금 더 좋은 대학에 갔을는지 모르겠다. 그렇게 졸업해서 안정적인 회사에 취업했을지도 모르고, 그랬다면 지금보다는 좀 더 많은 돈을 벌면서 부족함 없이 살았을지도 모르겠다. 그랬으면 나는 과연 행복했을까.

"몇 시간이고 책상에 앉아 고작 몇 줄을 쓰는 그 지지부진한 시간이 나를 살아 있는 사람으로 살게 했다"라는 최은영 소설가의 말에, "어! 나랑 똑같네. 하하" 하고 감탄하는 사람이 될 순 없었겠지. 노가다 판에서 흙먼지 뒤집어쓰면서도 "아~ 오늘 컨디션 좋은데? 힘이 넘치는데?" 하면서 농담하는 사람이 되진 않았겠지. 친구들 만나서 "야! 나는 낮에는 집을 짓고, 밤에는 글을 짓는 사람이야. 라임 죽이지 않냐?"라면서 낄낄거리는 놈이 될 순 없었겠지.

분명한 건, 난 지금 매우 행복하다. 공부는 좀(많이) 못했지만, 그래서 좋은 대학에 갈 순 없었지만, 또 그래서 돈 많이 주는 회사에 취업할 순 없었지만, 또또 그래서 지금은 손목이 부서져라 망치질하고 있지만, 그럼에도 행복하다. 꼭 공부를 해야 하는 건 아니라고 응원해준 사람을 일찍 만났으니까. 그분 덕분에 하고 싶은 걸 하면서 살아도 된다고 하는 용기를 얻었고, 그리하여 지금도, 여전히, 철부지처럼, 하고 싶은 걸 하면서 살아가니까.

학교 담장 밖에서 만날 수많은 가능성에 대해

처음으로 돌아와, 아이들에게 '강연 비슷한 걸' 하기 위해 앞에 설 때면 깊은 탄식부터 나왔다. 생기 넘쳐야 할 아이들 얼굴이 어째 이런가 싶어서. 모두 피로에 찌들 대로 찌든 얼굴이었다. 아이들은 학교와 학원, 집만 오간다고 했다. 오직 공부뿐인 거 같았다. 그런 아이들 보고 있으면 우울과 절망으로 점철되었던 내 학창 시절이 떠올랐다. 잠들기 전, 내일 아침이 수능 다음 날이었으면 좋겠다고, 성적은 아무래도 상관없으니 지긋지긋한 수험 생활, 빨리 끝났으면 좋겠다고 기도하던 그 시절이 말이다.

정작, 나에게 삶을 가르쳐준 건 학교와 교과서가 아니라, 스물다섯 살에 인도와 네팔에서 마주한 낯선 풍경과 스물여섯 살에 배낭 하나 메고 전국을 떠돌며 밟았던 어느 길바닥과 20대 후반에 98년식 코란도 밴을 끌고 전국을 누비며 취재한 여러 장소와 사람이었다. 그리고 책에서 경험한 세계와 이야기였다.

아이들에게 그런 얘기를 해주고 싶었다. 학교 밖에서 만날 수많은 가능성에 대해, 그 가능성으로 한 걸음 내딛어볼 수 있는 용기에 대해서 말이다. 담임 선생님이 나에게 그러했던 것처럼.

그래서 떠나라고 말했다. 그게 안 되면 책이라도 읽으라고, 그것도 싫으면 영화라도 보든가, 음악이라도 듣든가, 가까운 미술관에 가서 그림이라도 왕창 보라고.

공부 열심히 해서 좋은 대학에 가고, 좋은 직장에 취직해서 돈 많이 버는 것만이 전부가 아니라는 걸. 어쩌면 떠나간 어딘가에서 혹은 우연히 접한 어떤 책에서, 영화에서, 그림에서 만나게 될지도 모르니까. 어쩌면 그 미지의 세계에서 좀 더 멋진, 좀 더 근사한, 자신을 흥분시키는 꿈 같은 걸 찾게 될지도 모르니까. 또 어쩌면 수학 가형 7등급을 맞아도 상관없다고 토닥여줄 사람을, '지이이이

잉~' 하면서 불꽃 튀기는 용접공도 매력적인 직업이라고 말해줄 사람을, 학교 밖 어딘가에서 만날지도 모르니까.

누굴 탓하랴. 우리 모두 "공부 안 하면 저 아저씨처럼 된다"고 귀에 못이 박히도록 들으며 자랐으니, 학교 밖으로 나가면 큰일이라도 날 것처럼 잔소리를 듣고 컸으니 말이다.

우리 모두 수학 가형 7등급 맞으면 용접 배워서 호주 가야 한다던 어느 수학 강사를 욕하는 데 핏대 세우는 어른 말고, 그래도 상관없다고 응원해주는 어른이었으면 좋겠다. 그러면 아이들이 나처럼 노가다꾼이 될지도 모를 일이지만.

그럼 또 어떠랴. 무려 30년 전에 개봉한 영화 제목처럼, 행복은 성적순이 아니니까.

이거 완전 또라이네? 일을 재미로 하냐?

합리적이고 상식적인 사람이라면

〈기술 배우라는 말〉에서 노가다꾼이 기술을 배우면 무엇이 어떻게 좋은지 얘기했다. 이왕 하는 거 제대로 해보자는 심정으로 나 역시 기술을 배우게 됐다는 말도. 이번 편은 그 후속 이야기다. 어떤 기술 배우고 있는지, 왜 하필 그 기술이었는지에 관한 이야기.

얘기했던 것처럼 직영 잡부 시절, "젊은 놈이 왜 잡부하고 있어? 기술 배우지 않고!"라는 말, 참 많이 들었다. 그때마다 열에 아홉은 철근공을 추천했다.

"철근 배워, 철근! 무조건 철근이여~."

내가 봐도 그게 상식(?)적인 선택 같았다. 모든 이가 입 모아 철근공을 추천하는 이유, 현장에서 가뭄에 콩 나듯 보이는 젊은 노가다꾼이 대부분 철근공인 이유, 간단하다. 돈 많이 주고, 기술 배우기 쉽고, 상대적으로 일이 편하니까. 이왕 기술 배우기로 마음먹었으면, 그런 기술을 배우는 게 합리적이고 상식적이니까.

차근차근 살펴보자. 2019년 기준, 철근공 일당은 22만 5000원이다. 현장마다 조금 다르긴 하다만, 어쨌든 아파트 현장에선 일당이 제일 세다.

내가 알기로 노가다 판에서 일당을 제일 많이 받는 기공은 내장목수다. 보통 25만 원 정도 받는다고 한다. 한옥 짓는 목수도 그 정도라고 들었다. 일정 수준의 디자인 감각이 필요한 내장목수와 이제는 몇 남지도 않아 장인 대우받는 한옥 목수, 바로 그다음이 철근공이다.

심지어 철근 쪽엔 '판떼기팀'이라고 따로 있는데, 이 팀에 속한 철근공들은 한 달에 1천만 원씩도 가져간다. 판떼기팀은 일당으로 받는 게 아니라, 한 판에 대한 단가, 즉 아파트 한 세대를 단가로 계산해 받는다. 쉽게 말해, 철근 엮은 만큼 돈 받는 거다. 그래서 일을 좀 '빡세게' 한다. 그래도 한 달에 천만 원이니까 눈 딱 감고 해볼 만하다.

철근은 배우기도 쉽다. 기술이라고 부르기 민망할 정도로 별것 아니다. 그 기술이 쉽냐 어렵냐 하는 문제는, 그 공정에서 다루는 연장 가짓수만 봐도 알 수 있다. 철근공이 가지고 다니는 연장은 딱 두 가지다. 갈고리(철근과 철근을 실처럼 아주 가는 철사로 엮을 때 쓰는 연장. 정식 명칭은 결속핸들이다)와 줄자. 철근공은 갈고리만 다

갈고리

룰 줄 알면 된다. 숙련도 차이는 있겠으나, 잡부도 하루면 배울 수 있다.

연장이 단출하다 보니 출퇴근할 때도 간편하다. 다른 공정 기공들은 묵직한 연장 가방에, 투박하고 큰 연장을 주렁주렁 달고 다니는데, 철근공은 허리춤에 갈고리와 줄자만 차고 다닌다. 갈고리 사이즈는 매직펜보다 좀 더 큰 정도다.

작업 방식이 간단해 일도 상대적으로 편하다. 이건 그 공정에서 다루는 자재와 부자재 종류만 봐도 알 수 있다. 철근공은 건물 뼈대를 만들기 때문에 다른 거 필요 없다. 철근과 결속선(실처럼 아주 가는 철사)이 끝이다.

작업 방식은 이렇다. 바닥이든, 벽이든, 기둥이든 바둑판처럼 철근을 가로세로로 쭉 깐다. 혹은 종대 횡대로 쭉 세운다. 그다음 철근과 철근이 교차하는 부분에 결속선을 대고 갈고리로 휙휙 엮는다. 이게 끝이다. 정말 이게 끝이다.

물론 날씨 영향도 많이 받고 허리 숙이고 작업할 일이 많긴 하다만, 다른 공정처럼 무거운 걸 계속 날라야 한다거나 위험하고 거친

일이 없다. 안전사고 위험도 상대적으로 덜하다. 난 아직, 철근공이 작업하다 심하게 다쳤단 얘긴 못 들어봤다.

철근공, 정리해보자. 일당이 22만 5000원으로 노가다꾼 가운데 제일 많은 편인 데다가, 기술 배우기 쉽고(기술 배우기 쉽단 얘기는 빨리 기공이 될 수 있다는 뜻이다. 철근공은 보통 6개월에서 1년만 배우면 기공 대접을 받는다), 상대적으로 일 편하고 위험하지 않으니까 몸 상할 일도 적다.

그러니, 상식적인 사람이면 철근을 배우려 할 테다. 그런데 난 형틀목수 일을 배우고 있다. 푸하하하.

그럼에도 불구하고, 인생은 한 번이니까

직영 잡부 시절, 고민 끝에 기술을 배우기로 결심했다. 소장을 찾아갔다.

"소장님, 저 기술 배워보려고요. 처음에는 그냥 머리나 식힐 겸, 용돈이나 벌 겸 노가다 판에 왔던 건데 생각보다 적성에도 잘 맞고, 이왕 하는 거 제대로 한번 해보려고요."

"이 쉐끼 이거! 기껏 일 가르쳐놨더니 가겠다고? 그래! 젊은 놈이 잡부 일 하면 뭐하냐~. 한 살이라도 어릴 때 기술 배워야지. 뭐 배우려고?"

"목수 일이요…."

"뭐, 뭐? 형틀목수? 왜?"

"재밌을 거 같아서요. 하하."

"이거 완전 또라이네? 얀마, 일을 재미로 하냐? 내가 노가다 판 만 20년이여. 니가 지금 형틀목수가 얼마나 힘든지 몰라서 그러나 본데, 너 골병 나. 쓸데없는 소리 하지 말고 철근 배워. 너 목수 배우겠다고 하면 안 보내줄 거니까 그런 줄 알어."

그때 소장은 전혀 뜻밖이라는 듯 날 위아래로 훑으면서 엄청나게 흥분했다. "뭐 이런 놈이 다 있냐?"는 말을 몇 번이나 반복했다. 도무지 이해할 수 없다는 표정으로. 그러고는 정말로 안 보내주려고 했다. 난 몇 날 며칠 소장 따라다니며 애걸복걸했고, 겨우 그 현장에서 벗어날 수 있었다. 소장은 마지막에 이렇게 말했다.

"니가 굳이, 구태여, 꼭 목수 일을 배우고 싶다니까 보내주긴 하는데, 목수 일은 엄청 위험해. 현장에서 안전사고 터지면 거의 목수여. 그러니까 가서도 늘 몸조심해. 너 성격 급하다고 직영 일 하듯 뛰어다니고 서두르면 무조건 다친다. 니 몸 다치면 너만 손해니까 천천히 하나씩하나씩 해. 알았어?"

"네~ 감사합니다. 하하."

그렇게 난 형틀목수의 길에 접어들었다. 모든 사람의 조언을 무시하고, 소장한테 매달려 오직 재미 하나만 보고 형틀목수를 택한 자! 그의 삶이 어떤지는 다음 편에서 계속 풀어보도록 하자. 잠깐, 눈물 좀 닦고.

불쌍한 손목,
주인 잘못 만나 이게 뭔 고생이니

헬게이트의 서막

형틀목수팀으로 첫 출근하기 전날이었다. 따르릉 따르릉~. 날 이끌어준 형틀목수팀 반장에게 전화가 왔다.

"목수 기본 연장은 개인이 사야 되는 거 알지? 불러줄 테니까 적어라. X자 안전벨트, 못주머니, 망치고리, 망치, 시노, 줄자. 망치는 일본 게 좋아. 3만 원쯤 할 거야. 줄자는 국산. 이왕이면 7.5m짜리로 사라. 5m짜리는 좀 짧아. 동네 철물점에는 못주머니나 시노 같은 거 없을 수도 있으니까 좀 큰 철물점 가서 사. 원래는 수평대, 사게부리, 목공톱, 먹통도 개인 연장인데, 그건 천천히 사는 걸로 하고. 아 그리고 X자 안전벨트에 못주머니랑 망치고리 미리 세팅해

X자 안전벨트

못주머니

냐. 내일 아침에 하려면 정신없으니까. 내일 보자."

　두근두근. 설레는 마음을 안고 집을 나섰다. 인터넷을 검색해 제일 크고 좋은 철물점을 찾았다. 이리저리 꼼꼼하게 따져가며 반장이 불러준 연장을 샀다.

룰루랄라. 집에 오자마자 X자 안전벨트에 못주머니와 망치고리를 연결하고, 망치와 시노를 걸었다. 내친김에 X자 안전벨트를 한번 매봤다. 거울 앞에 섰다. 카우보이가 옆구리에서 권총을 빼듯, 망치고리에서 망치를 쓱 빼 들어봤다. 올~ 자세 좀 나오는데? 하하. 드. 디. 어. 내가 못주머니 차는구나!

'못주머니(못주머니, 망치고리, 망치, 시노까지 모두 세팅한 X자 안전벨트를 통칭해서 못주머니라고도 부른다) 찬다'는 말, 노가다 판에선 상징적으로 쓰는 표현이다. 잡부가 망치질하고 있으면 농담으로 "왜? 못주머니 좀 차보게?"라고 표현하는데, 이 말은 "왜? 목수 좀 해보게?"라는 말이다. "너 그런 식으로 할 거면 못주머니 벗어!"라는 말은 "너 그런 식으로 할 거면 목수 그만둬!"라는 뜻이다. 그렇다. 드디어 못주머니를 찬 거다. 그리고 그건 헬게이트의 서막이기도 했다.

목수야말로 진짜 노가다꾼

직영 잡부 시절, 형틀목수 작업하는 거 많이 봤다. 말 그대로 보기만 했다. 그래서 '쬐금' 오해했다. 다른 공정에 비해 상대적으로 덜힘들지 않을까 하는 오해. 왜 그렇게 오해했냐 하면, 형틀목수는 복잡하고 어려운 작업 뚝딱뚝딱 해내는 고급 기술자니까 힘보단 주로 기술이 필요하겠거니 했다.

내가 더욱 그렇게 오해할 수밖에 없었던 건 외국 노동자들 때문이었다. 형틀은 이미 외국인 비중이 훨씬 많은 공정인데, 이들 대부분이 베트남, 필리핀, 캄보디아 등 동남아 쪽이다. 딱 보면 작고 호리호리한 친구들이 못주머니 차고 다닌다. 그 친구들 보면서 더욱 확신했다. 에이~ 저 친구들도 하는데, 내가 못할까 싶었다. 그렇다고 그들을 무시하는 건 아니다.

근데! 아니었다. 고급 기술자인 건 분명한데, 기술만큼이나 힘도 많이 썼다. 출근 첫날, 내가 단단히 오해했음을 깨달았다. 오후 참 시간이었다. 어찌나 힘든지 기진맥진해서 앉아 있었다. 같이 일하는 형님이 물었다.

"어뗘? 직영 잡부 일 하다가 목수 일 해보니까? 할 만혀?"

"보기만 할 때는 이렇게 힘든 줄 몰랐는데, 목수도 생각보다 힘을 많이 쓰네요. 목수는 그냥 기술만 있으면 되는 줄 알았어요."

"푸하하. 이 사람아! 목수야말로 진짜 노가다꾼이여. 힘들고, 더럽고, 위험한 일 하는 사람이 바로 목수여~."

형틀목수에 대한 각별한 애정과 환상이 있었던 탓에 미처 헤아리지 못했을 뿐, 돌이켜보면 너무 당연한 이치였다. 그도 그럴 게 형틀목수가 다루는 자재 가운데 어느 것 하나 가벼운 게 없다. 그 모든 걸 일일이 들고 나르고 받치며 작업하는 사람들이다. 힘들지 않을 리가.

젓가락 들 힘도 없다는 말

나로 말할 것 같으면 형틀목수 시작하고부터 손목이 슬슬 아프기 시작했다. 직영 잡부 일을 할 땐 없던 통증이었다. 처음엔 이러다

말겠거니, 했다.

그러던 어느 날, 아침밥을 먹으려는데 젓가락을 들 수 없었다. 젓가락 들 힘도 없다는 말, 이럴 때 쓰라고 있구나 싶을 정도였다. 급한 대로 그날은 스프레이 파스를 뿌려가며 일했다. 그래도 손목이 저릿저릿했다. 퇴근길에 같이 일하는 형님에게 투정 아닌 투정을 부렸다.

"저 오늘 정말 죽을 뻔했어요. 거짓말 하나도 안 보태고 아침에는 젓가락을 못 들겠더라니까요. 손목이 너무 아픈데 어쩌죠?"

"푸하하. 이 자식 이거 드디어 '작업풍' 걸렸구만. 너 목수가 하루에 망치질 몇 번 할 거 같냐? 유로폼은 또 몇 장이나 나를 것 같냐? 삿보도는 몇 개나 받칠 것 같고. 그 모든 걸 손목 힘으로 하는데, 손목이 견뎌내면 그게 비정상이지. 원래, 목수 일 처음 시작하면 손목이 미친 듯이 아파. 그걸 작업풍이라고 해. 누구나 한 번은 거쳐야 하는 과정이니까 너무 걱정하지 마. 좀 아프다 괜찮아질 거여. 정 아프면 진통제 먹고 며칠 쉬든가. 그래 봤자 또 아플 테지만. 푸하하. 어쨌든 너도 이제 목수가 됐다는 증거니까 기쁘게 받아들이거라."

며칠 뒤, 도저히 견딜 수 없어 생전 처음 통증의학과라는 곳에 갔다. 손목 힘줄이 너덜너덜해진 초음파 사진을 마주했다.

"선생님… 제가 목수인데요, 앞으로도 손목을 계속 써야 하는데, 괜찮을까요? 목수 일 계속할 수 있는 거죠?"

"하하. 그럼요. 지금이라도 병원에 오셔서 다행이에요. 더 있었으면 손목 힘줄이 다 파열될 뻔했어요. 며칠 치료받고, 약 먹으면 괜찮아질 거예요.”

불쌍한 손목, 주인 잘못 만나 이게 뭔 고생이니.

일이 즐겁지 않고
어떻게 인생이 행복할 수 있는지

망치로 자기 손 때려보았는가

자, 이제 '철근공 vs 형틀목수' 시리즈를 마무리하자. 지난 글에서 살짝 언급했듯, 형틀목수는 기술 배우기 어렵다. 세부 과정이 워낙 복잡한 탓이다.

철근공은 바닥이든, 벽이든, 기둥이든, 심지어 계단조차 철근 쭉 깔고 결속선으로 엮으면 끝이다. 형틀목수는 아니다. 바닥이냐 벽이냐 기둥이냐에 따라 자재도 조금씩 다르고 작업 방식도 꽤 다르다. 특히 계단 작업은 매우 복잡하고 어려워 베테랑 목수만 할 수 있다. 계단까지 마스터하려면 적어도 2~3년 이상은 배워야 한다. 그래야 기공 대우를 받는다. 6개월에서 1년이면 기공 대접을 받는 철근공보다 진입 장벽이 훨씬 높다.

형틀목수는 안전사고 위험도 많다. 망치로 자기 손 때리는 건 일상이다. 경력 30~40년 목수도 심심하면 한 번씩 망치로 자기 손을 때린다. "손톱 열 개가 다 빠져야 목수된다"는 말이 있을 정도다.

나도 월례 행사처럼 거르지 않고 내 손을 내리친다. 그 고통 어떻게 말로 할 수 있겠냐만 굳이 설명하자면, 쇠 글러브 낀 손을 힘껏 휘둘렀는데 그곳에 어떤 영문인지 내 얼굴이 있어서 멈추려 했으나, 원심력을 이기지 못해 자기 턱을 '퍼억' 후려쳤을 때의 고통이랄까?

이게 무슨 말이냐 하면 너~무 아픈데 누굴 탓할 수도, 원망할 수도 없는 순도 100퍼센트 내 잘못이라, 화풀이할 곳이 없다는 사실 탓에 더 아픈 기분에 사로잡혀야 하는 고통이랄까. 망치로 자기 손 때린다는 건, 그런 고통이다. 휴우.

어쨌거나 형틀목수는 나무를 자르거나 켜는 원형톱, 테이블톱 등 날카롭고 위험한 연장도 많이 사용한다. '고소高所(높은 곳) 작업'도 많다. 그래 봐야 3~6미터 높이지만, 노가다 판 추락 사망 사고는 그 정도 높이에서 많이 발생한다. 최근에도 인근 현장에서 사망 사고가 발생했다. 형틀목수가 슬라브(1층 기준 천장, 2층 기준 바닥)에서 추락했단다. 슬라브라고 해봐야 보통 3.5미터 높이다. 재수 없으면 그 높이에서 떨어져도 죽는 거다. 목수들이 매고 다니는 X자 안전벨트(안전고리가 달려 있다. 고소 작업할 땐 난간대에 안전고리를 걸어놓고 작업한다)가 결코 폼이 아니다.

그렇다고 철근공보다 돈 많이 받냐 하면 그것도 아니다. 형틀목수 일당은 2019년 기준 21만 원이다. 철근공보다 1만 5000원 적다. 한 달 40만 원 차이니까, 결코 작은 차이가 아니다.

기술 배우기 힘들고, 몸 많이 써야 하고, 나처럼 손목 나갈 수도 있고, 안전사고 위험도 많다. 근데 돈은 철근공보다 적은 기공, 그게 형틀목수다.

심장을 쿵쿵 뛰게 만드는 소란함

그럼에도 불구하고 도대체 왜 형틀목수를 택했냐고? 우선 돈 문제부터 짚고 넘어가자. 나에게도 돈은 중요하다. 그렇긴 한데, 이미 충분하다. 글 써서 먹고살던 시절에 비하면 너~무 풍족하다. 이건 비밀인데, 심지어 내가 적금을 붓는다! 저축, 보험, 연금 이런 거에 관심도, 여유도 없던 내가 말이다. 내 삶에서 상상도 못 했던 일이다. 월급이 남아 적금을 붓다니. 그러니 나에게는 하루 1만 5000원을 더 받는 게 매력적이지 않았다.

내가 철근공이 아닌 형틀목수를 택했던 진짜 이유, 소장한테 얘기했던 그대로다. '재밌을 것 같아서.' 나에겐 독특한 병(?)이 하나 있다. 가만히 있질 못하는 병. 정장 입고 책상 앞에 앉아 종일 일하는 삶, 난 절대 못 산다. 딱 잘라 말해 임. 파. 서. 블이다. 그나마 내가 기자 생활을 진득이 할 수 있었던 이유도 첫째, 청바지 입어도 된다는 점과 둘째, 사무실에 앉아 있지 않아도 된다는 점 덕분이었다. 취재 핑계 삼아 종일 돌아다녀도 뭐라 할 사람이 없었으니까.

철근공에겐 미안한 얘기지만, 나에게 철근 일은 세상 재미없어

138

보였다. 철근공은 종일 가만히 서서 철근만 엮는다. 죽었다 깨어나도 저 일은 못 하겠다 싶었다. 반면 형틀목수는 다이내믹해 보였다. 분주하게 뛰어다니며 망치질도 하고, 나무도 자르고, 무언가들고 나르고, 여러 사람이 붙어 합동 작업도 하고, 그럴 때면 소리도 지르고 욕도 하고. 아무튼 뭔지는 모르겠지만, 시끌벅적 정신없어 보였다. 그 모습을 보고 있자면, 나도 저 틈에서 같이 일하고 싶다는 생각이 절로 들곤 했다. 심장을 쿵쿵 뛰게 했다고 할까.

빛의 속도로 흐르는 시간

사람마다 가치관이 다르다. 중요하게 생각하는 것도. 나에게 돈보다 중요한 가치는 시시한 얘기지만 행복이다. 가끔, '빡세게' 일해서 돈 많이 벌고, 퇴근한 뒤의 삶 즐기겠다는 사람들 본다. 내 주변에도 그런 친구들 있다. 적성에 안 맞는 일 하면서, 우울하게 월급날만 기다리는 친구들.

　우리는, 인생에서 절반의 시간 정도를 일하는 데 쓴다. 글쎄, 난잘 모르겠다. 일하는 시간이 즐겁지 않고 어떻게 인생이 행복할 수있는지. 백번 양보해도 반쪽짜리 행복 아닌가. 그런 삶.

　행복을 제일 중요한 가치로 여기는 나는, 그래서 일도 즐거웠으면 하는 거다. 일이 즐겁지 않으면 어쩐지 삶 전체가 불행하게 느껴진다. 그런 까닭에 "이거 완전 또라이네? 얀마, 일을 재미로 하냐?"라던 소장의 핀잔이 나에겐 익숙하다. 살면서 비슷한 말을 많이 들었다. 줄곧 그렇게 살려고 노력해왔으니까. 일과 놀이가 구분

되지 않는 삶을 살려고 아등바등해왔으니까.

혹시, 후회하진 않느냐고? 물론이다. 예상보다 더 힘들어서 처음엔 좀 당황스럽기도 했다. 요즘도 망치질하다 손목이 저릿저릿할 때가 있다. 그럴 때면 '에휴~ 무슨 부귀영화 누리겠다고…' 싶은 생각도 든다.

근데! 재밌다. 내가 즐겁게 일하는 걸 어떻게 아느냐 하면, 하루가 정말 빠르다. 시간은 상대적이어서 내 상황에 따라 다른 속도로 흐른다. 학창 시절 야자 시간은 느릿느릿 흘러갔다. 그런데 사랑하는 사람과의 여행이 눈 깜짝할 사이에 지나가는 것처럼, 요즘 내 시간은 정말 빛의 속도다.

시끌벅적한 틈바구니에서 이리 뛰고 저리 뛰다 보면, 이거는 요렇게 저거는 저렇게 하나씩 배우다 보면, 금방 하루가 지나간다. 그러다 보면 토요일이고, 어느새 한 달이 훅 지나간다. 이거면 됐지, 뭘 더 바라겠어.

뺏어야만 살아남을 수 있는 전쟁

지금부터 호텔 주방을 상상해보자

이렇게 상상해보자. 호텔 주방에 셰프 세 명이 있다. 이들에게 주어진 미션은 짜장면 1000그릇 만들기. 각자 만든 만큼 돈을 받는다. 한 그릇에 1만 원씩. 강자만이 살아남는 서바이벌 게임!

규칙은 이렇다. 호텔에서 준비한 조리 도구와 재료를 모두 함께 쓴다. 칼과 국자 정도만 개인 것을 허락한다. 셰프 한 명당 보조 셰프를 두 명까지 둘 수 있다. 보조 셰프의 역할은 공동 조리 기구와 재료를 셰프에게 나르거나 세팅하는 거다. 게임 START!

주방 분위기는 어떨까? 삽시간에 아수라장이 될 거다. 보조 셰프들끼리 재료 쟁탈전을 벌일 테고, 가스레인지나 오븐처럼 중요한 조리 기구는 서로 차지하려고 난리일 거다. 이 과정에서 시기와 질투, 때에 따라 쌍욕과 주먹다짐이 오갈 수도 있다. 그때! 셰프 한 명이 이렇게 말할지도 모르겠다.

"우리 이렇게 싸우지 말고 한 팀당 333그릇씩 만드는 걸로 합의하자. 대신 내가 사장한테 한 그릇당 1000원씩 더 달라고 얘기해볼게. 어때?"

그럼 다른 두 셰프가 이렇게 말하겠지.

"개풀 뜯어먹는 소리 하고 앉아 있네. 실력에 자신 없으니까 괜한 소리 하고 있고만. 지금부터는 전쟁이야. 혼자 젠틀한 척하지 말라고!"

자, 여기까지! 호텔 주방이, 말하자면 노가다 판이다. 셰프가 목수 오야지고, 보조 셰프는 새끼 반장이다. 짜장면은 아파트고, 칼과 국자는 망치다. 가스레인지와 오븐은 타워크레인과 지게차쯤으로 치자. 재료는 목수에게 필요한 자재라 하고.

상황과 규칙은 조금 다르지만, 우리가 호텔 주방에서 상상하고 예상할 수 있는 일이 노가다 판에서 똑같이 벌어진다. 어쩌면 더욱 심하게. 이른바, 자재를 사수하라!

공기工期를 결정하는 가장 큰 요인

잠깐, 하청 건설사와 목수 오야지 간의 계약 관계부터 설명해야겠다. 정확하게는 알 수 없으나, 통상 '한 평당 100원'식으로 계약을 맺는다. 예를 들어 20평짜리 4세대가 한 층으로 이뤄진 20층 아파트 2개 동을 목수 오야지가 맡으면 32만 원(100원×20평×4세대×20층×2개 동)을 가져가는 거다.

인부를 몇 명 쓰고 아파트 2개 동을 얼마 만에 완성할 거냐, 이게 목수 오야지의 역량이다. 적은 인원으로 빨리 완성할수록 목수 오야지의 이윤도 커진다.

그러니, 목수 오야지는 어떻게든 공기工期(공사 기간)를 당기려고 한다. 공기 결정하는 가장 큰 요인이 자재다. 아무리 목수 실력이 좋고, 팀 호흡이 좋아도 자재가 없으면 일 못 한다. 말하자면 목수 오야지에게는 자재가 곧 돈인 거다.

자재를 단도리(일을 해 나가는 순서, 방법, 절차 또는 그것을 정하는 일을 뜻하는 일본어 だんどり[단도리]에서 파생)하는 사람이 앞서 얘기한 새끼 반장이다. 자재를 제때 챙겨오느냐, 아니면 어리바리하다가 뺏기느냐! 이게 새끼 반장들 존재 이유다. 여기서부터 총성 없는 전쟁, 아니 욕설 난무하는 전쟁이 시작된다. 목수 오야지는 새끼 반장들에게 이렇게 말하곤 한다.

"자재 뺏기면 니들도 죽는 거야. 무슨 말인지 알지?"

피 말리는 전쟁의 서막

자, 그럼 이쯤 드는 의문! 왜 자재를 뺏고 뺏길 수밖에 없는 상황이 벌어지는가. 짜장면 열 그릇에 양파 열 개가 필요하다면, 사장이 양파 열 개를 갖다 놓으면 보조 셰프들끼리 싸울 일이 없을 텐데 말이다. 그 이유는 〈노가다 입문 ③〉에서 자세히 설명했다. 그래도 한 번 옮겨보겠다.

> "열심히 거푸집 제작해서 콘크리트 붓고 굳으면, 거푸집을 해체한다. 여기에서도 알아둬야 할 내용이 좀 있다. 여기서 질문! 거푸집 해체할 때 나오는 자재는 버리나요? 그렇지 않다. 이것도 얼음 트레이를 생각하면 된다. 얼음 한 번 얼렸다고 얼음 트레이를 버리지 않듯, 거푸집 제작에 활용하는 자재 대부분을 다시 쓴다. 쉽게 생각해, 거푸집 제작에 활용하는 자재는 '재료material' 개념이 아니라 '도구tool' 개념이다. 해서, 유로폼 같은 자재는 애초에 임대 형태로 현장에 반입해 이리저리 옮겨가며 쓰고, 공사가 끝나면 다시 잘 정리해 반출한다."

그러니까 아파트 10개 동에 유로폼 100장 필요하다 해서, 유로폼 100장 임대하는 게 아니다. 대략 20~30장만 임대해서 101동 거푸집 제작할 때 썼다가 해체해서 102동에 쓰고, 다시 해체해서 103동에 쓰는 식이다. 유로폼뿐 아니라 거푸집을 짤 때 쓰는 합판, 각재, 삿보도, 각파이프 등도 마찬가지다.

한 현장에 목수팀이 한 팀이면 아무런 문제가 안 될 텐데, 보통 한 현장에 두세 팀 있다. 내가 직영 잡부로 일했던 현장에도 목수팀이 세 팀이었다. 그러니 서로 자재 차지하기 위해 피 말리는 전쟁을 벌이는 거다.

아무리 노가다 판이라지만,
최소한의 예의는 지켜야지

오야지 따라 결정되는 팀 분위기

지금부터 내가 직영 잡부로 일했던 현장 목수팀을 각각 김 반장팀, 박 반장팀, 최 반장팀이라 칭하겠다. 세 팀을 지켜보면서 느꼈다. 오야지가 어떤 사람이냐에 따라 그 팀 분위기가 결정된다는 걸 말이다. 목수 개개인의 특성이 살아 있는 게 아니라, 오야지 중심으로 하나의 덩어리가 되는 거다. 해서, 각 오야지에 관해 먼저 설명해볼까 한다.

김 반장은 능구렁이였다. 술을 얼마나 좋아하는지 늘 얼굴이 벌게서 돌아다녔다. 전날 마신 술 때문인지 점심때 몰래 마신 술 때문인지 알 순 없었으나, 늘 술 냄새가 폴폴 났다. 그런데도 일 하나는 확실하게 했다. 몸이 아닌 말로.

나는 김 반장이 목장갑 끼는 걸 단 한 번도 못 봤다. 장갑을 뒷주머니에 꽂고 팔짱 낀 자세로 먼 산을 바라보는 모습. 언제나, 한결같이, 그 자세를 유지했다. 가끔 소장과 얘기하고 때때로 새끼 반장들과 무언가 열심히 대화하는 모습을 보긴 했다. 그게 전부였다.

능구렁이 김 반장은 자재 욕심이 엄청났다. '남기면 남겼지, 모자라지 않게 준비하자'가 김 반장의 기본 원칙이었다. 유로폼이 열 장 정도 필요하다면 보통 열다섯 장씩 챙겨놓았다. 그러니 김 반장팀의 새끼 반장 두 사람은 부지런히 뛰어다닐 수밖에 없었다. 한번은 내가 김 반장팀 새끼 반장에게 이렇게 말했다.

"반장님 자재 좀 적당히 챙겨가세요. 하하. 남기면 직영팀이 정리하느라 얼마나 고생한다고요."

"에이~ 우리가 뭐 자재를 집에 가져가나? 다~ 열심히 하자고 챙기는 건데. 얼마 남지도 않더만 뭘 그래~."

박 반장은 돈 욕심 많은 아저씨였다. 이걸 어떻게 알 수 있느냐면, 그 팀 외국인 비율을 보면 알 수 있다. 박 반장팀엔 한국인 목수가 겨우 두어 명이었다. 나머지는 전부 외국인이었다. 박 반장팀처럼 외국인 비율이 높은 팀은 보통 '똥떼기'를 한다. 실제로 박 반장은 이렇게 말했다.

"똥떼기 안 할 거면 외국 애들 뭐 하러 써. 다 똥떼기 하려고 외국 애들 데려다 쓰는 거지."

똥떼기란, 예를 들자면 한국인 목수에게 20만 원 줄 때, 외국인 목수(주로 베트남, 필리핀, 캄보디아 등에서 온 청년들)에겐 18만 원만 주는 거다. 오야지 입장에서 외국인이 팀에 스무 명 있으면 하루에 40만 원씩 한 달에 약 1000만 원 정도 '아낄' 수 있다. 아파트 현장 기준으로 형틀목수가 작업하는 기간은 보통 5~10개월 정도다. 그러면 5000만 원에서 많게는 1억 원까지 '아낄' 수 있다. 예를 들자면 그렇다는 말이다.

박 반장팀엔 새끼 반장도 없었다. 적어도 팀에 새끼 반장을 한두 명은 두는 게 통상적이다. 박 반장은 새끼 반장이 해야 할 자재 단도리까지 직접 했다. 그러니 능구렁이 김 반장처럼 한가롭게 먼 산 바라볼 시간은커녕 딱 맞게 자재 챙겨 오기도 벅차 보였다. 훤히 벗겨진 이마엔 항상 땀이 송골송골했다.

목소리도 늘 쉬어 있었다. 말 안 통하는 외국인 목수들에게 작업 지시한다고 소리를 많이 지른 탓이었다. 크게 말한다고 못 알아듣던 말을 갑자기 알아듣는 게 아닐 텐데도, 박 반장은 고래고래 소리를 질러댔다.

"이거! 이거! 저쪽으로 가져가라고! 아니아니! 이거이거! 에휴, ×벌. 왜 이렇게 말을 못 알아 처먹어!"

그렇게 바쁜 목수 오야지는 그 이전에도 그 이후에도 본 적 없다. 한번은 정말 궁금해서 박 반장에게 물었다.

"반장님은 왜 새끼 반장 안 쓰세요? 늘 바빠 보이셔서. 하하. 새끼 반장 한 사람만 둬도 좀 수월하실 텐데."

"에이~ 일머리 없는 오야지들이나 새끼 반장 쓰는 거여. 새끼 반장 한 사람이면 인건비가 얼만데. 내가 좀만 부지런하면 아낄 수 있는 돈을. 하하. 원래 목수 스무 명까지는 오야지 한 사람이 커버할 수 있어야 돼~. 왜? 내 밑에서 새끼 반장 하고 싶어? 하하하."

최 반장팀은 전국건설노동조합팀이었다(이하 노조팀). 〈자재를 사수하라 ①〉에서 이렇게 얘기했던 '셰프'가 말하자면 최 반장인 셈이다.

"우리 이렇게 싸우지 말고 한 팀당 333그릇씩 만드는 걸로 합의하자. 대신 내가 사장한테 한 그릇당 1000원씩 더 달라고 얘기해볼게. 어때?"

노조팀은 기본적으로 이타적인 사람들의 집합체. 나 혼자 잘 살 게 아니라, 내가 일하는 산업 생태계 전반을 개선해 다 같이 잘 살아보자고 뭉친 사람들이니까. 물론, 어딜 가나 미꾸라지가 있듯 노조에도 계산기 두드리는 사람들이 있다.

어쨌든, 최 반장을 포함해 노조팀은 그 나름 젠틀했다. 최 반장 개인으로 보자면 한마디로 진짜 목수였다. 다리 만들고, 터널 뚫던 토목 목수 출신이었는데, 최 반장은 그 점을 자부심으로 여겼다.

"토목 목수가 진짜 목수야. 건축이랑은 공사 사이즈부터가 다르거든~. 그리고 토목은 공구리 부으면 그걸로 끝이야. 별도의 마감이 없어. 왜냐고? 다리에 매달려서 마감할 수 없잖아. 그래서 애초에 더 정교하고 세밀하게 작업한단 말이지. 이런 건물 짓는 건 애들 장난이야."

능구렁이 김 반장은 말할 것도 없고, 돈 욕심 많은 박 반장도 목수의 상징과 같은 못주머니를 안 차고 다니는데, 최 반장은 꼭 못주머니를 차고 다녔다. 자신이 목수라는 걸 증명이라도 하려는 듯.

때때로 그는 자기 팀 목수들과 망치질도 했다. 오야지들은 원래 망치질 안 한다. 스포츠로 따지면 감독 혹은 구단주가 오야지다. 그걸로 비유하자면 최 반장은 플레잉 코치(선수로 뛰면서 동시에 코치 또는 감독을 하는 구성원)를 자처하는 사람이었다.

먹이를 찾아 헤매는 하이에나

큰 현장엔 '신호수'가 따로 있다. 타워크레인 기사와 무전기로 소통하면서 자재 떠주고 내려주는 사람이다. 별도의 교육을 이수해야 신호수를 할 수 있다. 교육을 이수한 신호수는 타워크레인 기사가 저 높은 곳에서도 쉽게 알아볼 수 있도록 빨간 안전모를 쓰고 빨간 조끼를 입고 다닌다.

각 팀에선 두어 명 차출해 신호수 교육을 받게 한다. 보통은 새끼 반장들이 신호수 역할까지 한다. 신호수는 역할 특성상 수동적으로 자재를 운반만 하는 게 아니다. 오야지와 목수들 사이를 왔다 갔다 하면서 어떤 자재가 언제 어느 작업장에 필요한지, 그 자재가 현장 어디에 있는지 등을 파악해야 하고, 일정에 따라 주도적으로 자재를 운반해야 한다. 그러니까 '새끼 반장=신호수'라고 단정할 순 없지만, 현장에서 산타할아버지 같은 빨간 사람이 보이면 보통 새끼 반장이다.

새끼 반장들은 먹이를 찾아 헤매는 하이에나처럼 현장 구석구석을 뒤지고 다닌다. 현장에서 흔하게 쓰는 600폼(가로세로 600×1200mm 유로폼) 같은 자재는 주변에도 널렸을뿐더러 전체 자재를 책임지는 직영반장에게만 확인해도 쉽게 찾을 수 있다. 그런데 쪽폼(600폼보다 가로세로 폭이 좁은 유로폼)처럼 잘 안 쓰는 자재는 직영반장도 어디에 처박혀 있는지 잘 모른다. 드넓은 현장 어딘가에 분명 있긴 있을 테니 그걸 찾아 구석구석 헤매고 다니는 거다. 그러다 보면 다른 목수팀 작업장까지 헤매게 되고, 그러면 꼭 사달이 난다. "동작 그만, 밑장빼기냐?"가 시작되는 거다.

안 그래도 눈에 확 띄는 새끼 반장이 남의 작업장을 어슬렁거리고 있으면, 해당 작업장 새끼 반장이 득달같이 달려온다.

"어이어이어이! 뭐여? 왜 왔어?"

"아니 뭐~ 그냥~ 쪽폼 좀 남나 해서~."

"아 없어! 저것도 겨우 구해서 갖다 놓은 거여. 우리 쓸 것도 부족하고만 왜 남의 작업장까지 와서 어슬렁거려. 빨리 가!"

"아니, 무슨 말을 또 그렇게 해? 누가 가져가겠대? 그냥 남는 거 있나 좀 보러 온 거지."

내가 직영 잡부로 일했던 현장에선 능구렁이 김 반장팀과 진짜 목수 최 반장팀이 자주 부딪쳤다. 돈 욕심 많은 박 반장은 새끼 반장도 따로 없는 데다가 말 안 통하는 외국인 목수들과 씨름하느라 바빠, 다른 팀과 한가롭게 싸울 시간도 없어 보였다.

참고로 말하자면 노가다 판에서 '노조팀은 공공의 적'이다. 건설사에서 노조팀을 아니꼽게 보는 건 말할 것도 없고, 일반 노가다꾼들도 '노조'라고 하면 거부반응을 일으킨다. 노가다꾼들 성향이 대체로 보수적인 탓이다. 여전히 '빨갱이' 타령 하는 사람이 많다. 그런 이들에게 노조팀은 잘난 척이나 하고 맨날 데모나 하러 다니는, 한마디로 빨갱이 집단이다.

거꾸로 노조팀 입장에서는, 불법 다단계 하도급 구조와 비등록 외국인 노동자 문제의 주체 격인 도급팀(김 반장팀이나 박 반장팀처럼 하청 건설사로부터 하도급 받은 팀을 도급팀이라 한다)이 썩 달갑지 않은 존재다.

상황이 이렇다 보니, 별거 아닌 일에도 도급팀과 노조팀이 엮이면 싸움이 나곤 한다.

자재 부족해서 공사 일정 늦어졌다고?

김 반장팀과 최 반장팀이 본격적으로 드잡이를 시작한 건, 김 반장팀이 201동, 최 반장팀이 202동 공사를 맡으면서다. 공교롭게도 일정이 딱 맞아떨어져 두 팀이 거의 동시에 투입됐다.

현장 전체의 자재를 단도리하는 직영반장 입장에선, 201동과 202동 사이 공터에 자재를 갖다 놓으면 알아서 사이좋게 나눠 쓸 줄 알았겠지만, 그럴 리 있겠는가. 얘기한 것처럼 김 반장팀은 자재 욕심이 엄청났다. 유로폼 열 장이면 충분할 걸 열다섯 장씩 갖다 놓고 쓰는 식이었다. 그러다 보니 최 반장팀 자재가 번번이 부족했다. 언젠가 최 반장이 나한테 이렇게 말했다.

"소장한테 자재 부족해서 공사 늦어졌다고 말할 수 있겠어? 현장에서 그런 건 안 통해. 변명밖에 안 되는 거야. 동시에 시작했는데, 저쪽은 벌써 이만큼 진행했고 이쪽은 요만큼밖에 진행 못 했으면, 자재가 부족했건 어쨌건 그냥 실력이 없는 거야. 그러니까 그때부턴 진짜 전쟁인 거지. 내가 새끼 반장들한테 이렇게 말했어. '나한테 와서 김 반장팀 때문에 자재 부족하다고 투정 부리지 마. 자재 단도리하라고 니들 앉혀놓은 건데 왜 그걸 나한테 와서 징징거려. 지금부터 김 반장팀 애들한테 자재 뺏겨서 목수들 손 놓는 상황 생기면 니들도 죽는 거야. 알아들어?' 그렇게 얘기하고 나니까 좀 달라지더만. 하하."

우물쭈물 자재 다 뺏기던 최 반장팀 새끼 반장들이 정말 그때부터 달라졌다. 그 젠틀하던 노조팀 사람들이 드잡이를 시작한 거다. 201동과 202동 사이에서 하루가 멀다고 쌍욕이 울려 퍼졌다.

그러던 어느 날, 직영반장한테 전화가 왔다. 201동 202동 사이로 빨리 오라는 거였다. 가보니 김 반장팀 새끼 반장과 최 반장팀 새끼 반장이 씩씩거리며 서 있었고, 중간에서 직영반장이 한숨을 푹푹 쉬고 있었다. 그 앞에는 600폼 한 묶음이 놓여 있었다. 참고로 600폼 한 묶음은 세 장씩 열다섯 줄로 총 45장이다. 김 반장팀 새끼 반장이 먼저 말을 꺼냈다.

"아니, 직영반장님은 왜 매번 노조팀 편만 들어요. 진짜 이러면 섭섭해서 일 못 합니다."

"내가 언제 노조팀 편을 들었어~. 나는 따~악 중립이여~. 내가 누구 편 들고 말고 할 게 어딨어. 자재 필요하다고 하면 갖다 주고, 필요 없다고 하면 가져가고 그러는 거지. 그럼 이렇게 해. 이거 딱 반으로 나눠서 가져가. 그러면 되지? 송 군. 이거 600폼, 두 묶음으로 나눠줘."

난 웃음이 났다. 사과 한 쪽 가지고 서로 먹겠다고 싸우는 애들도 아니고, 폼을 반으로 나눠 가져가겠다니. 결국, 600폼 한 묶음을 털어 20여 장씩 두 묶음으로 나눠줬다. 그제야 새끼 반장들은 반 묶음씩 실어갔다. "룰루랄라" 하면서.

필요한 사람이 먼저 가져가면 임자인 거지

이런 일도 있었다. 최 반장팀에서 합판이 부족해 급히 한 묶음 보내달라 했고, 연락을 받은 직영반장은 늘 그랬듯 201동과 202동 사이 공터에 합판 한 묶음을 갖다 놨다.

마침, 김 반장팀에서도 합판 한 묶음이 필요했던 모양이다. 공터를 보니 또 마침 합판 한 묶음이 있길래 김 반장팀에서 홀딱 가져가 버렸다. 뒤늦게 공터로 나온 최 반장팀 새끼 반장은 합판이 없길래 다시 직영반장에게 전화했고, 김 반장팀에서 이미 가져가 버렸다는 걸 알게 됐다.

결과는 예상하는 대로다. 자신들이 쓰려고 주문한 합판을 김 반장팀에서 홀딱 '스틸'해갔으니 그냥 넘어갈 수 없었다. 노가다 판에선 '호구 잡히면 끝'이다. 호구 안 잡히려면 호구가 아니란 걸 증명해야 한다. 그 젠틀하던 최 반장까지 나섰다.

"아무리 노가다 판이라지만, 최소한의 예의는 지켜가면서 일해야지. 우리가 쓰려고 주문한 합판을 홀딱 가져가 버리는 경우가 어딨어."

능구렁이 김 반장이 가만있을 리 없었다.

"아니, ×발. 자재에 침 발라놨어? 이름 써놨냐고. 노가다 판에서 니 꺼 내 꺼를 왜 따져. 필요한 사람이 먼저 가져가면 임자인 거지."

"이 양반이 말 이상하게 하네. 내가 그동안 김 반장 애들이 자재 다 가져가도 그냥 못 본 척했어. 왜! 김 반장 말대로 노가다 판에서 니 꺼 내 꺼 따지기 싫어서. 그런 걸로 싸우고 싶지도 않았고. 근데! 이건 경우가 다르지. 침은 안 발랐어도 분명 우리 쓸라고 주문한 합판인데 그렇게 막 가져가면 되나!"

결국, 직영반장이 합판 한 묶음을 급히 가져다주면서 사태를 수습했지만, 201동과 202동 공사가 끝날 때까지 두 팀 싸움은 계속됐다. 능구렁이 김 반장은 201동 마무리하던 날, 지나가는 나를 급히 불렀다. 그러고는 속닥거리듯 이렇게 말했다.

"거봐~. 노조팀이 우리보다 이틀 먼저 시작했다고. 쟤네는 막 일요일에도 나와서 미친 듯이 했어. 그래도 우리가 하루 먼저 끝냈잖아. 이게 실력 차이인 거여~. 알겠어?"

노가다 판에서 30~40년 굴러먹은 진짜 꾼이, 다른 팀보다 조금 먼저 끝냈다며 직영 잡부 붙들고 자랑을 했더랬다. 숙제 검사받는 유치원생처럼 씨~익 웃어 보이던 김 반장의 미소를, 난 평생 잊을 수 없을 것 같다.

비 오는 날, 재즈로 아침을 연다

온전히 혼자 감당해야만 하는 시간

노가다꾼이어서 좋은 점이라면 쉬고 싶은 날 쉴 수 있다는 거다. 쉬고 싶은 날이란 주로 이런 날이다. 허리가 너무 쑤셔서 일어날 엄두를 못 내는 날, 손목이 너무 아파 내가 과연 오늘 망치를 들 수 있을까 싶은 날, 또는 피로가 온몸을 짓눌러 이불 밖으로 한 발자국도 나가기 싫은 날 등등. 변명 삼아 얘기하자면 그만큼 노가다라는 게 육체적으로 고되다. 그럴 때면 이불 속에서 핸드폰을 슥 열어 문자를 보낸다.

"반장님, 저 오늘 하루 쉬겠습니다."

그러고는 다시 눈 감는다. "오랜만에 늦잠 좀 자볼까. 룰루랄라"

하면서. 보통은 그걸로 끝이다. 쉬는 이유를 추궁한다거나 다음 날 출근했을 때 어제 결근한 걸로 타박하는 일 같은 건 없다. 이곳 또한 조직 사회다 보니 아예 눈치를 안 볼 순 없다. 그럼에도 회사 같은 엄격한 규율이나 강제성은 없다. 이게 노가다 판 관행이다. 하루하루 일당 받는 일용직이기 때문이다. 내가 하루 쉬면 손해 보는 사람은 오직 나밖에 없으니까.

그렇기도 하거니와 나 하나 빠진대서 공사에 차질이 생긴다거나 막대한 피해를 보는 일, 없다. 어느 공정의 팀이건 적게는 10~20명, 많게는 30~40명이 움직인다. 한두 사람 빠진다고 표시 안 난다. 반장 입장에서도 그 정도는 늘 염두에 둔다. 오히려 팀의 모든 인부가 출근하는 날이 드물다. 한 달에 두어 번 정도? 그런 날이면 도리어 반장이 이렇게 말한다.

"오늘은 웬일로 전원 출근이네? 다들 볼일이 없나 봐? 하하하."

여기까지가 노가다꾼이 쉬는 첫 번째 이유다. 말하자면 '자발적 데마'라고 해야 할까? 하하.

노가다꾼이 쉬는 두 번째 이유는 역시 날씨다. 아주 덥거나 추운 날에도 현장 문은 열린다. 영상 37℃, 영하 11℃에서도 일해봤다. 다만, 비가 오거나 눈이 내리면 여지없다.

세 번째는 현장 상황 때문이다. 크게 보자면 한 현장이 끝나고 다음 현장이 바로 이어지지 않을 때다. 그럴 때면 보름에서 길게는 한두 달 데마 맞기도 한다. 한 현장 내에서 데마 맞을 때도 있다. 어떤 공정 팀이든 앞서가는 공정 팀이 마무리하고 빠져야 다음 팀이 투입할 수 있다. 형틀목수팀을 예로 들자면 앞서가는 철근팀이 마무리해야 일을 할 수 있다. 그러니 공정 간 일정이 안 맞을 때 하루에서 이틀, 많게는 사나흘 데마 맞기도 한다.

서두가 길었다. 위에서 주저리주저리 떠든 것처럼 노가다꾼의 휴일은 갑작스럽게 찾아오는 경우가 많다. 자발적 데마도 보통은 즉흥적이다. "피곤하니까 내일은 쉬어야지~" 하고 쉬는 게 아니다. 새벽에 일어나려고 보니 피곤해서(실은 늘 피곤하지만) "아 몰라, 오늘 그냥 제껴" 할 때가 많다.

그렇다 보니 예정된 약속이랄 게 없다. 더군다나 확률적으로 평일에 쉬는 경우가 많아 딱히 만날 사람도 없다. 온전히 혼자 감당해야 하는 시간이다. 해서, 대부분은 잠자거나 TV 보면서 뒹굴뒹굴 하루를 보낸다. 그러는 너는 어떻게 시간을 보내느냐고 물으신다면, 흠흠. 그럼 은밀하고도 사적인 나의 이야기를 풀어보겠다.

HongE STUDIO에 오신 걸 환영합니다

보기와 다르게 난 출근율이 제법 좋은 편이다. 데마 맞은 날이라고 하면 주로 비 내리는 날이다. 추적. 추적. 추적….

아참, 난 카페에 산다. 카페가 집이다. 아니, 집이 카페다. 뭔 헛소리냐고? 하하. 이렇게 상상하면 쉽다. 오래된 동네에 가면 작은 구멍가게가 있다. "계세요?" 하면 안쪽에서 미닫이문을 드르륵 열고 방에서 주인아주머니가 신발을 신고 나온다. "뭐? 담배 드려유?" 하면서. 말하자면 나는 그런 구조의 집에 산다. 가게로 구분할 수 있는 공간을 직접 인테리어해서 카페처럼 꾸몄다. 왜 그런 쓸데

없는 짓 했을까, 나는. 이렇게 답할 수 있다.

난 집 짓는 목수이기도 하지만 글 짓는 글쟁이라 글 쓸 공간이 필요하다. 근데 집에서 글 쓰자면 어쩐지 노는 기분이 든다. 해서, 기자 때부터 글은 꼭 카페에서 썼다. 오랜 습관이다. 그랬는데…. 언젠가부터 법이 바뀌어 카페에서 담배를 피울 수 없게 됐다. 담배 없인 글을 쓸 수 없는 나에게는 청천벽력이었다. 뭐, 그 뒤로도 카페에서 글을 쓰긴 했다만, 담배 피우러 왔다 갔다 하느라 자주 흐름이 끊겼다. 아마 그때 다짐했던 거 같다. 언젠가 기회가 된다면 나만의 작업실을 꾸밀 테다! 그 공간에서 담배를 마구마구 피우면서 글 쓰겠노라!

그래서 카페 같은 집, 집 같은 카페에서 살게 됐다. 간판을 내걸진 않았지만, 작업실 이름은 'HongE STUDIO'다. '홍이'는 친구들이 불러주는 내 애칭이다.

아무튼, 비가 추적추적 내리는 날이면 빗소리에 잠에서 깬다. 보통 8시나 9시쯤? 그럼 간단히 씻는다(기보다는 이를 닦고 눈꼽만 뗀다). 외출복으로 갈아입는다. HongE STUDIO로 출근한다. 출근이라고 해봐야 문 하나 여는 거지만 말이다.

아, 내 또 다른 취미는 커피와 요리다. 커피는 그야말로 좋아하는 거다. 요리는 내 나름대로 좀(?) 한다. 출근하면 커피부터 내린다. 처음엔 가정용 에스프레소 머신으로 내렸다. 영 맛이 안 나 모카포트로 바꿨다. 커피를 내리는 사이, 블루투스 스피커로 브금(BGM)을 깐다. 비 오는 날은 역시 재즈다.

커피잔을 들고 자리에 앉으면 우선, 인센스 스틱에 불을 붙인다.

인센스 스틱은 절에서 피우는 향 같은 거다. 인도 사람들이 명상이나 요가 할 때 마음을 안정시키기 위해 피우는 거란다. 난 그냥 담배 냄새 때문에 켠다. 마음도 좀 차분해지는 것 같고.

모든 준비가 끝나면 글을 쓰기 시작한다. 정확하게 말하자면 담배 피우면서 가만히 앉아 생각한다. '지금부터 글 써야지~' 한다고 바로 써지는 건 아니므로. 그러다 11시쯤, 출출함이 느껴지면 간단한 요리를 해 먹는다. 마늘로 향을 낸 오일파스타나 샐러드 듬뿍 얹은 냉파스타 같은 거, 곧잘 한다. 아주 가끔 지인을 초대해 스테이크를 구워주기도 한다. 개인적으로 소고기와 해산물을 안 좋아해 돼지 목살이나 닭다리 살을 굽는다. 그럴 때는 레드와인을 곁들인다.

가끔 예기치 않은 손님이 찾아올 때도 있다. 가게가 통유리로 되어 있어, 진짜 카페로 착각한 분들이다.

"와~ 여기 엄청 예쁘다. 카페 맞죠? 음식도 팔아요?"

"하하. 여기는 그냥 개인 작업실이어서요. 따로 커피나 음식을 팔진 않아요. 죄송합니다."

그럴 때면 괜히 우쭐해진다. 목수로서 또 공간 디자이너로서 인정받은 느낌이랄까.

어쨌든, 글이라는 것도 종일 쓸 수는 없는 노릇이어서 오후쯤엔 대청소를 하거나 목욕탕에 가거나 세차하거나 셀프빨래방에 이불을 모조리 들고 가 빤다. 이따금 책장을 전부 뒤집어 다시 정리할 때도 있다. 무언가 깨끗하게 하거나 정리하는 시간을 좋아한다. 정리하다 보면 머릿속 복잡한 생각도 같이 정리된다.

읽으려고 사두었다가 차일피일 미룬 책을 잔뜩 쌓아두고 왕창 읽을 때도 있다. 장르는 가리지 않는 편이다. 만화책, 에세이, 소설, 인문학 서적에서 도시재생이나 건축, 인테리어 관련 서적도 즐겨 읽는다. 최근에는 로컬이나 공간, 청년을 키워드로 하는 책도 찾아 읽는 편이다. 낮잠도 한두 시간 꼭 잔다. 그렇게 바삐 보내다 보면 어느새 해가 진다.

하하하. 다 쓰고 보니 완전 재수 없다. 실은, 저렇게 흡족하게 하루를 보내는 날은 많지 않다. 고백한다. 나의 바람을 담은 일종의 판타지였다고.

보통은 여느 노가다꾼과 비슷한 하루를 보낸다. 온몸이 피로에 정복된 상태로 아침을 연다. 커피와 담배로 겨우 몸을 일으키지만, 이내 다시 눕는다. 그러고는 아무것도 안 한다. 아무것도 안 하고 있지만, 더 격렬하게 아무것도 안 하겠다는 굳은 의지를 꾹꾹 눌러 담아 가만히 누워 있는다. 그러다가 겨우 밥을 챙겨 먹고, 겨우 글을 쓴다. 지금처럼 말이다. 그런 나를 보며 친구들은 늘 이렇게 말한다.

"넌 맨날 집에서 혼자 잘 논다. 안 답답하냐? 집에만 있으면? 쯧쯧."

가끔은 그래서 외로운데, 그래도 어쩌겠나. 집에서 조용하게 혼자 보내는 시간이 세상에서 제일 즐거운데. 이상, 데마 맞은 날 풍경이었다.

160

땀은 정직하다

10년 뒤엔 내 세상이라고?

나는 지금부터 당신에게 건방진 제안을 할 거다. 내가 설정한 '당신'은 이런 사람이다. 어떤 일을 하면서 어떻게 살아야 할지 모르겠는 사람. 다니는 직장이 영 맞지 않아 이직을 고민하는 사람. 기타 등등의 이유로 현재 삶에 불만이 있거나 변화를 바라는 사람. 그래서 눈앞에 놓인 몇 가지 선택지 가운데 어떤 걸 택할지 고민하는 사람. 대략 그런 '당신'에게 하는 제안이다.

결론부터 말하자면, 선택지에 '노가다'도 끼워줬으면 좋겠다. 살면서 한 번도 상상해본 적 없을 테니 상상이나 한 번 해달라는 거다. "내가 노가다꾼이 된다면?" 정도의 상상 말이다. 상상하려면 우선 노가다꾼을 알아야 할 터. 내가 알고 있는 수준에서 노가다꾼의 모든 걸 얘기해볼까 한다.

제일 중요한 돈! 밥벌이 수단으로 노가다꾼, 괜찮다. 가끔 노가다꾼이라고 하면 불쌍하게 보는 사람도 있다. 그 시선, 정중히 사양하련다. 통상 주 6일 근무인데, 그 기준으로 보면 잡부가 300만 원 안팎, 조공이 300~400만 원, 기공이 400~500만 원, 반장이 500~700만 원 정도 번다. 세금 제외한 실수령액이다. 팀 꾸려 현장에 들어오는 도급팀 오야지들은 1000만 원 이상도 가져간다.

지금 난, 내 인생에서 가장 많은 돈을 번다. 대기업 다니는 친구보다 조금 더 번다. 아, 여기서 보너스니 성과급이니 따지면 섭섭하다. 나도 회사 생활 해봤다. 대기업이나 중견기업쯤 다니면 모를까. 평범한 회사에 다니면 명절 떡값 정도 받는다는 거, 잘 안다. 나도 그랬고.

"대신, 일 많이 하잖아요!" 반은 맞고 반은 틀린 얘기다. 6시쯤 출근해 5시 퇴근이니까 현장에서 보내는 시간이 많은 건 사실이다. 다만, 6시에 출근하면 아침밥 먹고 좀 쉬다가 7시부터 일한다. 아침 안 먹을 사람은 7시까지 와도 된다. 그러다 9시에 참 먹는다고 15분 쉰다. 11시 반이면 슬슬 밥 먹으러 간다. 1시까지 점심시간이다. 3시면 또 참 먹는다고 쉰다. 4시 반이면 슬슬 정리한다. 중간중간 담배 피운다고 커피 마신다고 5분씩 10분씩 쉰다. 실제로 일하는 건 여덟 시간쯤이다. 직장인이랑 비슷하다.

난 개인적으로 세븐 투 파이브도 나쁘지 않은 거 같다. 아침에 일찍 일어나는 게 여전히 괴롭긴 하다. 대신 일찍 퇴근하니, 마음

먹기에 따라 하루를 길게 보낼 수 있다. 여름에 일이 좀 일찍 끝나 4시 반쯤 퇴근할 때는 한낮에 퇴근하는 기분이다. "오, 아직도 해가 중천인데, 난 지금부터 뭐 하면서 놀지? 룰루랄라" 할 때의 그 설렘이란.

전망도 나쁘지 않다. 인간은 끊임없이 새로운 걸 생산한다. 그래야 돈이 도니까. 건물도 그렇다. 건설사가 모조리 망하지 않는 이상 앞으로도 건축·토목 공사는 무한히 반복될 거다. 노가다꾼이 밥 굶을 일 없단 얘기다.

나처럼 젊은 노가다꾼 전망은 더 밝다. 따져보진 않았으나, 노가다 판 평균 연령이 대략 55~65세다. 건축 붐이 일던 1980년대에 노가다 일을 시작한 진짜 꾼들이다. 이분들에겐 미안한 얘기지만, 길어야 10년이다. 이미 노가다 판 절반이 외국인이다. 앞으로 그 비중은 더 늘어날 거 같다.

여기서 중요한 건, 외국인에게 반장 안 맡긴다는 점이다. 반장은 하청 소장, 때때로 원청 관계자와 소통해서 인부를 관리한다. 당연한 얘기지만, 한국말 잘해야 하고 한국 문화 잘 알아야 한다. 어쨌든 한국 땅에서 짓는 한국 건물이니까. 해서, 젊은 노가다꾼 전망이 더 밝다는 거다. 10년 뒤에 반장 할 사람이 없다. 요즘 내가 많이 듣는 말 가운데 하나.

"10년만 지나봐. 니 세상이야. 니가 외국 인부들 데리고 일해야 돼."

열심히 한 만큼의 담백한 성취감

매력도 많은 직업이다. 물론, 생각하기 나름이다. 나도 아침에 함바집(노가다꾼들이 밥 먹는 현장 식당. 일본어 はんば[한바]에서 파생)가면 숨이 턱 막힐 때 있다. 분위기가 너무 우울하고 우중충해서.

앞서 얘기한 진짜 꾼들에게 노가다는 그야말로 생계 수단이었다. 노가다 뛰어서 자식들 키우고, 집 사고, 차 샀다. 그때처럼 악착같이 일해야 하는 건 아닐 테지만, 여전히 그 관성이 남아 새벽에 일어나 습관처럼 현장에 나온다.

나도 처음엔 그 분위기에 휩쓸렸다. 지금은 안 그런다. 하면 할수록 매력을 느낀다. 내가 생각하는 노가다 판의 가장 큰 매력은 담백하다는 점이다. 회사 다닐 땐 내 노력보다 결과가 안 나와 속상할 때도 있었고, 내 노력보다 결과가 잘 나와 머쓱할 때도 있었다. 노가다 판은 일한 만큼, 딱 그만큼 결과가 나온다. 인풋 대비 아웃풋이 명확하다. 노가다는 열심히 하면 그만큼 담백한 성취감을 맛볼 수 있다.

또 열심히 하면 애써 생색내지 않아도 표가 난다. 윗사람 눈치 볼 필요가 없다. 드라마 〈미생〉에서 오 차장이 대략 이렇게 말한다. "회사 나왔으면 일을 해. 게임하지 말고." 네 편 내 편 가르고, 라인 타려고 애쓰고, 정치질이나 하려는 직원에게 내뱉은 말이다. 어디 그 직원뿐이겠나. 회사라는 게, 아니 우리 삶이라는 게 정치의 연속인데.

물론, 노가다 판에도 정치질하는 사람이 있다. 회사만큼 많진 않다. 왜? 필요가 없으니까. 말한 것처럼, 인풋과 아웃풋이 명확하니까. 정치질하지 않아도 내 노력을 손쉽게 증명받을 수 있으니까. 나 같은 경우, 노가다 판 와서 스트레스가 확 줄었다.

노가다꾼의 매력, 하나 더 있다. 이건 아무에게도 말한 적 없는 거다. 어쩌면 공감하지 않을 수도 있겠다. 적어도 나에게는 이 점도 큰 매력이다.

대학 졸업하고 홀로 전국을 일주했을 때다. 때론 버스, 때론 기차. 또 때론 무작정 걸었다. 가끔 끝도 없는 길을 걷고 또 걷다 보면 잡념이 사라지면서 머리가 텅 비는 느낌을 받곤 했다. 마치 진공 상태처럼. 그럴 때면 온전히 나를 들여다볼 수 있었다. 명상하는 사람이나 러너스하이runners high를 경험해본 사람은 어떤 느낌인지 알 거다.

노가다 판에서도 가끔 그런 비슷한 경험을 한다. 땀 뻘뻘 흘리며 종일 몸을 쓰다 보면 어느 순간 무념무상에 든다. 그럴 때면 겉치레 다 걷어내고 오직 나에게만 집중할 수 있다. 그런 날, 땀으로 흠뻑 젖은 몸을 씻고 침대에 누우면 뭐랄까. 침대에서 5센티미터쯤 둥둥 떠 있는 듯한 착각이 든다. 가볍고 산뜻하고 유쾌해지는 기분이랄까.

이미 말했듯, 노가다 판에 들어오기 전 나는 심신이 지쳐 있었다. 고백하자면 극심한 불면증과 우울증으로 병원에 다녔을 정도다. 한동안 약도 먹었다. 그런 내가 노가다 판 와서 우울증을 극복했다. 웃을 수 있게 됐고, 지금처럼 다시 글도 쓸 수 있게 됐다. 잠도 잘 잔다. 우울증이나 불면증을 앓고 있다면, 한 번쯤 삶을 돌아보고 싶다면 노가다, 추천한다.

돈, 전망, 매력까지. 노가다꾼 장점은 이 정도면 될 거 같다. 이제 단점을 얘기할 거다. 예상 가능한 것들이니 쭉쭉 얘기하겠다.

무엇보다 먼저, 힘들다. 처음에는 정말 이러다 죽겠다, 싶었다. 끙끙 앓다가 잔 적도 있다. 그래도 두어 달 지나면 몸이 적응한다. 그때부터는 좀 할 만하다.

여전히 적응 안 되는 것이 있다. 아침에 일찍 일어나는 거. 난 5시 반에 일어난다. 이 닦고, 눈곱만 떼고 가려고 해도 6시 전에는 일어나야 한다. 잠깐 눈만 붙였다 뜬 것 같은데 모닝콜이 울릴 때면, 참담한 심정이다. "아~" 하고 탄식이 절로 난다. 겨울에는 밤에 출근해서 밤에 퇴근하는 기분이다.

날씨 영향도 많이 받는다. 여름엔 남들보다 더 덥고, 겨울엔 남들보다 더 춥다. 그늘 한 점 없는 뙤약볕에서 무거운 걸 나르자면 숨이 턱턱 막힌다. 물을 벌컥벌컥 마시면서 일해도, 땀을 너무 흘려 탈수로 쓰러지는 사람들이 나온다. 얼굴이 까매지는 건 기본이다. 여름에 생각 없이 거울을 봤다가, 너무 놀라 욕 나온 적도 있다.

"아이 ×발, 이거 누구야?"

추운 날, 칼바람까지 불어대면 귀가 떨어져 나갈 것 같다. 양말 두 켤레에 털안전화까지 신어도 발가락에 감각이 없을 때가 있다. 장작불에 10분이 멀다 하고 손을 녹여도 손끝이 저릿저릿할 때도 있다. 덥든 춥든 그나마 일이라도 할 수 있으면 다행인데, 비나 눈이 오면 일하고 싶어도 못 한다.

떠돌이 인생이라는 점도 노가다꾼의 비애다. 기술만 있으면

70까지도 먹고사는 게 노가다꾼이긴 한데, 이에 비해 현장은 한없이 짧다. 아파트 현장이라고 해봐야 1년 안팎이다. 현장 하나 끝나면 또 다른 현장을 찾아야 한다. 때때로 지방 생활도 감수해야 한다. 일찌감치 결혼이라도 했으면 다행이다. 혼기 놓치면 결혼하기도 쉽지 않다. 떠돌아다니다 보니 연애할 시간도, 기회도 없다. 노가다꾼 가운데 돈 많은 노총각이 많은 것도 그래서다.

더럽다는 점도 노가다꾼의 단점이라면 단점이다. 진흙, 먼지, 모래, 톱밥과 뒤엉키는 삶이 일상인 건 맞다. 새 옷도 하루만 입으면 걸레가 된다. 집에 와서 샤워할 때 코를 풀면, 새카만 콧물이 한 움큼씩 나온다. 더러워서 이 얘기까진 안 할까 했는데…. 한번은 목욕탕 가서 때를 밀었는데, 와우!

뭐 그렇긴 한데, 내 옷 좀 너절해지고, 내 몸 좀 지저분해지는 게 그렇게까지 더러운 건지, 난 잘 모르겠다. 회사 다닐 때, 정확하게 말하자면 기자 때 더럽고 아니꼬운 꼴 워낙 많이 봐서 그런가.

사실, 지금까지 얘기한 단점은 부차적이다. 힘들고, 더럽고, 수시로 옮겨 다녀야 하는 직업, 주변에 널리고 널렸다. 어떤 직업이 안 힘들고, 어떤 직업이 안 더럽고 아니꼬운 꼴 안 보겠나.

'가다'가 없는 인생, 노No가다

지금부터 얘기할 단점은, 노가다꾼이기 때문에 감당해야 하는 것들이다. 먼저 시선. 내가 노가다꾼으로서 제일 속상한 부분이다. 난 아주 즐겁고 행복한데, 그래서 당당해지고 싶은데, 이놈의 대한

민국은 내가 당당해지길 원치 않는 거 같다. 누군가에게 노가다꾼이라고 나를 소개하면, 이따금 조롱과 멸시의 시선으로 바라본다. 다 그런 건 아니지만.

난 옷 갈아입는 게 귀찮아서, 그냥 작업복 입고 출근했다가 작업복 입고 퇴근한다. 다른 대부분의 인부는 작업복을 챙겨 다닌다. 한번은 용역 아저씨에게 옷 갈아입기 귀찮지 않으냐고 물었다.

"귀찮긴 한데, 집 들어갈 때 엘리베이터에서 이웃을 만나면 좀 그렇더라고."

노가다 판에서는 자조적으로 이런 말도 한다.

"노가다가 왜 노가다인 줄 알아? '가다'(자세를 속되게 이르는 단어로, 어깨라는 뜻의 일본어 かた[가따]에서 파생)가 없다고 해서 노No가다여."

노가다꾼을, 가다도 없는 사람으로 만드는 게 과연 누군지는 모르겠다만, 어쨌거나 세상은 여전히 그러하다. 그래서 노가다꾼이 되려면 조롱과 멸시, 각오해야 한다.

거북한 시선이야 '정신 승리'로 극복하면 어떻게든 해결할 수 있는 문제인데, 안전사고 앞에서는 답이 없다. 부딪쳐서 멍들고, 긁혀서 피나는 건 일상이다. 나는 덤벙대는 편이어서 이틀이 멀다고 정강이, 무릎, 머리 등등을 부딪친다. 진짜로 별이 반짝할 만큼 아플 때도 있다. 늘 상처투성이다. 반창고와 연고를 달고 산다. 실은, 이 글 쓰는 오늘도 넘어지면서 손목을 조금 다쳤다. 키보드 두드리는데 손목이 저릿저릿하다.

그나마 타박상으로 끝나면 다행이다. 노가다 판에선 부러지고,

찢어지고, 파열되는 사고도 왕왕 터진다. 추락, 전도, 낙하(노가다 판 3대 안전사고) 사고도 잊을 만하면 한 번씩 터진다. 물론, 사망 사고도.

노가다 판에서 제일 많이 하는 얘기가 "뛰지 마. 천천히 해. 하나씩 들어" 같은 말이다. 뛰다가 넘어지면, 넘어지는 거로 안 끝난다. 바닥에 뾰족하고 날카로운 게 수두룩하다. 그렇다고 바닥만 보고 가다 보면 머리를 부딪친다. 참나. 앞도 잘 봐야 하고, 바닥도 잘 봐야 한다.

단점 먼저 얘기하고, 장점 얘기할 걸 그랬나? 내 나름 전략적으로 장점은 세세하게 쓰고 단점은 대충 썼는데도, 다 쓰고 보니 노가다꾼, 절대 하면 안 될 직업 같다. 판단은 각자 하는 거로.

우리가 언제부터 셰프를 셰프라고 불렀던가. 그냥 주방 이모, 주방 삼촌이었지. 요즘은 인터넷 방송 하는 사람들을 크리에이터라고 부르나 보다. 한때는 그냥 BJ였는데. 뮤지션도 한때는 딴따라였고, 헤어디자이너는 심지어 깍새였다. 이분들을 폄하하려는 거 아니다. 그만큼 우리 사회가 직업의 다양성을 존중해주는 사회로 나아가고 있단 얘기를 하려는 거다.

노가다꾼도 마찬가지일 거다. 아직까진 조롱과 멸시의 대상이지만, 10년 뒤엔, 또 20년 뒤엔 지금보다 좀 나아지지 않을까. 혹시 모를 일이다. 10년 뒤엔, '가다' 충만한 직업이 되는지도.

난 충분히 설명했다. 이제 다시 제안한다. 상상해보시라. 노가다꾼으로서 당신의 삶을 말이다. 진짜 마지막으로 한마디만 더.

땀은 정직하다.

2부

노가다 현장:

사람과 풍경

너에게 쓰는 편지(Feat. 홍)

간부와 잡부 사이의 소통 창구

이번 편은 직영반장이다. 내 두 번째 노가다 스승(첫 스승은 인력사무소 사장님), 김 아무개 직영반장님께 바치는 헌사이기도 하다. 김 아무개 직영반장님(이하 김 반장님)으로 말할 것 같으면, 아마도 이 책에서 가장 많이 등장하는 인물일 거다. 기억하는 사람이 있을지 모르겠다. "내가 직영반장만 28년째여~"라는 말을 입버릇처럼 달고 다니는 귀여운 아저씨. 그 사람이 김 반장님이다.

노가다 판에서 직영이 어떤 일 하는 사람인지는 〈직영〉에서 충분히 설명했다. 직영반장은 한마디로 직영팀을 총괄하는 사람이다. 제일 비중이 큰 업무 역시 직영 잡부를 관리 감독하는 거다.

업무는 보통 이런 식으로 이뤄진다. 원청 관계자나 하청 소장, 각 공정 총괄 반장이나 오야지 등이 직영반장에게 이런저런 업무를 지시하거나 부탁한다. 업무를 전달받은 직영반장은 머릿속으로 직영 잡부들 상황을 체크한다. 현재 송 군이 101동 쪽에서 청소하고 있을 테니까 송 군한테 얘기하면 되겠다거나, 그런 일은 주로 박 반장(직영팀 새끼 반장)이 담당했으니까 박 반장한테 얘기하면 되겠다는 식으로. 그럼 전화를 한다.

"저기 말이여~ 송 군. 지금 101동이지? 최 반장 목수팀에서 102동 정리 좀 해달라니까, 101동 청소 끝나는 대로 102동 넘어가서 정리 좀 해줘~."

연장선으로, 용역 관리도 직영반장 담당이다. 현장마다 다르긴 할 텐데, 직영팀 인원은 통상 5~10명이다. 근데 그 인원으로 200~300명이 싸질러놓은 '똥'을 치우기엔 일손이 턱없이 부족하다. 해서, 거의 매일 인력소에 연락해 용역을 부른다. 내가 있던 현장에선 보통 두어 명, 많게는 예닐곱 명까지도 불렀다. 내일 용역을 몇 명이나 부를 건지, 부르면 어떤 작업에 투입시킬 건지도 직영반장이 주도적으로 결정한다.

"내일 용역 여섯 사람 오라고 했으니까, 박 반장님이 세 사람 데리고 다니시면서 101동부터 쭉 청소해 나오시고, 송 군은 한 사람 붙여줄 테니까 104동부터 안전난간대 설치해~. 나머지 두 사람은 내가 데리고 다니면서 자재 좀 옮길 테니까."

뭐든, 궁금한 게 있으면 직영반장에게

두 번째로 중요한 업무는 현장 자재 단도리다. 기본적으로 현장 게이트 통해 들고나는 모든 화물차는 직영반장 손을 거친다. 정석대로 하자면, 직영반장이 수량 체크하고 영수증에 사인해줘야만 자재를 반입하든 반출하든 할 수 있다.

못·철사·삽·마대 같은 잡다한 철물부터 유로폼이나 알폼·합판·각재·파이프와 같이 지게차와 함께 움직여야 하는 자재, 심지어 정수기 생수통이나 인부들 간식까지도 직영반장 손을 거친다.

그렇게 현장에 들어온 모든 물품과 자재를 상황에 맞게 공정에 맞게 정리해놓거나 작업장으로 배달해주는 게 직영반장 역할이다. 보통은 1톤짜리 트럭을 몰고 다니면서 자재를 배달한다. 트럭으로 배달할 수 없는 자재는 지게차를 불러 운반하거나, 무전기 들고 다니면서 타워크레인으로 떠주기도 한다. 우리 김 반장님으로 말할 것 같으면 노가다꾼이면서 몸 쓰는 일, 참 안 좋아했다. 해서, 이따금 트럭 조수석에 날 태워 다녔다.

"101동부터 핀 다섯 자루씩만 떨궈주고 오자고. 우선 스무 자루만 실어봐."

날 태워 다닐 때면 요소요소에 딱 주차만 해줬다. 절~대 차에서 내리진 않았다. 그럼 나는 잽싸게 내려 자재를 떨궈주고, 다시 조수석에 타는 식으로 배달하곤 했다.

난 그 시간이 좋았다. 김 반장님은 딱 내 아버지 연배였다. 그래서 그런가, 날 태우고 다닐 때면 아들한테 넋두리하듯 이런저런 얘길 많이 해줬다. 외동딸의 강아지를 주말마다 대신 목욕시켜주는 얘기, 그 사랑하는 외동딸을 위해 하루 서너 갑씩 태우던 담배를 끊었다는 얘기, 모두 그 트럭에서 들었다.

〈직영〉에서 직영을 '개잡부'라고 소개했다. 이런 맥락에서 보자면 직영반장은 '개잡부의 대장'이라고 할 수 있다. 이렇다 할 기술은 없어도 노가다 판 상황을 누구보다 잘 아는 사람, 각 공정이 현재 어떻게 돌아가는지는 물론이거니와, 어떤 팀의 어떤 사람이 도박 좋아한다더라, 누가 이혼했다더라, 어느 공정 팀이랑 어느 공정 팀이 싸웠다더라 하는 가십까지 소상히 알고 있는 사람이 직영반장이다. 쉽게 생각해 회사 총무부장이라 보면 된다.

티끌 모아 태산

직영반장 월급은 350~400만 원 정도다. 다른 공정 반장들이 보통 500~700만 원쯤 가져간다. 이에 비하면 정말 터무니없는 액수이긴 하다. 대신, 직영반장에겐 별도 수입이 있다.

현장에선 쓰고 남은 철근과 철사 쪼가리 등 잡다한 고철이 쏠쏠하게 나온다. 딱 정해진 건 아닌데, 관행적으로 이 고철은 직영반장 몫이다. 직영 잡부들이 현장 정리할 때 고철은 따로 모아 항공마대(가로세로 1m쯤 하는 대형 마대. 톤백Ton bag이라고도 부른다)에 담아둔다. 어느 정도 고철이 모이면 직영반장이 고물상에 넘긴다. 1톤 트럭에 가득 실어가면 대략 20~30만 원을 받는 것 같으니, 한 달이면 50~100만 원 정도 따로 벌어가는 셈이다.

이 관행이 여러 문제를 초래한다. 참고로 요즘은 공장에서 자재

항공마대

대부분을 사이즈별로 가공한다. 언제 적 얘기인지는 모르겠으나, 과거엔 철근을 포함해 여러 자재를 현장에서 직접 가공했단다. 그러다 보니 가공하고 남은 철근 쪼가리와 고철이 지금과는 비교도 안 될 만큼 많았단다. 직영반장이 큰 현장 하나 맡으면 고철 팔아 차 한 대 뽑았다고 하니, 그 나름 호시절이 있었던 셈이다. 월급은 그 시절이나 지금이나 비슷한데 고철 양은 확 줄었으니, 여기저기서 꼼수가 나올 수밖에.

대표적인 꼼수가 철근 자르기다. 이건 직영반장과 철근 오야지가 힘을 합쳐야 한다. 예를 들어, 공사에 필요한 철근이 실제로 10톤이면 11톤을 현장에 반입한다. 철근 오야지는 점심시간이나 주말같이 경계가 느슨할 때 골라, 남는 철근 1톤을 전부 잘라 쪼가리로 만들어버린다. 그렇게 자른 철근 쪼가리를 트럭 바닥에 깔고, 그 위에 고철을 덮어 반출한다. 얘기한 것처럼 어떤 화물차든 현장

게이트 들고나려면 직영반장 손을 거쳐야 한다. 직영반장 비호가 없으면 이뤄질 수 없는 짓이다. 그렇게 얻은 뒷돈을 직영반장과 철근 오야지가 나눠 갖는다.

들은 얘긴데, 현장에 반입한 항공마대를 다시 철물점에 넘기는 직영반장도 있단다. 아파트처럼 큰 현장에선 항공마대 50~100장을 한 번에 주문한다. 그렇게 많이 갖다 놓아도 이 팀 저 팀에서 한두 장씩 빼 쓰다 보면 금세 없어진다. 어느 팀에서 얼마나 쓰는지 일일이 체크하지는 않는다. 여기에 빈틈이 있다. 한 100장 주문했다가 20장쯤 다시 반출해도 알 길이 없다. 참고로 항공마대 한 장에 1만 원 안팎이다. 20장이면 기공 일당 수준이다. 이거야말로 진짜 티끌 모아 태산인데, 주머니 사정이 급하니 그렇게라도 한단다.

우리 김 반장님으로 말할 것 같으면 이상할 정도로 돈 욕심이 없었다. 구린 짓은커녕 고철도 크게 신경 쓰지 않았다. 독한 직영반장들은 직영 잡부 한 사람을 고철 담당으로 지정해 악착같이 모은다던데, 김 반장님은 날 포함한 직영 잡부들에게 고철 모으라는 지시를 단 한 번도 안 했다. 직영 잡부들이 으레 고철은 따로 모았고, 어느 정도 모이면 한 번씩 내다 팔 뿐이었다.

모르건대, 고철까지 따로 신경 써서 모으려면 더 수고스러울까 싶어 별다른 지시를 안 했던 것 같다. 난 그런 김 반장님 마음이 고마워서라도 현장 정리할 때면 꼭 고철을 따로 빼서 모았다. 용역 아저씨들이 혹여나 고철을 쓰레기와 섞어 버릴라치면 이렇게 말하곤 했다.

"아이고 아저씨~, 우리 김 반장님 용돈인데, 그렇게 고철 막 버리시면 어떡해요. 하하. 주세요. 고철은 따로 모아야 하니까."

아들 같아서 그러는 겨~

이건 개인적으로 참 뭉클했던 이야기다. 고철을 고물상에 넘긴 다음 날이었던가, 김 반장님이 날 따로 불러 이렇게 말했다.

"송 군 안전화 새로 살 때 됐지? 인터넷은 더 싸다면서. 네파가 좋으니까 네파로 내 꺼까지 주문 좀 해줘~. 나는 260이여~."

며칠 뒤 주문한 안전화가 왔기에 갖다 줬더니 날 따로 불렀다.

"얼마여~?"

"예. 최저가로 해가지고 7만 원 줬어요."

"그럼 여기 14만 원. 다른 사람들한테는 말하지 말어. 송 군만 사 주는 거니까."

"아니에요, 반장님~. 안 그러셔도 돼요."

"아이고~ 현장에서 나온 고철 팔아서 번 돈인데 혼자 입 싹 닦자니 영 불편하고, 그렇다고 다 같이 나눌 순 없고…. 송 군이 열심히 안 하면 사 주지도 않어. 젊은 사람이 일도 열심히 하고, 아들 같아서 사 주는 거니까 군소리 말고 받어~."

"감사합니다~. 잘 신을 게요."

그렇듯, 우리 김 반장님은 참 정이 많았다. 목수 일 배워볼 마음으로 직영 그만둔다고 했을 때도 누구보다 아쉬워했다. 개중에는 한창 바쁠 때 가버린다고, 기껏 일 가르쳐놨더니 가버리면 어떡하느냐고, 싫은 소리 붙인 사람도 있었다. 김 반장님은 내 손 꼭 잡으면서 이렇게 말했다.

"송 군이야 어딜 가서도 열심히 할 사람이니까 거기 가서도 금방 적응할 거여~. 대신! 노가다 판에는 별의별 놈들이 다 있으니까 일일이 신경 쓰고 스트레스 받지 말어~. 어떤 놈이든 똥 밟는 소리 하면 그냥 그러려니 하고 무시해버려. 내가 직영반장만 28년째라 현장을 잘 알아서 하는 얘기여. 그리고 언제든 힘들면 다시 와. 송 군 자리는 비워둘 테니까. 허허. 아무튼 그동안 여러모로 고마웠어."

잘 지내시죠. 반장님? 보고 싶네요. 하하.

맨몸으로 중력과 싸우는 자

한쪽 어깨가 짓눌려 땅으로 꺼져버릴 것 같은 기분

노가다꾼에게 연장은 필수다. 무겁고 거친 자재를 다뤄 건물을 짓자면, 인간의 힘만으로는 한계가 있으니까. 해서, 기공은 말할 것도 없고, 잡부들도 망치나 삽 같은 연장 한두 개는 들고 다닌다. 하다못해 커터칼이라도 주머니에 넣고 다니는 게 노가다 판이다. 그런 판에서 유일하게 장갑 하나 뒷주머니에 쑤셔 넣고 맨몸으로 다니는 사람들이 있다. 바로 곰방꾼(시멘트, 벽돌 등을 나르는 사람. 일본어 こうんぱん[고운반]에서 파생)이다.

노가다 판은 참으로 정직해서 일한 만큼 돈을 준다. 일이 힘들거나 어렵거나 위험하면 그만큼 일당도 세다. 2020년 기준, 기공이

곰방꾼

보통 20~25만 원 받고, 잡부가 12~15만 원 받는다. 곰방꾼은 엄밀히 말해 잡부에 속하는데 일당이 무려 15~16만 원이다. 잡부 가운데 제일 많다. 바꿔 말하면 그만큼 힘들단 얘기다.

인력사무소 다니던 시절, 한 번은 일흔 가까운 노인과 곰방을 하러 간 적이 있었다. 5층짜리 원룸 현장이었다. 현장 소장은 모래와 시멘트, 타일을 층마다 올려놓으라 했다.

사실 나는 학창 시절에 유도를 좀 했다. 어디 가면 힘 좀 쓴다는 소리도 듣는 편이다. 그런 내가, 그날 일흔 가까운 노인을 당해내지 못했다. 곰방만 30년 했다는 노인은 시멘트 포대를 사뿐사뿐 들어 날랐다. 사뿐사뿐했다는 표현 말고는 달리 표현할 길이 없을 만큼 정말 가벼운 걸음이었다.

시멘트 한 포대가 40킬로그램이다. 몸무게 40킬로그램 나가는 사람 업는 거 생각하면 안 된다. 같은 무게라도 차원이 다르다. 사람을 업으면 어깨, 허리, 팔, 다리에 무게가 분산돼 그나마 수월할 테지만, 시멘트는 한쪽 어깨에 무게가 집중되기 때문에 훨씬 무겁게 느껴진다. 시멘트 포대를 어깨에 지고 계단 오르는 기분? 어떻게 표현하면 와 닿을까. 한쪽 어깨가 짓눌려 땅으로 꺼져버릴 것 같은 기분이라고 하면 좀 이해가 되려나. 5층까지 서너 번 왔다 갔다 했을 때부터 이미 내 다리는 후들거리기 시작했다.

타일 나를 때는 노인에게 백기를 들었다. 시멘트나 모래는, 어떻게든 5층까지만 짊어지고 가서 바닥에 휙~ 던져버리면 그만이다. 타일은 아니다. 작은 충격에도 깨져버리기 때문에 내려놓을 때도 조심해야 한다. 상상해보라. 그야말로 젖 먹던 힘까지 쥐어짜 겨우 5층까지 올라갔는데, 그때부터 다시 안간힘 써서 조심히 내려놓아야 하는 상황을 말이다.

나는 그날 타일을 몇 장이나 깨먹었는지 모르겠다. 머쓱해하는 나에게, 노인은 "찬찬히 혀~" 하고는 씩 웃으면서 지나쳐 갔다. 노인 어깨에는, 내가 짊어진 것의 두 배나 되는 타일이 있었다. 그때 느꼈던 알 수 없는 패배감이란.

그날 나는 노인 덕분에 두 시간이나 일찍 퇴근할 수 있었다. 곰방은 통상 야리끼리(그날 정해진 할당량 채웠을 경우 일찍 퇴근하는 것. 일본어 やり切り[야리키리]에서 파생)다. 열심히 한 만큼 일찍 끝난다. 시간을 채워야 일당이 나오는 다른 노가다꾼과 달리, 곰방꾼

182

은 할당량만 채우면 끝이다. 그런 까닭에 곰방꾼들은 아무래도 부지런하다. 담배 두 개비 피울 거 하나만 피우고, 커피 석 잔 마실 거 두 잔만 마시는 식이다. 그 나이에, 어찌나 날래던지.

노가다의 본질 중에서도 본질

실은, 그날 나는 그 베테랑 노인을 포함해 이 세상 곰방꾼들에게 조금 감동하고 말았다. 갑자기 웬 감동이냐고?

내가 생각하는 노가다의 본질은 '중력'과 싸우는 거다. 인간이 중력을 이길 순 없겠으나 버텨내자고 덤비는 게 노가다, 즉 건축인 것 같다. 이게 무슨 말이냐 하면, 중력의 반대 방향으로 무거운 걸 쌓아 올리고, 또 무너지지 않게, 말하자면 중력에 지지 않기 위해 견고히 하는 그 일련의 과정이 노가다다. 이걸 기어코 아등바등 감당해내는 사람들이 바로 노가다꾼이라는 얘기다.

이런 맥락에서 곰방은 노가다의 본질 중에서도 본질이라는 생각이 들었다. 아무런 연장 없이, 어떠한 잔기술 없이 오직 몸뚱이 하나로 무거운 걸 짊어지고 오른다. 이보다 원초적이고 정직할 수 있을까. 아니, 이보다 순수할 수 있을까.

나는 그 퓨어함(순수라는 단어보단 어쩐지 pure라는 단어가 더 적합해 보인다. 개인적인 생각이다)에 감동하고야 만 거다. 물론, 두 번 다시 곰방을 하고 싶진 않았지만 말이다.

퇴근할 때, 노인에게 물었다.

"할아버지, 곰방 힘들지 않으세요?"

"간단하잖아. 짊어지고 나르면 되니까 머리 쓸 필요 없고, 연장 가지고 다닐 일 없으니까 신경 쓸 거 없고. 곰방꾼은 장갑이랑 몸뚱아리만 있으면 돼~. 어쩌? 같이 해볼텨? 허허."

"아, 아…. 아니요. 하하. 저는 그냥 다른 거 할게요. 곰방은 제 적성이 아닌 것 같아요. 하하."

아, 그렇게 순수한 곰방꾼에게도 분명한 원칙이 하나 있다. 가장 높은 층에 올려야 하는 가장 무거운 걸, 가장 먼저 나른다는 원칙. 가령 시멘트, 모래, 타일이 있다면 가장 먼저 시멘트를 5층에 올리는 거다. 왜 그런가 하니, 그들도 사람인지라 비교적 가벼운 걸 낮은 층에 먼저 올리고 나면 나중에 무거운 걸 높은 층에 올릴 수 없단다. 해서, 오전 내내 벽돌이나 모래를 올렸는데 오후 늦게 갑자기 시멘트 올려달라고 말하면, 그건 불가능하다고 딱 잘라 말한다.

"그럴 거면 오전에 말했어야지. 힘 다 빠졌는데 이제 와서 시멘트를 어떻게 날러~."

미장공

물로 시간을 사는 사람들

줄자를 안 쓰는 유일한 기공

노가다 판엔 기공과 잡부가 어지럽게 섞여 작업한다. 난 딱 보면 안다. 누가 기공인지, 누가 잡부인지. 아무에게도 말하지 않은 나만의 구분법이 있다. 줄. 자.

현장에서 줄자를 차고 다닌다는 건 수치 재는 사람이란 얘기고, 그건 바꿔 말하면 설계도면 볼 줄 알거나, 그에 준하게 일을 주도적으로 하는 사람이란 얘기다. 그러니까 허리춤에 줄자 차고 있으면 열에 여덟아홉은 기공이다. 이건 거의 모든 공정에 해당하는 구분법이다. 딱 한 공정, 미장을 제외하고 말이다.

내가 아는 한 미장공은 줄자를 안 쓰는 거의 유일한 기공이다.

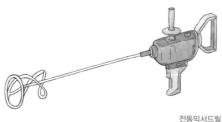

전동믹서드릴

줄자뿐 아니라 수치를 재거나 계산하는 어떠한 연장도 쓰지 않는다. 오직 직감에 의존한다.

인력사무소 다닐 때 미장 데모도로 자주 갔다. 처음엔 다른 인부들이 꺼려해서 떠밀리듯 갔다. 막상 가보니 적성(?)에 잘 맞았다. 해서, 두어 번 군말 없이 다녀왔다. 그랬더니 그다음부터 미장 현장에서 연락 오면 으레 날 보냈다. 나야 '땡큐'였다.

남들은 미장 데모도가 힘들다 하는데, 난 좋았다. 일당도 만 원 더 주는 데다가 재미도 있었다. 일도 그렇게 힘들지 않았다. 시멘트 몇 포대와 물 몇 통 날라주는 게 전부였다. 정확히 말하자면, 그것밖에 할 수 있는 일이 없었다. 미장공이 작업하는 어딘가에 끼어들 여지가 없단 얘기다. 왜 그런지는 뒤에서 얘기하기로 하고.

미장 데모도가 출근해서 하는 일은 세팅이다. 시멘트와 모래, 물, 그리고 그것들 섞는 전동믹서드릴을 작업장으로 나르는 거다. 전동믹서드릴은 주방에서 쓰는 핸드형 믹서기의 큰 버전이라고 생각하면 된다. 미장공들은 그냥 '기계'라고 표현한다.

세팅이 끝나면 '사모래'를 만든다. 미장할 때 벽에 바르는 걸 사모래라 부른다. 시멘트와 모래, 물을 적정 비율로 섞어놓은 거다. 만드는 순서는 '다방 커피' 탈 때와 같다. 다방 커피 탈 때도 입자가 굵은 커피—설탕—프림 순으로 넣고 섞는 것처럼, 사모래 통에도 모래 먼저 넣고 시멘트 한 포대 넣은 뒤 물을 붓는다. 그러고 나서 물과 모래를 조금씩 추가해 비율을 맞춘다. 이즈음 미장공이 등장한다.

사모래의 적정함을 판단하는 기준은, 오로지 미장공의 감이다. 사모래를 벽에 바를 때와 천장에 바를 때, 혹은 그날 날씨나 모래 입자 등등에 따라 비율이 조금씩 다르기 때문이다. 데모도가 모래와 시멘트 한 포대, 물을 적당히 넣어 섞고 있으면 쓱 다가와 눈으로 힐끗 보고는 이렇게 말한다.

"질어. 모래 좀 더 넣어. 두어 삽만 더 넣으면 되겠다. 그려그려. 됐네."

온몸을 감싸는 숙연한 공기

사모래를 다 섞고 나면 미장공은 고데(사모래를 벽에 바를 때 쓰는 도구. 우리말로는 흙손이다. 일본어 こて[고테]에서 파생)와 고데판을 물로 정갈하게 닦는다. 물에 담가 휙휙 헹구지 않는다. 붓으로 구석구석 꼼꼼하게 닦아낸다. 그러니 정갈하게 닦는다는 표현이 맞다.

준비를 마친 미장공이 양손에 고데와 고데판 들고 서 있으면 뭐랄까. 영화 〈300〉의 전사 같은 비장함이 느껴진다. 한 손에 창, 한

고데

손에 방패를 들고 적진에 뛰어가기 전의 딱 그 모습이다.

이때부터 데모도가 할 수 있는 일은 없다. 온전히 미장공 몫이다. 사모래를 두어 번 퍼서 고데판에 올려놓고, 고데로 조금씩 떠 벽에 바른다. 오직, 손으로 전달되는 질감에 의존해 벽을 평평하게 발라나가는 거다.

벽면 하나를 모두 바르고 나면, 미장공은 지금부터가 진짜라고 말한다. 우선 붓을 물에 적셔 벽을 훑어낸다. 그 자리를 고데로 더욱 평평하게 다진다. 벽면 하나 완성하기까지 그 작업을 수없이 반복한다. 얼핏 단순한 반복 작업 같지만 아무나 할 수 있는 작업이 아니다. 내 눈에는 대충 펴 바른 벽이나 수없이 다져 평평하게 완성한 벽이나 똑같아 보이는데, 미장공은 이리 살펴보고 저리 살펴보면서 미세하게 어긋난 부분을 다지고 또 다진다.

난 그 시간이 좋았다. 벽 앞에 우두커니 선 미장공의 뒷모습을 바라보는 시간 말이다. 그리고 '서억서억' 하며 울려 퍼지는 소리도. 서서히 굳어가는 벽을 고데로 밀고 나갈 때 퍼지는 마찰음이다. 그 소리를 들으며 그 뒷모습 보고 있자면 음, 이런 표현이 맞을

지 모르겠다. 어쩐지 숙연한 마음이 들었다. 그 분위기, 그런 공기가 좋았던 거 같다.

그렇듯, 같은 작업을 수없이 반복해야 하는 미장공에게 시간은 무한하지 않다. 곰방꾼이 중력과 싸우는 사람이라면, 미장공은 '시간'과 싸우는 사람이다. 시멘트는 시간이 지나면 굳어버린다. 벽면 하나를 펴 바르기 시작했으면, 그 벽면을 마무리할 때까지 꼼짝할 수 없다. 점심시간이라고 다른 기공들처럼 하던 작업을 멈출 수 없다. 연장 다룰 때도 마찬가지다. 길어야 10분 남짓한 간식 시간에도 그냥 일어나지 않는다. 처음 작업 시작할 때처럼 모든 연장을 물로 정갈하게 닦아놓는다. 잠깐이지만 그사이 연장에 묻은 시멘트가 굳어버릴 수 있기 때문이다.

물에 적신 붓으로 벽을 훑어내는 것도 같은 이유다. 자꾸만 자꾸만 물을 발라 시멘트 굳는 시간을 지연시킨다. 말하자면 미장공은 물로 시간을 사서, 그 시간만큼 벽을 더욱 평평하게 다져나간다. 그런 장면을 보면 미장공에게 가장 중요한 재료는 시멘트나 모래가 아니라 물인 듯하다. 필요한 시간을 연장해주는 재료니까.

이 과정 거쳐 완성한 벽을 보고 있으면 참 묘한 기분이 들었다. 사실 별것도 아닌 회색 시멘트벽인데 말이다. 그 벽에 담긴 복잡다단한 함의가 조금은 느껴져서였을까.

지붕이 없는 사람들

세상에 쉬운 일 하나 읎어

직영 잡부로 일할 때다. 한번은 철근공을 유심히 보던 직영반장이 엄지와 검지를 붙이고 손목을 획획 돌려 보이며 이렇게 말했다.

"쟤네는 이것만 하면 돼. 저건 기술도 아녀~."

얼핏 맞는 말 같았다. 하는 일이래 봤자 갈고리 하나 들고 다니면서 철근 엮는 게 전부인 것처럼 보였다.

"하긴, 저 정도면 반나절이면 배우겠네요. 근데 철근공은 얼마나 받아요?"

"많이 받으면 스물세 개도 받아~. 목수들보다 쎄~."

"그래요? 저렇게 쉬운데?"

"대신 쟤네는 지붕이 없잖아."

얘기인즉, 이랬다. 철근콘크리트 건물 공사는 대부분 비슷한 공정을 거친다. 기초를 닦고 나면 철근을 엮고, 그 철근을 뼈대 삼아 거푸집을 짠다. 그 거푸집에 콘크리트를 붓는다. 그런 식으로 한 개 층씩 완성해나간다. 물론 그 사이사이 설비와 전기, 해체와 정리 등 세부적인 공정이 끼어들지만, 큰 틀에서 보자면 그렇다. 이 공정을 반복해 건물을 쌓아 올린다.

그러니까, 철근공은 건축에서 첫 번째 공정을 담당하는 사람이고, 그런 까닭에 평생 지붕 밑에서 일할 수 없다. 다른 기공보다 일당을 더 받는 이유도 아마 그 때문일 거라고 직영반장이 한참 떠들었다.

그러고 보니 그랬다. 한여름엔 뙤약볕에서, 한겨울엔 칼바람 맞아가며, 여름엔 뜨겁게 달궈진, 겨울엔 차갑게 얼어붙은 철근을 만져가며 일해야 하니, 말하자면 철근공들은 일하는 게 아니라, 자연과 싸우고 있었다. 한번은 철근반장한테 물어보니 한겨울엔 철근에 장갑이 쩍쩍 달라붙어 버릴 만큼 차갑단다.

"종일 철근을 만지고 있으면 손가락이 꽁꽁 얼어. 겨울에는 틈틈이 장작불에 손 녹여가면서 일해야 돼. 더군다나 종일 쪼그리고 앉아서 철근 엮어봐. 20~30년씩 하면 허리가 아작 나. 현장에 허리디스크 환자는 전부 철근이여~. 얼핏 보면 쉬워 보이지? 세상에 쉬운 일 하나 읎어."

그나마 요즘에야 타워크레인이 철근을 옮겨줘서 크게 힘쓸 일이 없지만, 불과 20년 전만 해도 그 무거운 철근을 전부 이고 지고 끌고 다녔단다. 철근반장은 비교적 젊은 철근공 바라보며 이렇게 넋두리했다.

"요즘 어린 철근공들이야 일 쉽게 하는 거여~. 대전에 아파트 처음 생길 때 말이여. 그때도 내가 철근했었는데, 그 시절에 타워가 어딨어? 다 짊어지고 다녔지. 허허~."

광야를 어슬렁거리는 수사자 무리

이런저런 얘길 듣고 나서부터는 철근공이 새롭게 보이기 시작했다. 이상하게도 내 눈엔 그들이 '수사자'처럼 보이곤 했다.

구릿빛 피부. 노가다꾼치고 피부 안 탄 사람 없지만, 철근공들은 유독 새카맣다. 한여름, 티도 안 입고 맨살에 낚시조끼 하나 덜렁 걸치고 다니는 사람이 더러 있다. 열에 여덟아홉은 살 타는 것에 무뎌졌거나 이를 포기한 철근공이다. 이런 철근공이 철근을 어깨에 지고 질질 끌고 가는 모습을 보고 있자면, 영락없는 수사자다. 막 사냥 마치고 사냥감을 질질 끌고 가는 수사자 말이다.

철근공이 수사자처럼 보였던 건 특유의 집단 작업 방식 때문이기도 하다. 많아야 10명 남짓 움직이는 다른 공정과 달리 철근은 보통 20~30명 정도가 떼로 붙어 철근을 엮는다. 조회를 마치고 탁 트인 현장에 투입되는 '철근공 무리'를 보고 있자면 광야에 떼 지어 어슬렁거리는 '사자 무리'를 연상케 한다.

그리고 특유의 야수성. 어느 현장이든 어떤 공정이든 노가다꾼들은 대체로 거칠다. 그런데 철근공들이 유독 더 그렇다. 물론 모

192

든 철근공이 그렇지는 않겠으나, 적어도 내가 만난 철근공 대부분은 상당히 거칠고 걸걸했다.

평생 자연과 싸워온 악다구니 때문인지, 단순하고 지루한 작업 방식 때문인지, 그도 아니면 무겁고 차가운 철을 다루기 때문인지는 알 수 없었으나(아마도 이 모든 것이 더해지고 곱해져서일 테지만), 어쨌든 그들은 그러하다.

'노가다 판의 상징' 하면, 누군가는 목수라고 답할지도 모르겠다. 이러나저러나 망치든 목수 먼저 떠오르는 게 사실이니까. 그러나 내가 생각하는 노가다 판의 상징적인 기공은 철근공이다. 낚시 조끼 하나 덜렁 걸친 구릿빛 피부의 철근공 말이다. 그 야수성이란….

지름 5센티미터 위, 그들이 사는 세상

그 정도로 끝난 게 천만다행, 어쨌든 살았으니까

한번은 함께 일하던 용역 아저씨가 나를 쓱 올려다봤다. 키가 좀 작은 아저씨였다.

"이야~ 이렇게 보니까 송 군, 키가 진짜 크구나! 남들 키 클 때 나는 뭐 했나 몰라. 하하하. 송 군은 키도 크고 날렵하니까, 직영 잡부할 게 아니라 비계를 해야겠네. 나 아는 형님이 비계 오야지인데, 소개해줄까?"

"비계공이요? 근데, 비계공은 좀 위험하지 않아요? 돈벌이는 괜찮나?"

"에이~ 노가다 판에 위험하지 않은 일이 어딨어~. 다 똑같지.

고소공포증만 없으면 되는데. 송 군은 높은 데 잘 올라가?"

"뭐~ 놀이 기구 같은 거 잘 타니까. 높은 데 올라가는 걸 특별히 무서워하는 것 같진 않아요."

"그럼 딱이네! 그럼 비계공 해~. 비계는 기술이랄 것도 없어. 며칠만 하면 금방 배워. 일당도 괜찮아. 스무 개에서 스물세 개 정도? 시스템 비계는 좀 더 적고. 그리고 비계는 야리끼리가 많아. 그 오야지 형님한테 들은 건데, 부지런히 하면 오후 1~2시에 퇴근할 때도 많다더라고. 그런 거 생각하면 괜찮지. 문제가 하나 있긴 하지…."

"무슨 문제요?"

"알다시피 비계공들은 철근이나 형틀처럼 한 현장에 붙박이로 있는 게 아니잖아. 일정 맞춰서 여러 현장 왔다 갔다 하는 거라. 아무래도 지방 출장이 많지~. 한번 내려가면 며칠씩 있다 와야 하고. 그런 게 좀 불편하긴 하지."

"에이~ 그럼 전 비계공 못 해요. 하하. 잠은 무조건 집에서 자야 돼서. 남들이랑 같이 자는 거 영 불편하더라고요. 하하."

결과적으로 난 형틀목수가 됐지만, 아저씨와 대화 나눈 후부턴 비계공을 넋 놓고 보는 일이 잦아졌다. '내가 저~ 위에 있다면 무섭지 않을까?', '아무리 고소공포증이 없어도 저 정도 올라가면 다리가 후들후들하겠지?'이런 생각 끝에, 나는 고개를 절레절레 흔들곤 했다. 결정적으로 내가 마음을 완전히 접은 이유는 비계공 추락 사고를 봤기 때문이다. 직접 본 건 아니고, 떨어진 비계공이 응급차에 실려 가는 걸 봤다. 4~5미터 높이에서 발이 미끄러지며 떨어졌단다. 몇 시간 뒤 무릎 십자인대 파열 소식이 전해졌다. 그것만으로도 끔찍한 부상이었지만, 모든 사람이 입을 모아 이렇게 말했다.

"그 정도로 끝난 게 천만다행이야. 5미터에서 떨어지고도 살았으니까…. 어쨌든 살았으니까 된 거지 뭐."

돼지고기 비계 할 때 그 비계 아닙니다

잠시나마 날 유혹했던, 183센티미터인 내 '크~은' 키를 제대로 한번 살려볼까 고민하게 했던, 그렇지만 아직은 '좀 더 살고 싶다'는 두려움에 접을 수밖에 없었던 바로 그 공정, 비계飛階.

노가다 판에서 말하는 비계는, 당연히 돼지고기 비계가 아니다. 사전에는 "높은 곳에서 공사를 할 수 있도록 임시로 설치한 가설물"을 비계라 정의한다.

공사 현장을 지나갈 때 외벽에 가로세로로 어지럽게 설치된 쇠 파이프를 봤을 거다. 놀이터에서 볼 수 있는 '정글짐'처럼 말이다. 그게 바로 비계다.

현장에서는 '아시바'라고 부른다. 한자로 보면 '날 비飛'에, 계단이란 뜻의 '섬돌 계階'를 쓴다. 재밌는 표현이다. '날아라 슈퍼보드'도 아니고, 말하자면 '날아라 계단아!'인 거다. 누가 이름 지었는지몰라도 참 멋진 발상이다.

'날으는 계단' 비계에는 두 종류가 있다. 중국에서는 지금도 대나무 비계를 쓰는 현장이 있다던데, 이걸 논외로 하면 크게 '강관

클램프

비계'와 '시스템 비계'가 있다.

강관 비계는 가장 대중화된 비계다. 1~6미터 원형 쇠 파이프를 종대 횡대로 세운 다음, 조인트 부분에 클램프(현장에선 '클립'이라 부른다)라는 연결 부속을 체결한다.

시스템 비계는 비교적 최근에 나온 비계다. 종대와 횡대, 계단과 연결 철물 등이 규격화·일체화되어 있다. 강관 비계보다 상대적으로 안전하다고 한다. 그래서 시스템 비계를 쓰면 정부에서 일정액을 지원해주기도 한다. 공공 공사에서는 시스템 비계를 적극 권장하는 것 같다.

다만, 시스템 비계가 강관 비계보다 안전하다는 주장에는 여전히 논란이 있다. 이 글이 둘을 비교·분석하는 논문은 아니니까, '그렇다더라' 정도로만 알고 넘어가면 되겠다.

여기서는 둘 모두를 그냥 '비계'라고 통칭하되, 주로 강관 비계공을 떠올렸다.

임팩드릴

공포와 싸우는 사람들

목수가 망치 차고 다니는 것처럼, 비계공은 옆구리에 임팩드릴(드릴 작업하는 전동 공구를 통칭 전동드릴이라 한다. 그중에서도 임팩트 기능이 더해져, 힘이 더 좋은 드릴을 현장에선 임팩드릴이라 한다)을 차고 다닌다.

비계공 작업은 나라시(고르게 하다는 뜻의 일본어 ならし [나라씨]에서 파생. 현장에선 작업 상황에 맞게 자재를 쭉 나열한다는 뜻으로 사용)부터다. 간격에 맞게 종대와 횡대를 쭉 나라시한 다음, 종대를 세우고 횡대를 눕혀 클램프로 고정한다. 임팩드릴로 클램프 나사를 조인다. 나사가 꽉 조여지면 '드르륵드르륵' 하는 소리가 난다. 그렇게 한 단 한 단 올려 비계를 설치한다.

말로는 쉬운데, 실제로는 녹록지 않다. 한 단 설치할 때마다 비계공 한 사람이 올라간다. 한 단 더 설치하면 한 사람이 더 올라가는 식으로, 한 단마다 한 사람씩 자릴 잡는다. 그렇게 위아래 수직으로 쭉 서 있는 상태에서 맨 밑에 있는 사람이 횡대를 하나씩하나씩 받아치기로 올려준다.

이때, 지켜보는 사람 살 떨리게 하는 건, 비계공이 '발판'에 발딛고 있는 게 아니라 '횡대'를 밟고 있다는 점이다. 말하자면, 지름 5센티미터 원형 파이프 위에 아슬아슬하게 서 있는 거다. 당연히 중심을 잡을 수 없다. 한 손으로는 종대를 붙들고, 다른 한 손으로 올라오는 횡대를 받아 다시 위로 올려준다. 이 얼마나 위험천만한 작업이란 말인가.

나 또한 이따금 원형 파이프 위에 설 때가 있다. 그냥 파이프가 아니라 '원형' 파이프다. 면과 면이 아니라 점과 점이 만난단 얘기다. 더욱이 쇠파이프다. 아침 이슬 맞은 원형 쇠파이프 위에 서면 정말 미끌미끌하다. 등에서 식은땀이 스르륵 흐른다.

미국 심리학자 폴 에크만이란 사람은 공포, 분노, 행복, 혐오, 슬픔, 놀람을 인간의 여섯 가지 기본 감정이라 했단다. 유교 문화권에서도 칠정七情이라 해서 희喜(기쁨), 노怒(노여움), 우憂(근심), 사思(생각), 비悲(슬픔), 경恐(놀람), 공驚(두려움)으로 사람의 일곱 감정을 나눈다.

내가 주목하는 건 '공포'라는 감정이다. 공포는 먹고 자고 섹스하고 싶어 하는 인간의 기본 욕구만큼이나 강렬해 보인다. 정도의 차이는 있겠으나 누구든 자기 존재가 위협받으면 공포심을 느끼게 마련이다.

비계공이라고 다를 리 없다. 높은 곳에서 작업하는 게 '익숙'해질 순 있다. 그렇다고 '공포'가 사라지진 않을 거다. 섹스를 천 번만 번 한다 해도 또 하고 싶은 것처럼 말이다. 그런 의미에서 비계공은 공포와 싸우는 사람들이다. 공포심을 찍어 누른대서 없어지진 않겠으나, 튀어나오지 않도록, 그리하여 다리가 후들거리지 않도록 이 악물고 버티는 사람들이다.

숭고한 희생정신을 안전 발판 삼아

비계공 작업은 그래서 숭고하다. '비계'라는 그 멋진 이름처럼 말이다. 비계공은 전쟁으로 치면 선봉대다. 암벽등반으로 보자면 제일 먼저 맨몸으로 올라가 로프를 내려주는 사람이다. 다른 공정 작업자들의 안전한 작업을 위해 높은 곳에 임시 가설물을 설치하는 사람이니까.

생각해보라. 고소 작업자들 위해 앞서 고소 작업하는 사람들, 아무런 안전장치 없이 안전장치를 설치하는 사람들에 관해서 말이다. 말장난 같은 이 아이러니가 비계공의 숙명이다.

이들도 물론 먹고살기 위해 이 직업을 선택했겠지만, 그 목적과는 별개로 이들의 작업은 숭고하다. 실제 비계공 추락 사고는 비일비재한 일이고, 그 숭고한 희생정신을 안전 발판 삼아(잔인한 얘기로 들리겠지만 외면해선 안 될 노가다 판 현실이다) 우리는 안전하게 일하고 있다.

더욱 아이러니한 건, 위험천만하게 작업한 결과물이 '임시 가설물'이라는 점이다. 모든 공사가 끝나면 이들은 자신들이 설치했던 결과물을 스스로 해체한다. 자식과 길을 걷다가 "저~기 저거 보이지? 저게 아빠가 만든 거야~"라는 자랑조차 비계공은 할 수 없다. 뭐 꼭 이 세상에 무언가 남겨야 하는 건 아니지만 말이다.

요즘도 가끔 저 높은 곳에서 위태롭게 작업하는 비계공을 넋 놓고 본다. 그때마다 새삼 깨닫는다. 이 사회라는 게 주인공만으로는 굴러갈 수 없다는 상식을, 꼭 주인공일 필요는 없다는 사실을, 조연도 얼마든지 멋질 수 있다는 진실을 말이다.

노가다 판에서 호구 잡히면 끝이여

공사 현장 필수 아이템, 중장비

공사 현장엔 사람 힘으로 들 수 없는 자재가 많다. 아니, 대부분이 그렇다 해도 과언이 아니다. 물론, 낱개로는 들 수 있다. 하지만 사람 힘으로 하나씩하나씩 옮기며 공사한다는 건, 현실적으로 안 될 얘기다. 특히나 아파트 현장처럼 큰 현장에선 더더욱.

거푸집 짤 때 쓰는 유로폼을 예로 들어보자. 현장에선 600폼을 가장 많이 쓴다. 이것만 해도 한 장에 19킬로그램이다. 600폼은 통상 45장을 쌓아 한 묶음으로 만든다. 계산해보면 한 묶음에 무려 855킬로그램이다. 해서, 큰 공사 현장에선 중장비가 필수다.

그럼 어떤 중장비를 쓰느냐. 크게 두 가지다. 타워크레인과 지게

차. 이번 글 주제가 지게차이니만큼 타워크레인에 관한 얘기는 패스하겠다.

이쯤에서 드는 의문 하나! 자재 이동은 왜 필요한가요? 상식적으로 생각하면, 자재를 반입하는 화물차가 작업장 바로 앞에까지 와서 자재를 내려놓으면 될 텐데 말이다. 후후, 모르는 소리다.

현장엔 소모성 자재와 재활용 자재가 있다. 철근과 유로폼을 예로 들어보자. 따지자면 철근은 건물 뼈대고, 유로폼은 건물의 살이 아니라 옷이다. 철근은 그대로 콘크리트에 묻혀 건물을 튼튼하게 해주는 역할이니까 소모성 자재다. 그러니까, 철근은 화물차가 작업장 바로 앞에 와서 내려놓는 게 가능하다. 상황만 맞으면.

이에 반해 유로폼은 콘크리트가 굳을 때까지 모양을 잡아주는 역할만 한다. 콘크리트가 굳은 뒤에는 해체해 재사용한다. 재활용 자재인 거다. 해서, 유로폼 같은 재활용 자재는 애초에 임대 형태로 현장에 반입해 이리저리 옮겨가며 쓴다. 말하자면 재활용 자재를 이리저리 옮길 때 필요한 중장비가 바로 지게차다. 그리고 그런 재활용 자재를 정리하고 관리하는 일 또한 직영팀 몫이다(정확하게는 직영반장).

이런 식이다. 103동으로 작업장을 옮긴 목수 오야지가 직영반장에게 전화한다.

"반장님, 600폼 세 묶음이랑 450폼 두 묶음, 삿보도 한 묶음만 보내줘요. 103동으로."

현장을 훤하게 꿰뚫고 있는 직영반장은 102동에서 쓰고 남은 600폼 한 묶음이랑 101동 옆에 정리해놓은 600폼 두 묶음이 떠오른다. 지게차 기사한테 전화한다.

"기사님, 102동에 600폼 한 묶음 있고, 101동 옆에 두 묶음 있거든. 그렇게 세 묶음만 103동 최 반장팀으로 갖다줘야 하니까 우선 102동 앞으로 와보셔."

전화를 끊은 직영반장이 이번에는 정리팀 반장에게 전화한다.

"그~ 해체팀에서 101동 삿보도 털었을 거여. 그거 좀 먼저 정리해서 101동 지게차 들어오는 데 있지? 떠갈 수 있게 그쪽에다가 정리해놔요."

그러고는 다시 지게차 기사한테 전화한다.

"어, 정리팀에서 101동 삿보도도 정리해놓는다니까, 101동으로 올 때 아예 삿보도도 한 묶음 떠가자고."

지게차 기사 꼴리는 대로 정해지는 임대료

노가다 판 지게차는 개인택시와 같은 개념이다. 개인택시와 다른 점이 있다면 독점 영업이라는 점이다. 한 개인이 자신의 지게차를 가지고 현장에 들어와 공사가 끝날 때까지 모든 자재의 운반을 도맡아 한다. 원청, A하청과 B하청, 그 밖에 자잘한 하청 업체 일까지 말이다.

지게차 기사가 원청과 어떤 식으로 계약을 체결하고, 현장을 따내는지는 모르겠다. 뜬소문으로는 적어도 원청 소장과 사돈의 팔촌 아니면 원청 임원과 사돈의 팔촌쯤은 되어야 현장을 따낼 수 있다는데, '믿거나 말거나'다. 직영 잡부로 일할 때 지게차 기사에게

페이로더

끈질기게 물었으나, 끝내 알려주지 않았다.

"알아서 뭐하게? 안 알려줘. 현장 하나 따내기 위해 지게차 기사들끼리 피 튀기게 경쟁한다는 것만 알아둬."

지금부터, 내가 직영으로 일했던 현장 지게차 기사를 최 기사라 칭하겠다. 최 기사 지게차는 13톤짜리였다. 정식 명칭은 '페이로더'라는 특수장비 차량이다. 공장에서 과일 상자 옮기는 귀여운 지게차 상상하면 안 된다. 어떻게 설명해야 할지 모르겠다. 아무튼 엄청나게 크다. 엄~청나게.

최 기사 말로는 최대 하중이 6톤이라는데, 말하자면 앞서 설명한 600폼 일곱 묶음을 한 번에 옮길 수 있는 힘이다. 이렇게 설명해봐야 실감 안 날 테니까, 쉽게 말해 강호동(100kg쯤 나간다 치고) 60명을 한꺼번에 들 수 있다. 이 얘기인즉, 현장 어떤 자재든 거뜬히 옮길 수 있단 뜻이다. 더욱이 바퀴 힘도 좋다. 비가 와서 질척거리는 땅이든, 가파른 경사든, 어디든 왔다 갔다 한다. 한마디로 불가능한 미션이 없다.

중요한 게 돈인데, 공식적으로 지게차 임대료는 시간당 9만 원이었다. 그럼 비공식은 뭐냐. 두 건당 9만 원. 이게 무슨 얘기냐 하면, 때에 따라 지게차를 한두 번 부리고 마는 상황도 있다. 30분만 부렸으니, 4만 5000원만 내겠다? 안 될 소리다. 5분이든 10분이든 우선 지게차 시동 걸었으면 9만 원부터 시작한다. 근데 지게차 기사도 양심이 있으니 오전에 한 건 오후에 한 건 했으면, 묶어서 한 시간으로 계산해준다. 이건 또 뭔 말이냐 하면, 한마디로 지게차 기사 꼴리는 대로 임대료가 정해진다는 얘기다(이 부분은 지게차 기사마다, 현장마다, 지역마다 다를 수 있다).

어쨌거나 이 탓에 늘 싸움이 났다. 퇴근 무렵, 직영반장은 이런 식으로 계산한다.

"중간중간 깔짝깔짝 부리는 식으로 오전에 한 서너 번, 오후에 너덧 번, 총 일곱 번에서 아홉 번 정도 부렸으니 이런 거 저런 거 생각하면 넉넉히 잡고 네 시간짜리 영수증 올라오겠구나."

웬걸. 여섯 시간짜리 영수증이 떡 하니 올라온다. 황당한 직영반장은 영수증을 움켜쥐고 지게차 기사한테 간다.

"어이, 최 기사. 아니, ×발 장난하나. 오늘 자재 몇 번 떴어? 오전에 한 서너 번, 오후에 너덧 번밖에 더 떴어? 어떻게 여섯 시간짜리 영수증을 올려?"

"뭐 ×발? 그래 ×발. 따져봅시다. 오전에 나눠가지고 두 번씩 세

지게차

타임 떴슈. 오후에도 한 세 타임 떴고. 거기다가 목수 오야지가 따로 전화 와서 한 번 더 떠주고, 중간에 쓰레기 마대도 떠다가 버려 줬잖아요. 그럼 ×발, 여섯 시간이면 딱 떨어지는고만.”

　이런 식으로 직영반장과 최 기사 싸움은 하루가 멀다고 이어졌다. 직영반장 입장에선 더럽고 치사해도 최 기사 아니면 방법이 없으니 부리긴 부리는데, 가끔 해도 너무하다 싶었던 거다. 여느 때처럼 최 기사랑 한바탕하고 씩씩거리며 들어오는 직영반장에게 이렇게 물었다.

　“반장님, 아이고. 어차피 회삿돈이잖아요. 한 시간 더 쳐준다고 반장님 주머니에서 나가는 것도 아닌데 좀 가라앉히세요. 하하.”

　“저기, 송 군 말이여~, 노가다 판에서는 호구 잡히면 끝이여. 아닌 말로, 최 기사가 다른 현장 가서 어디 현장에 있을 때 호구 직영 반장 만나서 30분 일해주고 두세 시간씩 받았다고 떠들고 다녀봐. 와전돼가지고 나중에는 내가 지게차 기사랑 짝짜꿍해서 뒷돈 챙겼다는 소리 듣는다니까. 나는 어떻게든 한 시간이라도 깎을라고 맨날 드잡이하는데 나중에 그걸 누가 알아주냐고, 안 그려? 그래서 일부러 더 싸우는 거여. 남들 보라고. 아휴 ×발, 빨리 지게차 기사를 구하든가 해야지. 송 군, 이참에 지게차 자격증 안 따볼텨? 지게차 별 거 읎어~."

그랬다. 우리 하청엔 작고 귀여운 3톤짜리 지게차가 한 대 있었다. 지게차 기사를 못 구해, 멀쩡한 지게차를 놀리는 참이었다. 마침내 그 작고 귀여운 3톤짜리 지게차가 대반전을 이뤄냈으니….

싸움에서 이기는 법

공장이랑 노가다 판은 얘기가 완전 다른데

지게차 최 기사의 횡포는 내가 봐도 가끔 도가 지나쳤다. 한번은 열 시간짜리 영수증이 올라왔다. 직영반장은 어이가 없어 화도 안 난다면서 말을 이었다.

"아침 7시에 시작해서 오후 4시 반이면 끝나는 게 노가다 판이여. 숨도 안 쉬고 일해도 아홉 시간 반이라고. 근데 어떻게 열 시간이 올라와, 열 시간이. 나 몰래 점심시간에도 혼자 자재 떴다는 거여 뭐여. 어지간해야 싸인해주지!"

그러고는 영수증을 확 찢어버렸다.

"아 몰라, 난 이 영수증에 도저히 싸인 못 하겠으니까."

물론 최 기사도 최 기사 나름 사정은 있었다. 최 기사는 몇 번인가 날 붙들고 않는 소리를 했다.

"내가 송 군한테 딱 까놓고 얘기해서 한 달에 1000만 원쯤 벌어. 근데 생각해봐. 이 차가 1억 5000이여. 이거 할부 값에 보험료에 기름값에 각종 유지보수비 빼고 나면, 한 달에 많아야 500 가져간다고. 할부 끝나면 내 차 될 거 같어? 그때쯤 되면 이 차도 폐차여. 현장 일이라는 게 워낙 험하니까 기계도 금방 상한다고. 그럼 또 차 사야 되잖아. 누구처럼 돈 많아가지고 일시불로 지게차 사서 하면 모를까. 나처럼 불알만 두 짝이면 평생 지게차 할부 갚다가 끝난다니까. 그나마도 현장 딱~ 딱~ 잡았을 때 얘기고, 현장 못 잡으면 손가락 빨아야 되는겨~."

곧이곧대로 믿을 수야 없겠으나, 편하게 돈 버는 일이 어디 있겠나 싶었다.

그러던 어느 날, 드디어 우리 하청 지게차 기사를 구했다. 작고 귀여운 3톤짜리 하청 지게차를 몰아줄 기사 말이다. 새로 온 기사는 공장에서 식품 상자를 운반했다고 자신을 소개했다. 곱상하게 생긴 기사를 위아래로 훑어보던 직영반장이 대뜸 이렇게 물었다.

"비포장에서 해봤슈? 공장이랑 노가다 판은 얘기가 완전 다른데. 할 수 있을란가 모르겄네."

아니나 다를까. 곱상한 기사는 첫날부터 유로폼 묶음을 세 번인가 자빠트리고는 자진해서 못하겠다고 선언했다.

참고로, 지게차가 자재 운반할 때는 타워크레인처럼 자재를 '꽁꽁' 묶어서 운반하지 않는다. 지게발로 푹 떠서, 말하자면 지게발

위에 '살짝' 얹어서 운반하는 거다. 그러니 무게 중심이 조금만 흐트러져도 자재가 옆으로 '휙' 엎어진다. 하루 만에 다시 주인을 잃은 3톤짜리 지게차 바라보며 직영반장은 입맛만 다셨다.

"그러게 내가 뭐랬어. 공장에서 포장된 상자만 운반하던 사람이 울퉁불퉁한 노가다 판에서 얼기설기 쌓아놓은 자재를 어떻게 날라. 소장은 괜한 고집을 부려서는. 안 되겠어. 내가 나서야지."

자격증 있다고 다 똑같은 기사가 아니다

결국, 직영반장이 인맥 총동원해 베테랑 지게차 기사를 데려왔다. 첫날, 실력을 맘껏 발휘한 베테랑 기사는 나에게 이렇게 말했다.

"지게차 자격증 있다고 다 똑같은 기사가 아녀. 아닌 말로 자격증 없어도 지게차야 금방 몰 수 있지. 작동법이 어려운 건 아니니까. 근데 그게 아니거든. 노가다 판은 길이 험하잖어. 자재를 쫌만 삐뚤게 떠도 덜커덩 하다가 희까닥 넘어간다고. 지게발 밀어 넣을 때 노하우도 있어야 하고, 자재 떠서 이동할 때 완급 조절도 할 수 있어야 하고. 어쨌든 말로 설명할 수 없는 '감'이라는 게 필요하거든. 자빠진 거 다시 쌓을래 봐. 쌓는 사람들이 내 욕 얼마나 하겠어. 그래서 지게차 기사는 잘해야 본전이라는 거여. 특히나 이렇게 쪼만한 지게차는 더 힘들어. 차가 크면 더 힘들 것 같지? 절대 안 그려. 장비는 크면 클수록 쉬운 법이여. 어쩌겠어. 살망살망 끌고 다녀봐야지."

그때부터 베테랑 기사는 작고 귀여운 3톤짜리 지게차를 살망살망 끌고 다니며 야무지게 자재를 떴다. 최대 하중이 겨우 2톤이어서 유로폼 한 묶음씩밖에 나를 수 없었지만, 아무렴 어떠랴. 시간 오래 걸린다고 돈 더 나가는 것도 아닌데. 베테랑 기사는 하청 소속 지게차 기사로 고용한 거라, 월급쟁이였다.

그러니까 이렇게 생각하면 쉽다. (운전면허가 없는) '김 회장'에게 소형차가 한 대 있긴 한데, 운전기사를 구하지 못해 그동안 모범택시 타고 다니다가 드디어 운전기사를 구해 집 마당에 있던 소형차 끌고 다니게 된 거다. 소형차라 좀 불편하긴 해도 운전기사에게는 임금을 '건 바이 건'이 아니라 '월급'으로 주니까 장거리든 단거리든 돈 걱정 안 하고 맘 편히 이동하게 된 상황이다.

직영반장도 마음 편히 3톤짜리 지게차 데리고 다니며 세월아 네월아 자재를 떠줬다.

그럼에도 3톤은 3톤이었다. 그 작고 귀여운 녀석이 비만 오면 보이콧이었다. 땅이 질척거리기 시작하면 자재가 조금만 무거워도 앞으로 나가질 못 했다. 바퀴만 헛돌다 이내 빠지기 일쑤였다. 노가다밥 좀 먹었다는 베테랑 기사도 이런 날은 어쩔 수 없다고 고개를 절레절레 흔들었다. 비가 주르륵주르륵 내리기 시작하는 날이면 직영반장은 이렇게 말했다.

"최 기사만 노났네."

비 온 날부터 땅이 어느 정도 마를 때까지 며칠간은 3톤짜리 지게차를 쓸 수 없으니, 13톤짜리 끌고 다니는 최 기사만 돈 벌었단 얘기다.

사달이 난 그날도 비 온 다음 날이었다. 어쩔 수 없이 최 기사 불러다가 자재를 뜨던 중이었다. 오전 내내 호흡 잘 맞추던(?) 직영 반장과 최 기사가 갑자기 드잡이를 시작했다. 뭔 일인가 하고 달려가 봤더니, 최 기사가 폭탄선언을 했던 모양이다.

"저거 3톤짜리 돌아다니기 시작하면서 매출이 반 토막인데, 그럼 가만히 앉아서 굶어 죽으라는 겨? 앞으로는 한 번 뜨건 두 번 뜨건 무조건 한 시간으로 처리할 거니까, 그런 줄 아슈."

"아, ×발 맘대로 해. 그럼 당신한테 일 안 주지. 그 돈 주고 부릴 거 같으면 외부에서 지게차 불러다가 쓰면 돼~. 우리는 아쉬울 거 하~나 없어. 그러게 평소에 좀 잘하지. 아닌 말로, 자재 떠다 주고 오는 길에 쓰레기 항공 마대 좀 떠서 버려달라고 몇 번을 부탁했어. 두 번이나 떠줬나? 다른 현장 가봐. 그 정도는 얘기 안 해도 서비스로 척척 해주지!"

결국, 싸움은 결론이 안 났다. 고래 싸움에 피해를 본 건 베테랑 기사였다. 최 기사가 씩씩거리며 자재 뜨고 있는데, 베테랑 기사가 작고 귀여운 3톤짜리 지게차를 살망살망 끌고 왔다. 딴에는 놀기 뭣해 가벼운 자재라도 같이 떠줄까 싶어 깔짝거린 거다.

최 기사 입장에서는 안 그래도 3톤짜리 지게차가 눈엣가시인 데다가 자재 뜨는데 자꾸 거치적거리니 뚜껑이 열린 모양이었다. 지게차 문을 쾅 하고 열어젖히더니 대뜸 쌍욕을 퍼부었다.

"아이 ×발, 저리 안 꺼져? 왜 자꾸 옆에서 깔짝거려."

스무 살은 족히 어린 사람이 반말에 욕까지 하는데도 베테랑 기사는 듣는 둥 마는 둥 했다. 옆에서 보고 있던 내가 다 분해 퇴근 무렵 베테랑 기사에게 물었다.

"왜 가만히 계셨어요. 조카뻘 되는 놈이 욕 하는데. 아니, 자기가 아무리 나잇살 먹었어도 환갑 넘은 분한테 그러면 안 되죠."

"냅둬~. 맞받아치면 똑같은 놈 되는 거여. 송 군 말대로 조카뻘 되는 놈이랑 싸우면 뭐해~. 저 양반 입장에서는 내가 얼마나 얄밉겠어. 그렇게라도 화풀이하고 싶은 게 사람 마음일 텐데 그러려니 해야지. 안 그려? 허허."

노가다 판의 장수와 선비

물과 기름을 한 통에?

해체팀과 정리팀은 일종의 세트 메뉴다. 그날그날 작업장도 다르고 반장도 각각이다. 그럼에도 일 특성상 서로 엮일 수밖에 없다 보니 하도급 업체는 대체로 같다. 해체팀 인부나 정리팀 인부나 한 사람한테서 월급을 받는단 얘기다. 하도급 업체가 같아, 보통 출퇴근도 같이 하고, 점심도 같은 식당에서 먹는다. 심지어는 TBM Tool Box Meeting(공정별 반장을 중심으로 둥글게 모여 그날 할 일과 위험 요소 등을 점검하는 조회)도 같이 한다. 서로 소통이 필요하기 때문이다. TBM 할 때 보면 해체팀 열댓 명, 정리팀 열댓 명, 대략 서른 명이 둥글게 모인다. 그 모습 보고 있자면, 난 가끔 웃음이 났다. 뭐랄까.

물과 기름이 한 통에 담긴 걸 목격한 기분이랄까.

앞서 설명한 여러 이유로, 현장에서도 통상 해체정리팀이라고 묶어 부른다. 그건 그런데! 하는 일만 놓고 보면 해체팀과 정리팀은 작업 성격이 달라도 너무 다르다. 아니, 양극단의 작업을 한다고 표현하는 게 더 맞다. 각각 어떤 일 하는지 설명하려면, 건축 공정 얘기를 또 살짝 안 할 수 없다.

〈노가다 입문 ③〉에서 얘기했듯, 철근콘크리트 건물을 짓는 과정은 얼음 만드는 과정과 같다. 얼음 트레이에 물 붓고 기다리면 얼음이 되는 것처럼 거푸집(얼음 트레이)에 콘크리트(물)를 붓고 굳힌 뒤에 거푸집을 해체하면 건물이 된다. 거푸집을 해체해서 나오는 자재를 재활용한다는 얘기도 앞서 했다. 해체정리팀 일은 한마디로 그 거푸집을 해체하고 정리하는 거다.

부시맨이 떠오르는 건 왜 일까

타설한 뒤 콘크리트가 굳으면 해체팀이 투입된다. 바닥 거푸집이냐 벽체 거푸집이냐, 또 여름이냐 겨울이냐에 따라 다른데 보통 3~7일쯤 지나면 해체한다.

해체팀은 무식해 보일 정도로 크고 튼튼한 빠루와 대가리가 작은 망치를 들고 다닌다.

먼저, 한 사람이 작은 망치로 유로폼과 유로폼 사이에 고정해놓은 핀을 톡톡 치면서 빼낸다. 망치 대가리가 작아야 핀을 빼기 쉽다. 선두가 핀을 빼고 나면 나머지 인부들이 빠루로 유로폼을 뜯어낸다. 콘크리트가 엉겨 붙어 있어, 대체로 잘 안 뜯어진다. 그런 경우, 각도를 달리해 이렇게저렇게 뜯어낸다. 그래도 안 떨어질 땐 발로 걷어차기도 하고 빠루로 후려치기도 한다. 사정없이 거푸집을 해체한다.

얼핏 봐도 느껴지듯, 해체팀 작업은 늘 위험하다. 어두컴컴한 데다가 여기저기서 유로폼을 뜯기 때문에 언제 어디로 유로폼이 떨어질지 모른다. 게다가 털어낸 유로폼, 못이 삐죽삐죽 튀어나온 각재와 합판, 기타 각종 자재가 사방팔방 널브러져 있다. 걸려 넘어지거나 못에 찔리기 십상이다. 이런 까닭에 해체팀 작업장은 안전띠를 둘러 출입을 통제한다. 그런데 해체팀 인부들은 절대 안 다친단다. 한번은 해체팀 반장한테 물으니 별거 아니라는 듯 이렇게 답했다.

"내가 해체하는 거니까. 해체하는 사람은 저 유로폼이 어디서 어디로 떨어질지 알아. 그리고 바닥이 아무리 어수선해도 그 나름대로 질서가 있거든. 해체하는 사람들은 몸으로 그 질서를 인지하지. 그러니까 다칠 일이 없어."

이게 웬 인생의 아이러니. 해체팀 반장과 대화를 나눈 며칠 뒤 해체꾼이 크게 다쳐 병원에 실려 갔다. 들어보니, 갑자기 떨어진 유로폼에 손등이 찍혀 뼈가 으스러졌다고 한다. 이 세상에 '절대'란 없다는 걸 새삼 실감했다.

해체팀 작업의 또 다른 어려움은 열기다. 참고로 말하자면, 콘크리트가 굳는 과정에서 열이 발생한다. 이를 수화열水和熱이라 한다는데(문과―국문과―글쟁이로 이어지는 내가 이해하기엔 한계가 있었다), 나는 무슨 말인지 '1'도 모르겠다. 어쨌든 여기서 중요한 건 콘크리트가 뜨겁다는 거.

　여름에 콘크리트 부은 거푸집 주변에 가면 찜질방이 따로 없다. 그 열기는 2~3일이 지나도 잘 안 식는다. 해서, 해체팀 인부들 가운데 여름에 팬티만 입고 작업하는 사람도 있다고 한다. 나도 실제로 본 적은 없으니, 같이 상상해보자. 팬티만 입고 크고 튼튼한 빠루를 들고 서 있는 해체꾼 모습을 말이다. 부시맨이 떠오르는 건 왜일까.

척척, 착착, 싹싹 효과음이 귓가에 맴돈다

해체팀이 휩쓸고 간 작업장은 한마디로 폐허다. 사방팔방 널브러진 자재, 고철, 콘크리트 부스러기까지. 이 폐허에 입장하는 사람들이 정리팀이다. 정리팀의 주된 연장은 가따와 시노다.

　정리팀이 제일 먼저 하는 일은 사방팔방 널브러진 자재를 양옆으로 치우면서 길을 트는 거다. 손수레나 밀바(세로로 기다랗게 생겨 작은 바퀴가 두 개 달린 손수레. 동네슈퍼 가면 꼭 있다) 끌고 다니면서 자재를 나르든, 인부들이 일렬로 죽 서서 받아치기 하든, 우선 길을 터야 작업이 편하다.

　길을 트고 나면 각종 자재를 작업장 밖으로 쭉쭉 빼낸다. 빼내서 바로 쌓는 게 아니다. 먼저 종류별로 세운다. 그와 동시에 두어 사람이 자재 종류에 맞게, 각재로 다이를 만든다. 나머지 사람들은 빼낸 자재를 종류별로 다이에 쌓는다.

유로폼만 해도 사이즈가 다양하고 각파이프, 원형 파이프, 각재 등도 길이가 천차만별이기 때문에 일일이 분류해 쌓는다. 한 다이다 쌓으면 굵은 철사로 꽉 조인다. 지게차나 타워크레인이 뜰 때 쉽게 흐트러지지 않도록.

자재를 어느 정도 빼내면 몇 사람이 눈삽으로 바닥에 널브러진 잡동사니를 싹싹 긁어모은다. 바닥까지 싹 긁어내면 정리팀 작업도 끝이다.

해체팀도 해체팀 나름 작업 질서가 있겠지만, 정리팀은 그 어느 팀보다 질서 정연하다. 정리팀 작업을 보고 있으면 '척척', '착착', '싹싹' 하는 효과음이 귓가에 맴도는 느낌이다.

이처럼 해체팀과 정리팀은 모든 면에서 극과 극이다. 직업 따라 간다는 말이 있다. 어떤 직업이냐에 따라 그 특유의 분위기가 있다는 얘기다. 그래서 그런가. TBM 할 때 해체정리팀 인부가 아무리 많이 섞여 있어도, 나는 어쩐지 구분할 수 있을 것 같다. 누가 해체꾼이고 누가 정리꾼인지 말이다. 장수처럼 거칠고 투박한 분위기가 느껴지면 해체꾼, 선비처럼 얌전하고 꼼꼼하게 생겼으면 정리꾼! 한 팀이라고 능청스럽게(?) 모여 있긴 한데, 누가 봐도 두 팀이 한 데 모여 있는 분위기가 느껴져서 말이다.

개별의 점으로 하나의 퍼즐 조각 완성

어쨌든 내 직업이 형틀목수니까

드디어, 여기까지 왔다!

이 책이 어떤 과정을 거쳐 나왔는지는 읽는 사람 입장에서야 알 필요 없지만, 굳이 얘기하자면 1년 반에 걸쳐 200자 원고지 1000매(A4 150장가량) 분량을 썼다. 장편소설 한 권 분량이다. 내가 좋아 시작한 일임에도 쉬운 여정이 결코 아니었다. 새벽 5시 반에 일어나 오후 5시까지 망치질하고, 집에 와 씻고 글을 쓰기 시작해 밤 11시~12시에 쓰러지듯 잠드는 생활을 1년 반 동안 지속했다. 물론, 매일매일 그렇게 한 건 아니지만.

그러면서도 마지막까지 미루고 또 미뤘던 게 '형틀목수' 편이다.

어쨌든 내 직업이 형틀목수니까, 다른 공정에 관해 이러쿵저러쿵 떠들 때와 같은 무게감으로 형틀목수를 다룰 순 없었다. 조금 더 신중하고 싶었다. 이왕이면 틀린 정보도 없었으면 했다. 더는 미룰 수 없게 된 시점, 그러니까 형틀목수 편 제외한 모든 원고를 완료한 시점에서야 겨우 키보드를 두드린다. 드디어 여기까지 오고야 만 거다.

누군가 직업 물을 때 형틀목수라고 답하면, '오잉?' 하는 표정으로 다시 묻는다. "형틀? 형틀목수가 뭐야?"라고. 설명하기 번거로워 "그냥 집 짓는 목수라고 생각하면 돼요"라고 답한다. 엄밀히 말하자면 정답이 아니다. 형틀목수란 철근콘크리트 건물, 정확하게는 철근콘크리트 구조물(도로, 다리, 터널 등을 포함한)을 만드는 사람이다. 보다 정확하게 말하자면 그 구조물 만들기 위한 거푸집을 제작하는 사람이다.

철근콘크리트 건물을 짓는 순서와 거푸집 제작 과정에 관해선 〈노가다 입문 ③〉에서 충분히 설명했다. 형틀목수라는 직업의 전반적인 분위기도 〈철근공 vs 형틀목수〉 시리즈에서 대략 얘기했다. 여기에선 좀 더 깊은 얘기를 해보겠다.

용광로와 샐러드볼

작업 메커니즘으로 봤을 때 형틀목수팀은 '개별의 점으로 하나의 퍼즐 조각을 완성'해가는 방식이다. 여기서 말하는 '개별의 점'이란, 말 그대로 형틀목수 개개인이 개별성을 갖고 작업한다는 얘기다. 팀 단위로 움직이는 건 여느 공정 팀과 다를 바 없는데, 형틀목수팀만큼 각자의 위치와 역할을 중요하게 여기는 팀이 없다.

빠른 이해를 위해 가장 대조적인 철근팀과 비교해보자. 철근팀에서 중요하게 여기는 건 획일성이다. 철근팀은 기본 20~30명이 '떼거리'로 움직이는데, 가만 지켜보면 너와 나의 작업 사이에 '위계'가 없다. '다름'도 없다. 수십 명이 동등한 위치에서 동등한 방식으로 철근을 한 가닥 한 가닥 엮어나갈 뿐이다. 그 결괏값으로 거대한 철근 판때기(벽면이든 바닥이든)가 완성된다. 말하자면 개별의 점이 아닌 '하나의 면으로서 거대한 면을 완성'해가는 방식이다. 작업 형태로 보자면 모내기와 유사하고 문화 이론적으로 보자면 '용광로'다.

이에 반해 형틀목수팀은 '샐러드볼'이다. 너와 나의 작업 사이에 '위계'가 분명하다. 무엇보다 '같음'이 없다. 철근팀처럼 우르르 작업하지 않는다. 정해진 위치와 역할에 따라 누구는 나무를 자르고, 누구는 자른 나무를 짜 맞추고, 누구는 짜 맞춰 완성한 틀을 갖다 붙인다. 형틀목수팀 작업장이 유독 소란한 이유이기도 하다.

위치와 역할이 제각각이다 보니 '소통'이 필수다. 문제는 형틀목수 작업 특성상 작업장이 무척 시끄럽다는 데 있다. 한쪽에선 망치로 쇠나 나무를 '깡깡' '팍팍' 두드리고, 또 어느 쪽에선 원형톱이나 고속절단기로 쇠나 나무를 '촤라라락' '까라라랑' 자르거나 켠다. 이런 소음을 뚫고 저 멀리 있는 너와 내가 소통하는 거다. 목이 터져라 거침없이 쌍욕을 더해가며. 그러니 소란할 수밖에.

개별의 점들이 무질서한 듯 요란하게 이리저리 오가면서 하나의 퍼즐 조각을 완성하는 방식, 이게 형틀목수팀의 작업 메커니즘이다.

머리통 따로, 몸통 따로, 팔 따로 로봇 조립하듯

그럼, 위에서 말한 '하나의 퍼즐 조각'이 무얼 뜻하는지 얘기해야겠다.

건축물은 한옥이든 양옥이든 구조가 비슷하다. 먼저 기둥을 세운다. 네모반듯한 집이라 치면, 각 꼭짓점에 기둥 하나씩 세우는 거다. 그 기둥과 기둥 사이에 보를 얹는다. 건축에서 말하는 보는 "기둥 위에서 지붕의 무게를 전달해주는 건축 부재"다. 쉽게 말해 가로로 누워 있는 기둥이다. 기둥 위에 보까지 얹으면 건축물의 기본 골조 완성이다. 그런 다음 기둥과 기둥 사이에 벽을 만들고, 보와 보를 축으로 지붕을 덮으면 집이 완성된다.

형틀목수팀 작업 또한 이 순서를 따른다. 이 과정도 철근팀과 본질적으로 다르다. 철근팀은 기둥이든 벽면이든 바닥이든 씨실과 날실 짜듯, 철근을 한 가닥 한 가닥 더해가는 방식으로 결과물을 만든다. 형틀목수팀은 머리통 따로 몸통 따로 팔 따로 로봇을 조립하듯, 혹은 퍼즐 한 조각 한 조각 조립하듯 덩어리를 하나씩 만들어, 타워크레인으로 턱턱 붙이는 식으로 결과물을 만든다.

말하자면 이런 식이다. 기둥 거푸집을 하나씩 세운다. 첫 번째 퍼즐 조각이다. 같은 메커니즘으로 보 거푸집을 하나씩 제작해 기둥 거푸집 위에 얹는다. 두 번째 퍼즐 조각이다. 그런 다음에는 벽면 거푸집을 한 면씩 한 면씩 제작해 기둥 사이에 갖다 붙인다. 세 번째 퍼즐 조각이다. 마지막으로 슬라브를 한 판 한 판 제작해 보와 보 사이에 갖다 얹는다. 처음에 언급한 것처럼 개별의 점들이 퍼즐 조각을 하나씩 하나씩 만들어 마침내 집을 완성해가는 방식이다.

형틀목수 작업의 꽃, 보 거푸집

그중에서도 형틀목수팀 작업을 상징적으로 보여주는 건 '보 거푸집 제작 과정'이다. 고백하자면 직영 잡부 시절, 내 가슴을 뜨겁게 만든 순간이 있었다. 형틀목수팀 보 거푸집 제작 과정을 처음으로 본 순간이었다. 그 과정을 멍하니 지켜보며 결심했다. 형틀목수가 되어야겠다고!

지금부터 보 거푸집 제작 과정을 설명할 건데, 아! 이걸 글로 설명할 수밖에 없는 작금의 상황이 한스럽다. 어쨌든 최대한 상세히 설명해보겠다.

보 거푸집은 교량 만들 듯 각 기둥 위에서 조금씩 이어나와 가운데서 만나는 방식이 아니다. 바닥에서 보 거푸집 하나를 통째로 제작한다. 길이로 보면 평균 7~10미터 사이다. 무게는 글쎄? 대충 계산해보니 500킬로그램은 거뜬히 넘을 거 같다. 어쨌거나 힘 좋은 목수 열 명이 달라붙어 들어보려 했으나 못 들었으니 상당한 무게다. 그 거대한 걸(위에선 하나의 퍼즐 조각이라고 가볍게 설명했지만 실은 엄청나다!) 타워크레인으로 들어서 기둥과 기둥 사이에 턱 하고 없는다.

여기서 핵심은 '타워크레인으로 들어서 턱 하고 얹는' 과정이다. 겨우 한 문장에 불과한 이 장면이, 한 편의 드라마다. 내 가슴을 뜨겁게 만들었던 것도 바로 이 장면이었다.

보 거푸집 제작을 끝낸 시점이라 치자. 타워크레인으로 들기 직전이다. 이 '신scene'에 필요한 형틀목수는 최소 여덟 명이다. 이 신을 총괄 지휘할 작업반장이 있어야 한다. 작업반장과 타워크레인 기사 사이에서 무전기로 소통할 신호수도 필요하다. 그리고 각 기둥 위에 올라가, 저 하늘 위에서 내려오는 보 거푸집을 잡아 기둥에 고정할 날렵하고 힘 좋은 목수 두 명(이하 A와 B), 기둥과 기둥 사이로 내려오는 보 거푸집이 무너지지 않게 삿보도로 받쳐줄 목수 4~6명 정도가 스탠바이해야 한다.

레디~ 액션!

#1 형틀목수 4팀 작업장/ 낮

모든 준비가 끝나고 작업반장이 도면을 꺼내 든다. 목수들이 제작해놓은 보 거푸집을 확인한다. 어느 보 거푸집이 어느 기둥 사이에 걸리는지 체크한다.

작업반장: (큰 소리로) "신호수! 7번 보 먼저 걸자. A와 B는 저쪽 기둥으로 올라가! 나머지는 삿보도 준비하고!"

일동: "네!"

작업반장 지시가 떨어지고 신호수는 무전기를 꺼낸다.

신호수: "네~, 기사님. 좌씽 조금만 해서 와이어 내리기 하겠습니다. 와이어 내리기~. 와이어 내리기~. 네, 좀만 더 내릴게요. 정지. 정지. 네~, 됐습니다."

동아줄 내려오듯, 타워크레인이 정해진 위치에 실링바(타워크레인에 매달려 있는 줄. 정식명칭은 슬링벨트)를 내려준다. 나머지 목수들이 재빠르게 실링바를 보 거푸집에 묶는다. 그사이 A와 B는 각 기둥으로 성큼성큼 올라간다. 타잔이 나무에 오르듯 말이다. 실링바가 안전하게 묶였는지 확인한 신호수가 다시 무전기를 꺼낸다.

신호수: "네~, 기사님. 힘 받기 하겠습니다. 힘 받기. 네, 그대로 와이어 올리기 하겠습니다. 와이어 올리기 하셔서 우씽 하겠습니다. 와이어 올리기~. 와이어 올리기~. 네, 7시 방향으로 우씽 하겠습니다. 우씽~."

보 거푸집이 하늘로 올라가기 시작하면 나머지 목수들은 잽싸게 삿보도를 하나씩 들쳐 매고 기둥과 기둥 사이로 간다. 그사이 저 높이 뜬 보 거푸집이 기둥과 기둥 사이쯤으로 날아온다.

신호수: "네, 기사님 정지. 정지. 좌씽 조금만 더 해주세요. 네 정지. 와이어 내리기 하겠습니다. 와이어 내리기~ 10미터. 5미터. 3미터. 1미터⋯."

거리가 가까워질수록 타워크레인이 속도를 줄이며 천천히 보 거푸집을 내린다. 보 거푸집이 기둥에 붙기 대략 20센티미터를 남겨둔 시점.

신호수: (다급한 목소리로) "네, 기사님 정지! 정지! 정지! 10센티미터 남았습니다. 잠깐만 대기하겠습니다. 야, 다들 삿보도 준비됐

냐?"

일동: "네!"

신호수가 나머지 목수들 쳐다보며 소리친다. 다들 삿보도를 있는 힘껏 들어 보 거푸집을 바칠 준비를 한다. A와 B는 좌우, 앞뒤, 위아래로 출렁출렁하는 보 거푸집을 두 손으로 단단히 붙들고 신호수가 마저 신호하길 기다린다. 5초가량 정적이 흐른다.

컷!

#2 중국 후한 말, 오장원의 어느 성/ 해 질 녘

나레이션: 직영 잡부 시절, 이 순간을 멀찍이서 지켜볼 때마다 마른침을 꼴깍 삼켰던 기억이 난다. 보 거푸집을 기둥 위에 안착시키기 직전의 순간 말이다.

난 그때마다《삼국지》와《그리스로마 신화》를 합쳐놓은 판타지 같은 걸 상상했다. 내려오는 보 거푸집을 정조준해 삿보도를 힘껏 든 목수들은 장수 같았다. 청룡언월도(관우가 들었다고 전해지는 장칼로 길이 약 2m, 무게 약 50kg) 같은 걸 높이 치켜든 장수 말이다. 하늘을 향해 빳빳이 세운 고개, 미세하게 떨리는 눈빛, 앙다문 입, 힘줄이 툭 튀어나온 팔뚝까지, 꼭 장수였다.

각 기둥 위에 서 있는 목수는 망루에서 적장을 노리는《삼국지》의 황충(활의 명수라고 전해지는 장수) 같았다. 날카롭고 예리한 눈빛, 섬세해 보이는 몸선, 거칠게 불어오는 바람에도 흔들림 없는 침착함….

보 거푸집 제작 과정

하늘에서 내려오는 보 거푸집은 익룡을 연상케 했다. 여섯 장수와 궁수 두 명을 향해 무서운 기세로 낙하하는 몸길이 10미터의 사나운 익룡 말이다. 웅장하고 거대한 날갯짓이 얼핏 보이는 것도 같았다. 금방이라도 모든 걸 집어삼킬 것 같은 공포가 느껴지는 것 같기도.

#3 다시 형틀목수 4팀 작업장/ 낮

일촉즉발의 순간, 정적을 깨는 건 척후병, 아니 신호수다. 준비 상태를 확인한 신호수가 작업반장을 힐끗 보고는 무전기를 든다.

다시 액션!

신호수: "네, 기사님~. 10센티미터만 더 내리겠습니다. 정지! 정지정지정지! 네~. 안착입니다."

보 거푸집이 기둥에 안착한 순간부터 전쟁 한복판 같은 굉음이 터지기 시작한다. A와 B는 양손과 발까지 동원해 흔들리는 보 거푸집을 억지로 붙들고 정확한 위치에 못을 박는다. 쾅쾅쾅쾅. 그사이 샛보도를 받친 목수들은 미세하게 맞지 않은 높낮이를 조절하기 위해 샛보도를 연신 망치로 때린다(샛보도는 나사형으로 되어 있어, 이음새 부분을 때려 높낮이를 조절할 수 있다). 쇠망치로 쇠파이프 때릴 때 나는 특유의 높은 소음이 울려 퍼진다. 깡깡깡깡. 겨우 보 거푸집을 고정한 A와 B는 아래에 있는 목수들에게 소리친다.

목수 A와 B: "야! 샛보도 3센티미터만 올려! 야야야! 너는 1센티미터 올리고!"

깡깡깡깡깡. 굉음 사이사이로 고성과 쌍욕이 오간다.

목수 A와 B: "야 ×발! 내리라고!"

깡깡. 깡깡.

목수 A와 B: "너는 가만히 있고!"

깡깡깡깡!

목수 A와 B: "아니아니!"

목수 A와 B: "얀마!"

깡깡깡!

목수 A와 B: "올리라고!"

깡깡깡…! 한 차례 파도가 지나간 뒤.

신호수: (A와 B를 보며 소리친다.) "찍었어?"

보 거푸집이 기둥에 고정될 수 있도록, 못 박았냐는 물음이다. 눈으로 오케이 사인을 보낸다. 다음으로는 밑에 있는 목수들 쳐다본다. 삿보도를 정확히 받쳤는지 확인한다. 타워크레인이 완전하게 힘을 빼고 난 뒤, 보 거푸집을 지탱해주는 건 오직 삿보도다. 얘기한 것처럼 보 거푸집 무게는 상상 그 이상이다. 어떤 이유로든 보 거푸집이 무너지면 대형 사고다. 만약 보 거푸집 여러 개가 연결된 상황이면 도미노처럼 우르르 무너질 수도 있다. 삿보도 하나하나 꼼꼼히 확인한다.

신호수: (밑에 있는 목수들에게 소리친다.) "와이어 내린다! 다 밖으로 나와!"

일동: "네!"

삿보도 받친 목수들이 멀찍이 떨어져 나온다.

신호수: "네~, 기사님. 완전 내리기 하겠습니다. 내리기~. 내리기~."

타워크레인이 힘을 뺀다. A와 B가 보 거푸집에 묶인 실링바를 푼다.

여기까지다. 보 거푸집 하나를 기둥에 걸기까지 불과 5분 남짓. 이 짧은 드라마 한 편이 내 인생을 바꿔놓을 줄이야.

압력과 싸우는 사람들

토끼파 vs 거북이파

점심 먹고 쉬는 중이었다. 몇 사람이 모여 어느 형틀목수가 일 잘하느냐를 놓고 왈가왈부했다. 저마다 생각이 다르고 기준이 달랐다. 크게 두 파로 나뉘었다. 토끼파와 거북이파.

"하청에서 원하는 게 뭐여? 빨리해주는 거 아녀? 어차피 우리 다음으로 견출(콘크리트를 타설한 뒤 거친 표면을 갈아내거나 미장해 매끄럽게 만드는 작업)이 붙잖아. 걔네들이 다 정리할 건데 꼼꼼하게 작업하는 게 의미가 있냐? 빨리빨리 작업 물량 뽑아주는 게 장땡이지."

"아니죠, 형님. 견출 애들은 뭐 꽁짜입니까? 걔네도 다 인건비

들어가는 건데. 조금 느려도 우리가 꼼꼼하게 작업하면 견출 안 붙어도 되잖아요. 전체 공정으로 보면 그게 더 빠른 거예요."

"얀마! 우리가 왜 그거까지 신경 쓰냐. 하청에선 형틀목수팀이 며칠 만에 거푸집을 다 제작했냐만 놓고 따진다고. 형틀목수팀이 꼼꼼하게 작업해서 견출팀이 5일 작업할 거 3일 만에 작업했다는 건 계산하지 않는다고. 그리고 우리가 꼼꼼하게 작업하든 안 하든 견출팀은 무조건 붙는 거야. 어차피 간장 찍어 먹을 만두의 간을 왜 꼼꼼하게 맞추냐고."

토끼파와 거북이파 논쟁을 가만히 듣고 있던 오야지가 한방에, 모든 논쟁을 정리했다.

"빨리하는 거? 꼼꼼하게 하는 거? 형틀목수는 딴 거 없어. 공구리 안 터지게 하는 목수! 그게 최고여."

다들 고개를 끄덕끄덕했다. 수긍의 의미였다. 그때 난 〈낭만닥터 김사부〉라는 드라마에서 한석규가 후배 의사에게 단호히 외쳤던 말이 생각났다.

"뭐? 환자 인권? 의사로서의 윤리강령? 내 앞에서 그런 거 따지지 마라. 내 구역에서는 오로지 하나밖에 없어. 살린다! 무슨 일이 있어도 살린다!"

그렇다. 한석규 말처럼, 우리 목표는 오직 하나다. 버틴다! 무슨 일이 있어도 공구리가 터지지 않게 버틴다!

수십 년의 경험으로 체득한 직감

계속 얘기했듯, 형틀목수는 거푸집을 만드는 사람이다. 기본적으로는 그렇다. 여기에 단서가 하나 붙는다. '터지지 않게' 거푸집을 제작한다.

터지지 않게 거푸집 제작한다는 게 어떤 의미인지 얘기하려면 거푸집 제작 과정부터 설명해야 하는데, 이건 〈노가다 입문 ③〉에서 설명했다. 페이지를 다시 뒤로 넘기진 않을 테니, 핵심만 다시 옮긴다.

> "거푸집은 유로폼을 한장 한장 이어붙이고, 그 사이사이에 꼬깔콘 모양의 손가락만 한 쇳조각인 '외지핀'을 끼워 고정하는 방식으로 만든다. 마치 실과 바늘로 천을 조각조각 누벼 옷을 만들듯 말이다."

이 과정이, 그러니까 유로폼 한장 한장 이어붙이는 게 어려운 작업은 아니다. 그래서 누군가는 "형틀목수가 무슨 목수냐? 그냥 조립공이지. 레고 조립하듯 조립만 하면 되는 거 아녀?"라고 말하기도 한다. 형틀목수를 잘 몰라서 하는 얘기다. 거푸집 제작하는 거? 물론 조금만 배우면 따라 할 수 있다. 실제로 아파트 현장에서 한 개 동 한 층 거푸집 제작하기까지는 며칠 안 걸린다.

문제는 그다음이다. 거푸집 제작이 끝나면 본격적으로 '마감' 작업을 시작한다. 통칭해서 '마감'이라고 부르는 작업은 '공구리 부었을 때 거푸집이 터지지 않도록 모든 방법을 총동원해 단도리하는 과정'을 뜻한다.

어떤 식으로 마감하느냐. 여기서 구체적인 걸 설명할 순 없다. 쉽게 말해, 바느질을 더 촘촘히 한다거나 단추를 더 단다거나 지퍼라도 갖다 대는 식이다.

마감 작업을 담당하는 건 주로 베테랑 목수다. 왜 그러냐, 거푸집이라는 게 기둥·보·벽면·계단 등 구조부터 제각각인 데다가, 이에 따른 주자재와 부자재도 제법 다르다. 이뿐만 아니라 높이, 폭, 길이도 천차만별이기 때문에 고려해야 할 상황과 변수가 너무 많다.

무슨 수학 공식처럼 높이·폭·길이를 따져 공구리 양 계산하고, 주자재별 압력 차이를 변수로 넣어 데이터 뽑아내고, 이 데이터에 따라 압력이 X일 땐 Y 방식으로 마감 작업한다, 라고 단정할 수 없단 얘기다. 오직 '감'이다. 수십 년간 거푸집을 제작한 목수만이 몸으로 느낄 수 있는 직감 말이다.

쪽팔려서 못주머니 차겠냐?

이런 맥락에서 형틀목수는 압력과 싸우는 사람들이다. 대추만 한 자갈과 시멘트, 물 등을 마구잡이로 섞은 공구리는 그 무게가 상당하다. 이걸 거푸집에 사정없이 때려 붓는다. 붓는 거로 끝나는 게 아니라, 부은 뒤 공기가 차지 않게 '바이브레이터'라고 하는 진동 기계로 푹푹 쑤신다. 말하자면 밥그릇에 밥을 꾹꾹 눌러 담는 거다. 그 순간! 압력이 수직 상승한다. 그 압력을 버텨내느냐 못 버텨

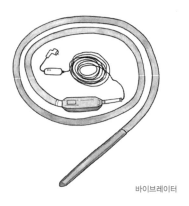

바이브레이터

내느냐의 싸움이다.

신기한 건, 그렇게 이중삼중으로 문을 걸어 잠가도 공구리가 터진다. 〈타설〉에서 충분히 설명했지만 까먹은 사람을 위해 핵심만 다시 옮긴다.

"그냥 이렇게 생각하자. 바늘을 한 땀 덜 꿰맸다거나, 너무 낡은 천 조각이 한 장 껴 있었다거나 하는 식의 실수가 있었던 거다.

어딘가 문제를 안고 있는 거푸집에 묵직한 공구리를 사정없이 부으면 거푸집이 그 압력을 견디지 못한다. 그렇게 되면 마치 몸에 맞지 않은 셔츠를 입어 단추가 '뽕' 하고 튕기듯, 유로폼과 유로폼 사이가 '퍽' 하고 벌어지면서 공구리가 쏟아져 나온다. 설사처럼, 주르륵 주르륵. 이 상황을 현장에선 '공구리 터졌다'고 표현한다."

공구리가 터지면, 한마디로 다 된 밥에 재 뿌리는 꼴이다. 거푸집 제작하기까지 쏟아부은 형틀목수들 수고, 다시 말해 시간과 돈이 사라지는 순간이다. 그걸로 끝이 아니다. 터진 거푸집 수습하고, 새어 나온 공구리 수습하고, 수습한 공구리 폐기 처분하기까지 두 배 세 배의 시간과 인건비가 깨진다. 속된 말로, 개고생하고 욕만 처먹는다.

현장에선 통상적으로 열에 한두 번은 터질 수밖에 없는 게 공구리라고 한다. 그럼에도 불구하고, 형틀목수팀 오야지 입장에서는, 또 그 팀 형틀목수들 입장에서는 자신들이 제작한 거푸집이 터지면 참으로 민망하다. 금전적으로 배상해야 하는 건 아니지만, 공구리가 터졌다는 건 이유 여하를 막론하고 형틀목수가 잘못했단 얘기다(타설공이 바이브레이터를 너무 많이 쑤셨다고 책임을 떠넘길 때도 있지만, 그건 씨알도 안 먹힌다). 바꿔 말하면 형틀목수로서 실력이 안 좋단 뜻이고, 민낯을 만천하에 드러내는 꼴이다. 그러니 민망할 수밖에.

공구리 터진 다음 날, 오야지는 꼭 이렇게 말하곤 했다.

"에휴 ×벌, 이게 뭐냐. ×빠지게 해놓고 욕은 욕대로 먹고. 다음에 또 터지면 그냥 짐 싸서 나가자. 쪽팔려서 못주머니 차고 다니겠냐? 그러니까 마감할 때 똑바로들 하라고. 설렁설렁 보지 말고. 오케이?"

마음을 선물하는 일

공간과 마음 사이의 유기적인 흐름

형틀목수가 된 이후, 줄곧 나에게 했던 질문이 있다. '내가 형틀목수로 살아가는 이유는 무엇인가?'

형틀목수라는 직업을 택한 동기에 관한 질문과는 조금 다른 차원의 얘기다. 내가 형틀목수라는 직업에 싫증을 느끼지 않고 유지할 수 있는 '동력'에 관한 질문이다. 줄곧 물었고, 여전히 그 답을 찾고 있다. 그러니까 아직은 나 스스로도 정리되지 않은 이야기다.

이야기는 어릴 때로 거슬러 간다. 우리 집은 좀 가난했다. 방이 두 칸뿐이었다. 난 형과 같은 방을 썼다. 머리가 크기 전까진 불편한 걸 크게 못 느꼈다. 좁은 방에 남자 둘이 살 부대끼며 잔다는 점이 약간 불편한 정도?

사춘기가 오면서 불편하게 느껴졌다. 마음이 말이다. 혼자 있고 싶을 때 혼자 있을 공간이 없다는 건 '공간의 부재'라고 하는 눈에 보이는 사실만 뜻하는 게 아니었다. 그 이상의 무엇, 말하자면 심리적 위축이랄지 마음의 공허함 같은 눈에 보이지 않는 무언가를 동반했다. 그때는 구체적으로 정리할 수 없었으나, 어쨌든 공간이 가진 어떤 힘을 자각한 내 인생 첫 경험이었다.

아마 그때부터 '내 방 갖기'가 작은 소원이었던 거 같다. 집 사정은 결국 나아지지 않았다. 스물네 살이 되어서야 비로소 내 방을 가졌다. 정확하게 말하자면 알바해서 돈 모아 독립한 거니까, 내 집(비록 월세였지만)을 갖게 됐다.

그날 밤을 지금도 난 잊지 못한다. 생전 처음으로 혼자 자던 그날 밤의 낯선 기분을 말이다. 나만의 공간이 생겼다는 사실은 여러 감정이 들게 했다. 드디어 내 마음에게 편히 쉴 공간을 선물했다는 설렘과 환희, 한편으론 이제 진짜 혼자라는 외로움과 무서움과 떨림 같은 감정들. 그런 복잡한 기분으로 눈물을 좀 흘린 것 같고, 잠도 설친 것 같다.

그때 깨달았다. 실재하는 공간과 관념적인 마음 사이의 유기적인 흐름이 있다는 걸 말이다. 아마도 그때부터 공간에 흥미를 느꼈던 거 같다. 기자로 일할 때도 콘텐츠 기획자로 일할 때도 마찬가지였다. 전국 각지의 다양한 공간을 찾아다녔다. 그 공간들이 만들어낸 독특하고 개성적인 이야기를 글로 옮겼다.

가령, 폐교를 활용해 마을을 변화시킨 평창 감자꽃스튜디오(대

안 문화 공간), 당진 아미미술관(대안 갤러리), 보은 어라운드빌리지(게스트하우스&캠핑장)가 좋은 예다. 근대 건축물을 거점으로 도시를 재생한 인천아트플랫폼, 완주 삼례문화예술촌 사례도 시사하는 바가 컸다. 최근, 유휴 부지를 시민 거점 공간으로 만들어낸 서울의 도시재생 사례도 관심을 두고 지켜보고 있다. 석유비축기지를 리모델링해 일반인에게 공개한 마포문화비축기지, 인간의 질병을 치료하던 질병관리본부에서 사회의 질병을 치료하는 공간으로 바꾼 서울혁신파크 등도 그러하다.

그 밖에도 크고 작은 여러 공간 취재하면서 공통된 흐름을 읽을 수 있었다. 공간에 사람이 모이고, 모인 사람들의 마음을 움직여 예측할 수 없는 공기와 냄새와 분위기(통칭해서 우리가 에너지라고 부를 수 있는 것들)가 만들어지는 일련의 흐름 말이다. 그 에너지는 분명하게도 공간을 넘어 골목길로 새어 나가고, 새어 나간 에너지는 마을을, 지역사회를 변화시켰다.

뜬금없이 고백하자면 내 꿈은

이 시점, 뜬금없이 내 꿈을 고백하자면, 대안 문화 공간 주인장으로 살아가는 거다. 여기서 '대안'은 '어떤 안을 대신하는 안'이라는 뜻의 대안代案이다. 사전에는 '대안 공간'을 "주로 소규모로 운영되는 비영리 전시·공연 장소. 상업성을 추구하는 기성 미술관 및 갤러리의 권위에서 벗어나 다양한 예술을 실험하고 유통하는 통로로 기능한다"라고 정의한다. 내가 생각하는 대안 문화 공간은 사전보다 좀 더 확장된 개념이다. 어쨌거나 이건 예전부터 마음먹은 꿈이다.

기자 시절 얘기를 좀 더 해야겠다. 공간을 취재하러 가면 으레 그 공간을 최초로 기획한 대표나 상근 활동가를 인터뷰했다. 왜 이런 공간을 기획했는지, 이곳에선 주로 어떤 일을 꾸미는지.

그들과 대화 나누며 품었던 내 첫 감정은 부러움이었다. '아~ 나도 이런 공간에서 일하고 싶다.' 그러는 한편으로 꼭 이런 상상했다. '내가 이 공간 주인이라면 나는 어떻게 운영할까. 나였으면 이렇게 하지 않았을까.'

이런 과정들, 말하자면 그들의 삶을 부러워하고, 그들의 삶에 날끼워 맞췄던 과정들. 공간을 취재하고 돌아온 뒤에 관련 자료를 찾아보고 내용을 취합해 기사로 써내려가던 과정들이, 돌이켜보면 나에겐 공간 기획자로서의 역량을 축적하는 과정이었다. 그러면서 조금씩 꿈을 키웠다. 언젠가는…. 언젠가는 내 공간을 운영하겠노라!

대안 문화 공간 주인장으로 살아가겠다는 꿈은 그렇게 시작됐다. 아마도 10년 뒤, 어쩌면 좀 더 뒤에나 가능할 일이다. 바다가 보이는 작은 도시로 갈 생각이다. 그곳에서 대안 문화 공간을 만들어볼까 한다.

난 그 공간에서 이런저런 '작당 모의'를 기획하는 문화 기획자이자 지역의 일상을 기록하는 작가로서, 또 여행자에겐 지역 이야기를 들려주는 공정 여행 코디네이터로 살아볼 참이다(부지런해야 할텐데 벌써 걱정이다).

형식적으로 보자면 카페 겸 게스트하우스 겸 갤러리 겸 소공연장 겸 내 개인 작업실이고, 개념적으로 보자면 빡빡한 삶에 지친 지역민들에겐 일상의 감동을 선물하는 사랑방으로, 여행자에겐 잊지 못할 추억으로 기억되는 공간이다.

이 공간 매개로 누군가의 마음을 움직이고 에너지를 발산해 우리 마을을, 나아가 지역사회를 신명 나게(내 스타일로 표현하자면 '똥꼬발랄'하게) 만들어보고 싶다. 거창하고 허무맹랑한 얘기로 들릴지 모르겠지만, 꿈이라는 건 늘 그렇듯 이상과 현실 어딘가에 있는 법이니까. 후훗. 이게 내가 꿈꾸고 그리는 인생 후반전 모습이다. 상상만으로도 벌써 기대된다.

마음이 머무는 곳, 심장

형틀목수로 사는 이유에 관해 얘기하겠다더니, 혼자 신나 쓸데없는 얘기를 꾸역꾸역 많이도 쏟아냈다. 내가 앞에서 얘기하고 싶었던 키워드는 결국 '공간'이다. 미안하지만, 이야기를 마저 이어가겠다.

길지 않은 인생 동안, 공간은 나에게 늘 관심 대상이었다. 그러다 한번은 재밌는 걸 하나 발견했다. 공간이라는 말은, 그 자체로 필연적으로 확장성 내지는 가능성을 내포하고 있었다.

공간은 한자로 빌 공空, 사이 간間을 쓴다. 비어 있다는 건 무엇을 채울 수 있음을 전제한다. 새하얀 도화지처럼 말이다. 또 영어로는 space인데, 여기엔 '우주'라는 뜻도 있다. 어원이 무엇인지,

어째서 공간과 우주가 space라는 한 낱말로 쓰이게 된 건지 정확히는 모르겠으나 대충은 알 것 같다. '무한하다'는 점에서 공간과 우주는 맥이 닿아 있으니까. 재밌지 않은가. 동양과 서양 모두 '공간'이라는 단어를 물리적으로만 해석하는 게 아니라 관념적으로도 해석 가능하게 만들어놓았다!

이 재미난 걸 발견하곤 무릎을 '탁' 하고 쳤다. 사춘기 때 했던 최초의 자각, 자취방에서 깨달았던 흐름, 취재하며 접한 여러 사례와 아귀가 딱딱 맞아떨어지는 기분이었다.

그때부터 나는 공간에 '심장'이라는 별명을 지어줬다. 두근두근 뛰는 그 심장心臟 말고, '마음이 머무는 곳'이라는 뜻으로 마음 심心에 마당 장場, 심장心場 말이다. '공간'에 설명할 수 없는 어떤 힘이 있다면 그건 결국, 그 공간에 모인 사람들의 마음에서 비롯한 힘일 테니까.

자, 이제 답할 차례다. 내가 형틀목수로 살아가는 이유에 관해서. 형틀목수는 집 짓는 사람이다. 방도 만들고, 화장실도 만들고, 거실도 만든다. 계단도 만들고, 베란다도 만든다. 어쨌거나 넓은 의미에서 공간을 만드는 사람이다. 내가 형틀목수라는 직업을 지속할 수 있는 동력이 바로 여기에 있다. 난 공간을 만드는 사람이고, 그건 다시 말해 누군가에게 마음을 선물하는 일이니까.

너무 억지 아니냐고 할지도 모르겠다. 난 그런 생각으로 형틀목수 일을 한다. 내가 만든 방이 누군가에겐 우울하고 힘든 날, 노래 크게 틀고 베개에 푹 파묻혀 울 수 있는 안식처일지도 모른다는 생각으로, 내가 지은 집이 누군가에겐 상상을 펼칠 수 있는, 그리하여 에너지가 꿈틀대는 집일지도 모른다는 생각으로 말이다.

어쨌든 내가 만든 공간이 누군가에겐 물리적 공간 그 이상의 의미일 거라고 상상한다. 집이 아닌 마음을 선물한다고. 그렇게 생각하며 망치질을 뚝딱뚝딱 하다 보면 흐뭇한 미소가 절로 나온다.

어쩐지 근사하게 느껴져서, 그 어떤 직업과 견주어도 뒤지지 않을 값진 일을 한다는 생각이 들어서 말이다. '그렇구나, 내가 그런 일을 하는 사람이구나' 하고 자각하게 되어 미소가 절로 나오는 것 같다. 내가 형틀목수로 살아가는 이유다.

아줌마 3대장

이 땅의 위대한 여성들에게

군더더기 없는 완벽한 리듬, 핀아줌마

노가다 판으로 말할 것 같으면 9할이 남자다. 이유는 간단하다. 지속해서 무거운 걸 들어야 하고, 힘을 많이 써야 하는 중노동이니까. 통상적으로 그런 일은 남자가 여자보다 잘한다고 여기니까.

　남자가 많다 보니, 일하며 나누는 대화 주제도 빤하다. 여자, 술, 낚시. "왕년에~"로 시작해 본인이 얼마나 많은 여자를 만나고 다녔는지, 혹은 얼마나 많은 술을 마셨었는지, 얼마나 큰 물고기를 잡았는지에 관한 이야기 말이다. 어쩌다 쉬는 날도 보통은 낚시하러 가서 술 마시거나, 술 마시면서 여자 얘기 하거나, 여자 만나 술을 마신다. 어쩌면 그런 마초적인 분위기 때문에 여자가 더 없는지도 모르겠다.

이런 노가다 판에서 꿋꿋하게 자신의 역할을 하는 여자들이 있으니, 이른바 '아줌마 3대장' 되시겠다. '핀아줌마'와 '먹아줌마', 그리고 지금은 없어져 전설로만 남은 '못아줌마'.

본론에 앞서 하나만 먼저 말하자면 핀아줌마, 먹아줌마, 못아줌마, 세 단어 모두 현장에서 쓰는 용어다. 내가 특별히 만들어낸 단어, 아니다. 해서, 이 글에서도 현장 용어 그대로 따를 예정이다. 편견이나 비하의 의도는 없다.

우선, 핀아줌마 소속은 정리팀이다. 하는 일은 핀 줍는 거다. 〈해체정리꾼〉에서 얘기했듯, 정리팀은 거푸집을 해체한 뒤 널브러진 자재를 정리하는 팀이다. 정리팀 인부들이 자재를 어지간히 빼내고 나면 바닥에 온갖 잡동사니가 굴러다닌다. 콘크리트 부스러기부터 각종 쓰레기, 잡다한 고철, 재활용 가능한 여러 부속 자재 등등. 이 타이밍에 핀아줌마가 등장한다.

참고로, '핀'의 정식 명칭은 웨지핀, 또는 외지핀이다. 현장에서는 흔히 폼핀[뽐삔]이라 부른다. 유로폼과 유로폼 사이를 고정할 때 쓰는 부자재다. 크기는 대략 10센티미터다. 꼬깔콘처럼 생겼다. 재질이 쇠라 거의 반영구적으로 재활용할 수 있다. 핀아줌마가 줍는 게 바로 이 폼핀이다.

한번은 핀아줌마를 가만히 지켜봤다. 한 손엔 눈삽을, 다른 한 손엔 쇠꼬챙이를 들고 있었다. 눈삽으로 바닥의 온갖 잡동사니를 박박 긁어 군데군데 모아뒀다. 그러고는 바닥에 쭈그려 앉아 안전모에 부착한 헤드라이트를 켰다. 잡동사니 한쪽 끝에서부터 쇠꼬챙이로 슥슥슥 뒤적거리기 시작했다. 다른 한 손으로는 분주하게 부자재를 골라 나갔다.

아, 핀아줌마가 폼핀만 골라내는 게 아니다. 대표적인 게 폼핀일 뿐 일일이 설명할 수 없는 부자재가 열 가지도 넘는다. 골라내는 족족 종류별로 이건 이쪽으로 저건 저쪽으로 툭툭 던져냈다. 시선은 오직 쇠꼬챙이 끝에만 집중된 듯 보였다. 단 하나도 놓치지 않겠다는 눈빛으로 말이다. 다 골라내고 나서는 종류별로 던져놓은 부자재를 자루에 착착 담았다. 얼마나 시간이 지났을까. 10리터 쓰레기봉투 크기 정도의 자루가 두툼해졌다. 핀아줌마는 마지막으로 자루 주둥이를 결속선으로 휙휙 묶어냈다. 슥슥, 툭툭, 착착, 휙휙. 군더더기 없는 완벽한 리듬이었다.

오늘도 난 튕겨 튕겨! 먹아줌마

먹아줌마는 먹줄 튕기는 아줌마다. 이게 무슨 말인지는 뒤에서 설명하자. 소속은 하청 소장 직속 먹팀이다.

어떤 행위를 하기 위해선 기준이 필요하다. 노가다 판에선 그게 설계도면이다. 기초 바닥 공사가 끝나면 설계도면을 들고 왔다 갔다 하는 사람이 있다. 이들이 보통 '먹반장'이라 부르는 공사 과장이다. 설계도면을 보고 콘크리트 바닥에 '밑그림'을 그리는 게 주 업무다. 어떻게 밑그림을 그리느냐, 자를 대고 연필로 그릴 수는 없을 터. 그래서 먹통을 쓴다.

먹통이란, 먹물 잔뜩 머금은 먹줄을 돌돌 감아놓은 통이다. 이

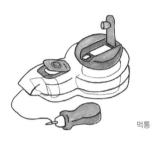

먹통

먹통에서 먹줄을 쫙 빼내 양쪽에서 팽팽하게 잡는다. 바닥에서 5센티미터 정도 띄어서 말이다. 그 상태에서 먹줄을 탁 튕기면 바닥에 먹선이 쭉 그어진다. 이 선을 기준으로 공사가 진행된다.

바닥 공사가 끝난 뒤 콘크리트가 어느 정도 굳으면 먹반장과 먹아줌마가 등장한다. 먹반장은 설계도면을, 먹아줌마는 빗자루를 든 채로 말이다. 먹반장이 설계도면을 보며 기준을 잡는 사이, 먹아줌마는 먹선이 지나갈 자릴 깨끗하게 쓸어낸다. 바닥에 먼지가 많으면 먹선이 잘 안 보이는 까닭이다.

기준을 잡은 먹반장이 먹줄 한쪽 끝을 먹아줌마에게 쥐어주고는 쭉 물러난다. 먹아줌마는 그 먹줄을 흔들림 없이 잘 잡고만 있으면 된다. 기준점까지 물러난 먹반장이 먹아줌마를 슥 쳐다보며 "오라이?" 하고 외친다. 그럼 먹아줌마가 "오~라이~" 하고 크게 외친다. 준비됐단 얘기다. 그럼 먹반장이 먹줄을 탁 튕긴다.

그게 끝이다. 일 자체가 어렵거나 고난도 기술을 요구하는 건 아니다. 다만, 정확해야 하는 작업이다 보니 웃음기 쏙 빼고 진중하게 진행한다. 앞서 말했듯, 먹선 기준으로 모든 공사를 진행하기 때문이다.

실제로 예전 현장에서 이런 일이 있었다. 이미 한 개 층 거푸집 제작을 끝낸 상황인데, 뭐가 이상해도 한참 이상했다. 확인해보니, 먹반장 착오로 '오야먹(먹선 중에서도 가장 기준이 되는 먹선)'이 1미터가량 어긋나 있었다. 말하자면 건물이 전체적으로 살짝 틀어져 버린 거다. 결국, 거푸집을 다 해체하고 다시 공사해야 했다. 작은 실수 하나로 인건비 수천만 원이 날아가 버린 사건이었다.

전설로만 전해지는 못아줌마

한 노동의 가치가 인건비를 상회하지 못할 때, 그 직업은 사라지고 만다. 이게 자본주의 논리다. 이 논리로 핀아줌마가 생겨났고 못아줌마는 사라졌다.

요즘은 거푸집을 제작할 때 주로 유로폼을 쓴다. 유로폼이란 아주 쉽게 생각해 공장에서 찍어낸 합판이다. 테두리에 강철을 둘러 놓은 튼튼한 합판 말이다. 우리나라에 유로폼이 보급된 시기는 대략 80년대 후반에서 90년대 초반이라 한다. 그럼 그 이전까진 어떻게 거푸집을 제작했느냐. 목수가 현장에서 일일이 폼을 만들었다. 이걸 재래식 폼이라 한다.

재래식 폼은 이렇게 만든다. 거푸집에 맞게 사이즈를 계산한다. 사이즈에 맞게 합판을 켠다. 합판에 맞게 다루끼(흔히 각목이라고 부르는 두께 40×50mm 각재. 일본어 たるき[다루끼]에서 파생)를 여러

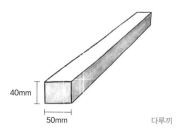

40mm

50mm   다루끼

개 자른다. 이걸 합판에 격자 모양으로 못질해서 박는다. 재래식 폼 한 장이 완성됐다. 이 폼 수십수백 장을 일일이 만들어서, 다시 못질을 수백수천 번 하면 거푸집이 완성된다.

상상해보라. 거푸집 하나를 제작하기 위해 합판, 각재, 못이 얼마나 많이 필요했을지. 당시에는 합판, 각재, 못이 지금보다 훨씬 귀했다. 인건비를 상회할 정도로. 그러니 누군가는 거푸집 해체한 뒤 어지럽혀진 잔해 더미를 밟고 다니며 못을 뽑아야만 했다. 합판, 각재, 못을 재활용할 수 있게 역할을 했던 사람이 바로 못아줌마다.

못아줌마는 목수 망치보다 훨씬 작고 가벼운 망치를 들고 다녔단다. 그걸 옆구리에 차고 잔해 더미를 휘젓고 다니면서 재활용 가능한 합판과 각재를 골라내 못을 뽑았단다. 뽑아낸 못도 이왕이면 다시 쓸 수 있게 톡톡 쳐서 곱게 펴내고.

유로폼이 등장하면서 예전만큼 합판, 각재, 못을 안 써도 거푸집을 제작할 수 있게 됐다. 자연스레 못아줌마라는 직업도 사라졌다.

250

문득, 창밖을 보니 달빛이 곱다. 엄마가 좋아하는 보름달이다. 핑계 삼아 안부 문자 하나 드려야겠다.

창문 한번 열어보세요. 달이 참 고와요, 엄마.

짱깨와 베트콩 그리고 조센징

한국 노동자가 외국 노동자를 이길 수 없는 이유

'응보의 원칙'이라는 게 있다. 스스로 획득하거나 유발하지 않은 일에 관해 칭찬하거나 비난해서는 안 된다는 원칙이다. 쉽게 말해, 여자와 남자, 백인과 흑인, 더 넓게는 인간과 동물 사이처럼, 태어나면서부터 정해진 차이를 두고 차별해선 안 된다는 말이다. 우리가 성평등을 넘어 성소수자 인권을 함께 고민해야 하는 이유, 최근 조금씩 대두되는 동물권에 관해 한 번쯤 귀 기울여야 하는 이유가 응보의 원칙에 근거한다.

　외국인 노동자에 관해 이야기하려다 보니 시작이 거창했다. 이들이 현장에서 겪는 차별, 멸시, 천대에 관한 이야기 말이다. 아, 노파심에 한마디 먼저 해야겠다. 이들이 한국에서 벌어가는 돈이 적지는 않다. 환율을 고려하면 한 달에 2000~3000만 원에 해당하는 돈을 버는 동남아 노동자도 있다. 그래서 뭐? 돈 많이 벌게 해주니까 비인간적인 처우 정도는 감내하라고? 우리, '악마'가 되진 말자.

헤아려보진 않았으나, 노가다 판 노동자의 절반 이상이 이미 외국인인 듯하다. 외국인 비중이 갈수록 커지는 데에는 여러 이유가 있다. 뭉뚱그려 말하자면 '효율성' 때문이다. 형틀목수를 예로 들어 얘기하겠지만, 노가다 판 상황이 대부분 비슷하다.

한국인 목수들, 평균 50~60대다. 망치질만 20~30년씩 한 사람들이다. 경력이 있으니 적어도 18만 원에서 많게는 23만 원까지 줘야 이들을 부릴 수 있다. 분명 그만큼 기술력도 있다.

문제는 기술력만큼 작업 물량을 소화하지 못한다는 데 있다. 노가다라는 게 기술 못지않게 힘, 체력, 지구력이 중요하다. 한국인 목수로 말할 것 같으면 절반 이상이 걸어 다니는 종합병원이다. 비하가 아니다. 현실이 그렇다. 인간의 몸도 결국 소모된다. 수십 년간 손목, 어깨, 무릎에 무리를 가한 몸이 정상일 리가.

이들이 요령에서 앞설 순 있겠으나, 아무렴 젊은 사람을 못 당한다. 그 차이는 아파트 현장에서 명확히 드러난다. 50~60대 한국인 목수만으로 구성한 팀과 20~30대 외국인 목수를 중심으로 구성한 팀이 똑같이 아파트 한 개 층을 작업하면, 차이가 실로 엄청나다.

구체적으로, 현장에선 헤베(m^2)당 단가로 그 팀의 실력을 평가한다. 1헤베를 작업하는 데 인건비가 얼마나 들어갔는지 따지는 거다. 젊은 외국인 목수팀이 통상 1헤베당 1만 5000~2만 원, 나이 많은 한국인 목수팀이 2만~2만 5000원가량 들어간다.

　게다가 한국인 목수들은 기술이 있는 만큼 고집이 세다. 이것도 오야지를 골치 아프게 한다. 다른 조직 사회도 마찬가지겠지만, 실력과 경력에 비례한 자기 확신이라는 건 상상 그 이상이다. 왜냐. 그렇게 일해왔고, 큰 문제없었으니까. 한국인 목수는 같은 팀 동료끼리도 종종 싸운다. 이렇게 작업하나 저렇게 작업하나 결과는 똑같은데, 시공 방식 가지고 싸우는 거다. 내가 볼 땐 큰 차이가 없는데, 말하자면 목수 '자존심'인 거 같다.

　"얀마! 너 망치질 얼마나 했어? 이건 이렇게 해야 한다니까 왜 고집을 피워!"

　"참나, 형님. 저도 망치질 할 만큼 했슈. 저는 그냥 제 방식대로 할 테니까, 형님 꺼나 잘하슈. ×발, 누구는 할 말 없어서 가만히 있는 줄 아나."

　"이 싸가지 없는 새끼, 말하는 거 보소. 얀마! 내가 지금까지 지은 아파트가 몇 채인 줄 알어?"

　"알았다고요. 저도 형님만큼 아파트 지어봤으니까, 그만하자고요~."

　이런 고집쟁이들 컨트롤해가면서 공사를 진행하기란 여간 까다로운 게 아니다. 그러니 오야지 입장에선 매우 당연하게도 젊은 외국인 목수를 부리려고 한다. 일당은 한국인 목수보다 적게 줘도 되는데 일은 훨씬 빠르니까. 또 지시도 잘 따른다. 이런저런 이유로 노가다 판에선 한국인보다 외국인 찾기가 쉬워졌다.

그러는 너는 완벽하냐고 묻는다면

노가다 판 온 지 얼마 안 됐을 때다. 한국인 목수 한 사람이 다급하게 누군가를 찾았다. 순간, 나는 내 귀를 의심했다. 저 사람이 지금 뭐라고 한 거지 싶었다.

"얀마! 뻬뜨콩! 일루와바!"

다른 현장은 어떤지 모르겠다. 내가 일했던 대부분의 현장에선 외국인을 국적에 관계없이 두 분류로 나눠 불렀다. '짱깨'와 '베트콩'. 짱깨는 중국 사람과 조선족을, 베트콩은 베트남, 필리핀, 태국, 캄보디아 등 동남아 사람을 뭉뚱그려 칭했다.

모든 명사엔 그 대상에 대한 시선과 태도가 담겨 있다. 단적인 예가 '개새끼'와 '반려견', '도둑고양이'와 '길냥이'다. 둘 다 개와 고양이를 칭하지만 태도는 분명 다르다.

짱깨와 베트콩. 우리는 두 단어에 담긴 부정적인 뉘앙스를 잘 안다. 그럼에도 굳이 그렇게 부른다. 그것도 보란 듯이 대놓고. 해서, 내 귀를 의심했다. 너무 말도 안 되는데, 너무 당연하게 여겨져서. 반대로 생각해보라. 내가 일본에서 노가다 하는데, 일본인이 나한테 이렇게 말한다면.

"어이~, 빠가야로 조센징!"

백번 양보해 기분 나쁜 정도로 끝날 수 있다 치자. 더 큰 문제는 함께 일할 때다. 한국인 목수와 외국인 목수 섞여 있는 팀을 보고 있자면 정말 가관이다. 같은 일당 받고 같은 작업장에 투입된 이상, 상하 관계는 성립하지 않는다. 그게 노가다 판의 암묵적 룰이다. 그런데도 한국인 목수들은 힘들고 위험한 일을 절대 안 하려고 한다. 마치 자신이 상급자라도 되는 듯 외국인 목수를 부려먹는다.

"얀마! 짱깨! 저~ 가서 저거 가져와!"

그러는 너는 완벽하냐고 묻는다면, 당연히 그렇지 않다. 나 또한 사람이라 현장 분위기에 곧잘 휩쓸린다. 남들 하듯, 생각 없이 외국인 노동자들을 대할 때도 있다. 가끔은 나 스스로에게 놀란다. 내가 지금 저 사람에게 한 말, 저 사람을 대한 태도, 과연 한국인이었다고 해도 그렇게 했을까 하고 말이다. 한국 사람이었다면 설령 나보다 나이가 어리다고 해도 그보다는 조심하지 않았을까, 싶은 마음이 든다. 그럴 때마다 반성한다. 그러지 말자고. 해서, 나는 외국인이라도 꼭 나이와 이름을 먼저 묻는다. 한 살이라도 많으면 존대한다. 어쨌거나 그게 한국식 예의니까.

"레중딘 형님(베트남인 노동자, 37세)~. 이것 좀 도와주세요."

그럴 때면 "얀마! 뭘 외국 애들한테 존댓말 하냐?"라는 핀잔을 듣기도 한다. 그래도 그렇게 한다. 내가 특별히 고상한 놈이어서, 대단히 배운 놈이어서가 아니다. 어릴 때 아버지에게 들었던 말씀 때문이다. 가슴에 콕 박혀서 이따금 되새겨보는 말씀.

"니가 들었을 때 기분 나쁜 말은 다른 사람에게도 기분 나쁜 말이야. 이것만 생각하고 행동해. 그러면 남한테 피해줄 일 없어."

외국인 코를 꿰는 오야지들

외국인 괄시하는 언행과 태도, 그 정점에는 오야지들이 있다. 물론 다 그런 건 아닐 테지만, 몇몇 오야지들은 정말 악독하다.

언젠가 중국인들과 일할 기회가 있었다. 같이 일하면서 놀랐던 건 쉬는 시간이 없다는 점이었다. 노가다 판에선 통상 9시에 오전 참, 3시에 오후 참을 먹는다.

> 근로기준법
> 제4장 근로시간과 휴식
> 제54조(휴게) ①사용자는 근로시간이 4시간인 경우에는
> 30분 이상, 8시간인 경우에는 1시간 이상의 휴게시간을 근
> 로시간 도중에 주어야 한다.

법적 근거를 굳이 운운할 것도 없이, 고된 육체노동을 하는 사람에게 쉬는 시간은 인간적인 배려다. 근데 그들은 참은커녕 담배 하나 마음 편히 피지 못했다. 왜 그렇게 일을 빡빡하게 하냐고 중국인 노동자에게 물었더니, 돌아오는 대답이 서글펐다.

"중국 인구 많아요. 한국에서 일하고 싶어 하는 사람도 많아요. 줄 섰어요. 열심히 안 하면 쫓겨나요."

그날, 나랑 줄곧 대화 나누며 함께 일했던 형님은 45살 중국인이었다. 그 형님으로 말할 것 같으면 한국말도 곧잘 하고 일한 지도 오래돼서 일당을 좀 더 받는 대신, 팀 내 중국인을 총괄했다. 말하자면 '중국인 반장'인 셈이다. 기본적인 소통 창구 역할은 물론이고, 한국인 오야지의 요구에 따라 중국에서 일할 사람을 데려오거나 내쫓는 역할까지 맡고 있었다. 심지어는 숙소 관리와 저녁밥까지도 책임지는 듯했다.

그 형님 말에 따르면 일하고 싶어 하는 중국인은 워낙 많은데, 그만큼 일거리가 없다 보니 '인사권'을 가진 오야지 말이 곧 법이라는 거였다. 그러니 알아서들 오야지의 눈치를 볼 수밖에 없고, 일은 점점 빡빡해졌다.

"그건 그렇고, 형님, 보통 숙소는 오야지가 해결해주지 않아요?"

"맞아요. 근데 그런 숙소는 너무 불편해요."

얘기인즉, 오야지가 숙소(보통 20~30평 내외 빌라나 아파트)를 구해줄 경우, 비용 절감을 위해 터무니없이 많은 인원을 한 숙소에 몰아넣는단다. 20~30명을 다 몰아넣는 경우도 봤단다. 그런 숙소에서 지내면 씻는 건 둘째 치고, 대소변도 맘 편히 볼 수 없다.

때때로 외국인 노동자들이 작업장에서 똥을 싸기도 한다. 다 그런 이유 때문이란다. 집에서 볼일 못 봐 배는 아픈데, 화장실까지 갔다 오자니(화장실이 제법 먼 현장도 있다) 오야지 눈치 보이고, 어쩔 수 없이 그냥 옆에다가 똥을 싸버린다는 말이다.

"그래서 우리는 3~4명씩 돈을 모아서 원룸에서 지내요. 근데 몇 달째 월세를 못 내고 있어요."

"왜요?"

난 사정을 듣고 화가 너무 났다. 9개월째 월급을 못 받았단다. 어떻게 그게 가능할까 싶겠지만, 노가다 판에선 가능하다. 쓰메끼리(한국말로 해석하면 '임금지급 유보기간'인데, 이걸 왜 쓰메끼리라고 하는지는 모르겠다)라고 하는 이상한 관행 때문이다. 쉽게 말해 1월에 일한 월급을 2월 말에 주고, 2월에 일한 걸 3월 말에 주는 식으로, 거의 예외 없이 모든 현장에서 적게는 보름, 많게는 한두 달까지도 임금을 묶어둔다.

이 관행을 그 오야지가 더욱 악용하는 듯했다. 말하자면 쓰메끼리로 외국인들 코를 꿰는 거다. 그래야 외국인들은 임금이 더 밀려도 받을 돈 때문에 도망 못 간다. 그런 식으로 한 달이 두 달 되고, 두 달이 세 달 되고 "다음 달엔 꼭 줄게. 나도 아직 하청에서 돈을 못 받아서 그래~" 하는 식으로 어물쩍 넘어가다 보니, 어느새 9개월이나 임금이 밀리게 된 거였다.

난 그날, 그 팀 오야지 손가락에서 눈깔사탕만 한 금반지가 번쩍이는 걸 보고 말았다. 그 순간, 나도 모르게 "에휴~ ×벌, 진짜 ×같다"라는 말이 깊은 탄식처럼 새어 나왔다.

"해도 너무 하네. 형님, 다음에 밥 먹어요. 제가 밥 한번 살게요."

"고기 사줄 거야? 나 소고기 좋아해요!"

"네~, 고기 먹어요. 형님~, 우리 담배 하나 피고 해요! 반장이 뭐라 하면 내가 처리할게요. 하하."

우리, 살아서 봅시다

잘해야 본전, 못하면 독박

노가다 판엔 '시어머니' 같은 사람이 있다. 안 그래도 바빠 죽겠는데, 사사건건 쫓아와서 잔소리하는 귀찮은 사람. 바로, 안전관리자다. 안전관리자는 원청에 속한 직원이다. 현장의 모든 안전을 책임진다. 현장 규모에 따라 다르긴 할 텐데, 보통 열 명 정도가 수시로 돌아다닌다.

이들이 하는 일은 대략 이런 거다. 참 먹을 때 잠시 안전모 벗고 있으면, 저 멀리서 호루라기 소리가 들린다.

"삑~삑~. 반장님들 안전모 쓰시고 참 드세요."

현장에는 1톤 트럭이 많이 돌아다닌다. 때에 따라 트럭 짐칸에 인부들이 타고 이동하기도 한다. 그러면 여지없다.

"삑~삑~. 반장님들 짐칸에서 내리세요. 다칩니다."

한번은 이런 적도 있었다. 트럭 짐칸에 타고 가는데, 저 멀리서 호루라기 소리가 들려왔다. 무심결에 돌아봤고, 안전관리자와 눈을 마주쳤다. 그럼에도 내려서 걸어가자면 한참 걸리니 못 들은 척, 못 본 척 그냥 가버렸다. 기어코 전화가 왔다.

"A하청 트럭인 거 다 알아요. 뒤에 타고 있던 세 분, 지금 안전교육장으로 오세요."

안전교육장 집합은 일종의 벌칙이다. 안전교육장에서 5분간 폭풍 잔소리를 듣고 난 뒤에야 풀려날 수 있다.

안전관리자들은 현장의 소소한 안전 점검부터 사고 예방 교육 등 안전에 관련한 모든 일을 처리한다. 역시, 제일 중요한 업무는 잔소리지만. 하하.

물론, 그 잔소리를 이해 못 하는 건 아니다. 현장에서 안전사고가 발생하면 모든 화살이 안전관리팀에 쏠린다. 잘잘못과 보상 등은 다음 문제다. 사망 사고같이 중대 사고가 터지기라도 하면 도의적 책임 정도로 안 끝난다. 듣기로는, 그런 사고가 터지면 안전관리팀 간부급이 회사에서 잘리는 것은 물론이고, 법적인 책임도 떠안아야 한단다. 산업안전보건법에 따르면, "근로자를 사망에 이르게 한 자는 7년 이하의 징역 또는 1억원 이하의 벌금에 처한다".

언젠가 안전관리팀 간부와 얘기할 기회가 있었다. 어떨 때 보람을 느끼느냐고.

"봐서 아시겠지만, 안전관리팀 일이라는 게 잘해야 본전, 못하면 독박이에요. 반장님들은 '설마~' 하면서 작업할 때도 있지만, 저희 입장에선 정말 하루하루가 긴장의 연속이에요. 아무 사고 없이 퇴근할 때면, '휴~ 오늘 하루도 무사히 지났구나' 하고 한숨을 쉬게 된다니까요. 그게 보람이에요. 사고 없이 하루를 보내는 거. 큰 사고 없이 한 현장 끝내는 거. 저희가 잔소리한다고 너무 섭섭하게 생각하지 마요. 꺼진 불도 다시 봐야 하는 게 노가다 판인 거 아시죠? 하하."

여담인데, 내가 직영 잡부로 있던 현장 안전관리팀 과장 이름이 '신호'였다. 성까지 밝힐 순 없으니, 그냥 김신호였다 치자. 나는 그 사람을 보며, 어쩜 저리도 직업과 이름이 잘 어울릴까 싶어 웃음이 쿡쿡 나곤 했다.

말하자면 축구선수 이름이 김패스라거나, 선생님 이름이 박교훈이라거나, 가수 이름이 최리듬인 격이다. 김신호 과장이 호루라기 불면서 쫓아오면 우리끼리 농담으로 "야~, 시그널 떴다" 하면서 웃곤 했다.

이런다고 터질 사고가 안 터져?

가벼운 얘기는 여기까지 하고, 이제 씁쓸한 얘기를 해볼까 한다. 현장에서는 안전관리자들이 안전 관련 사항을 체크한 뒤 문제가 있으면 직영팀에 연락해 처리한다. 예를 들어 101동 주차장 쪽에 낙하 우려 포인트가 생겼다면 안전관리자들이 체크해서 직영팀에 연락한다.

"반장님, 101동 주차장 쪽에 안전난간대 좀 설치해주세요."

그럼 후다닥 가서 설치해주곤 했다. 보통 그런 식인데, 이 모든 게 정말 눈 가리고 아웅이다. 나는, 내가 안전난간대 설치하면서도 이런 생각을 했다. 이런다고 떨어질 사람이 안 떨어질까? 말하자면 이런 안전대책이 사고를 예방할 수 있을까 싶었다. 물론, 그렇게라도 해야 하는 건 맞다. 그렇지만 보다 근본 원인 분석과 해결책이 필요하다고, 매번 절절히 느끼곤 했다. 좀 건방지게 얘기하자면 노가다 판 현실은 ×도 모르는 자들이 책상머리에 앉아 내놓은 대책 같은 느낌이랄까.

내가 생각하는 노가다 판 안전사고의 근본 원인은 '불법 다단계 하청 구조'다. 오야지들은 인부들 다그쳐서 공사를 빨리 끝내야만 돈을 더 많이 벌 수 있다. 인부 입장에서는 빠릿빠릿하게 움직여야 일자리 보장받을 수 있다. 안전관리자가 백날 "뛰지 마세요" "하나씩 들고 가세요" 잔소리해봐야 아무 의미 없는 말이다.

빠릿빠릿 안 하면, 하나씩 들고 다니면, 오야지한테 일 못한단 소리를 들을 테고 그러다 보면 잘릴 수도 있다. 그런데 뛰지 말란다고 안 뛸 수 있겠냐는 말이다. 생계가 달린 문젠데.

다른 예를 들어보자. 최근 몇 년, 타워크레인 사고가 많이 터졌다. 현장에서도 타워크레인 작업을 할 때 각별히 신경 쓰는 추세다. 안전관리자들이 제일 많이 하는 잔소리도 타워크레인으로 자재 뜰 때 한 묶음씩만 뜨라는 거다. 무리해서 두 묶음씩 뜨다가 꼭 사고 터지니까.

근데 오야지 입장에선 안전관리자가 잔소리한다고 한 묶음씩만 뜰 수 없다. 자재를 빨리 떠줘야 인부들이 일을 빨리 할 수 있고, 그 래야 한 푼이라도 더 많이 벌 수 있는데? 그러니 눈치 봐가며 두 묶음씩 뜬다.

해결책을 나한테 묻진 마시라. 어쨌거나 이 '불법 다단계 하청 구조'를 개선하지 않는 이상, 인부들은 뛰어다닐 수밖에 없고 안전사고는 언제든 터질 수밖에 없다. 안전관리자 20명 배치할 거 30명 배치한다고 해서 터질 사고가 안 터지지 않는다.

10년 째 줄지 않는 사망자 수

535/ 487/ 487/ 499/ 461/ 516/ 434/ 437/ 499/ 506.

그 결과다. 2008년부터 통계자료가 나온 2017년까지 매년 노가다 판에서 사망한 사람 숫자다. 여기서 주목할 게 두 가지다.

첫째, 10년간 사망자 수가 줄지 않았다. 아마도 정부는 매년 수많은 안전 대책을 내놓을 거다. 근데 결과가 저 모양이다. 요즘 10년이면 강산이 변해도 몇 번은 변할 세월이고, 기술이 발전했어도 한참은 발전했을 텐데 말이다. 결국 안전 대책이 아무 의미 없었단 얘기다.

둘째, 노가다 판 안전사고가 매우 심각한 수준이라는 사실이다. 위에 나열한 숫자만 봐서는 얼마나 심각한지 감이 안 올 거다. 범위를 확대해 산업별 통계자료를 살펴보자(이하 자료는 안전보건공단에서 발표한 〈2017년도 산업재해분석〉 자료다. 자료에서 밝힌 조사대상은 '산업재해보상보험법 적용사업체에서 발생한 산업재해 중 산업재해

보상보험법에 의한 업무상 사고 및 질병으로 승인을 받은 사망 또는 4일 이상 요양을 요하는 재해'다).

〈2017년도 산업재해분석〉에서 발표한 우리나라 총 노동자는 약 1856만 명이다. 이 가운데 건설업 노동자가 약 304만 명이다. 비율로 보면 16.4퍼센트다. 다시 말하지만, 16.4퍼센트다.

참고로 제일 큰 비율은 '기타의 사업(통상 서비스업으로 지칭되는 도소매업, 보건 및 사회복지사업 등이 포함)'으로 51.2퍼센트(951만 명)다. 그다음이 제조업 22.3퍼센트(414만 명), 건설업 16.4퍼센트 (304만 명) 순이다.

그런데 산업별 업무상 사고 사망 재해 비율을 보면 놀랍다. 2017년 업무상 사고로 사망한 사람이 총 964명이다. 이 가운데 506명이 노가다 판에서 죽었다. 사망 사고 절반 이상(52.5퍼센트) 이 노가다 판에서 터졌단 얘기다. 다시 말하지만, 52.5퍼센트다.

전체 산업 노동자 가운데 건설 노동자 비율은 고작 16.4퍼센트 인데 사망자 비율이 무려 52.5퍼센트면, 책상에 앉아 고민할 게 아니라 현장에 와서 보고 듣고 느껴서 대책을 마련해야 할 것 아니냐고. 그렇게 했는데도 10년째 사망자 수가 줄지 않았다면 진짜 무능한 거고, 그렇게 안 했으면 지금이라도 당장 현장에 와 보시라고. 어깨에 힘주고 뒷짐 지고 설렁설렁 훑어보고 밥이나 얻어먹고 갈 거 같으면 아예 올 생각 말고. 인부들 하나하나 붙들고 어떨 때 힘든지, 어떨 때 안전사고 위협을 느끼는지 물어보시라고. 그래야 왜 자꾸 노가다꾼이 죽어나가는지, 왜 그 숫자가 줄지 않는지 알 수 있을 테니까.

내가 좀 흥분했다. 그렇지만 가끔 난 정말로 화가 난다. 왜? 내 목숨이 달린 문제니까. 야구부 다니는 초딩 아들 메이저리그 보내는 게 꿈이라는 형님, 어릴 적 격투기 선수가 꿈이었다던, 그래서 힘쓰는 일은 도맡아하는 힘짱 동생, 부모님 빚 대신 갚기 위해 어쩔 수 없이 휴학하고 노가다 뛴다던 어느 청년, 이제는 적당히 즐기고 살 거라며 1년에 한 번은 꼭 아내랑 해외여행 갈 거라고 수줍게 웃던 반장님…, 수많은 노가다꾼 목숨이 달린 문제니까. 그따위 안전 대책이 우리 목숨을 지켜줄 것 같지 않으니까.

이렇게 말하면 안 되지만 노가다꾼들, 언제 죽을지 모르는 사람들이다. 매년 500명씩 죽어나가는 판에 나 혼자만 천년만년 무사할 거라고 장담 못 한다. 조회 마치고 작업장 갈 때, 노가다꾼들이 가끔 던지는 농담 하나.

"우리, 살아서 봅시다."

266

함바왕을 아시나요?

밥 한 끼 먹고 가라는 말

〈고령화 가족〉이란 영화가 있다. 천명관 작가의 동명 소설을 원작
으로 한 영화다. 윤여정이 엄마로 나오고, 박해일, 윤제문, 공효진
이 자식으로 나온다. 영화가 시작하면 박해일의 처량한 신세를 보
여준다. 잔뜩 쌓인 컵라면 용기, 공과금 용지, 옥탑방 보증금을 다
까먹고도 석 달째 월세를 밀려 주인아줌마한테 독촉받는 장면, 재
떨이에서 꽁초를 골라 불붙이는 모습. 박해일은 마침내 결심한 듯
목을 매 자살하려고 한다. 그때 전화벨이 울린다. 엄마다.

"아들, 밥은 잘 먹고 사는 거야? 이따 집에 좀 와. 닭죽 끓여놨으
니까 와서 먹고 가. 와라아. 올 거지? 너 닭죽 좋아하잖아."

박해일은 결국 자살을 포기하고, 닭죽을 먹으러 간다. 두고두고 기억에 남는 장면이다. 나중에 나오는 얘기지만, 극중 박해일은 데뷔작을 쫄딱 말아먹은 영화감독이다. 게다가 아내가 바람 피워 이혼도 했다. 목을 매 자살하려고 결심하기까진 그런 사정이 있었다.

그런 사람을 '다시 살게 만든 힘'은 무엇일까. 닭죽 좋아하니까? 그저 닭죽을 먹기 위해 자살을 포기했을까? 아마도, 밥(영화에서는 닭죽으로 표현했지만)에 담긴 따스한 정서 덕분이었을 거다. '밥 한 끼 먹고 가라'는 말 너머로 전해지는 연대와 공감과 사랑과 애정의 온도 같은 거 말이다.

실은 이렇게 거창하게 시작하려던 건 아니었다. 쉬어가는 페이지 느낌으로 가볍게 함바집 얘길 좀 해볼 참이었다. 쓰다 보니 거창해졌다. 아니, 쓰다 보니 '밥을 나눈다'는 게 얼마나 소중한 일인지 새삼 깨달았다. 내일은 함바집 아주머니에게 감사 인사를 전해야겠다. 하루 두 끼나 책임져주시니 말이다.

자, 그럼 이 글의 진짜 주인공, 함바집 얘길 해보겠다. 함바라는 낱말부터 설명해야겠다. 노가다 용어가 대부분 그렇듯, 이 단어 역시 일본에서 건너왔다. 일본선 토목 공사나 광산 등 현장에 있는 노동자 숙소를 함바はんば[한빠]라 한다. 이 단어가 우리나라로 넘어오면서 공사 현장에 있는 식당이란 뜻을 갖게 됐다. 근데 일본에서도 한자로 쓸 때는 '밥 반飯'에 '마당 장場'을 합쳐 쓰니까 일본이나 한국이나 '밥 먹는 곳'이라는 의미에서는 비슷하다. 아무튼 '함바집'을 '순화'해 '현장 식당'이라고도 한다.

말 나온 김에, 개인적인 소신을 덧붙여야겠다. 나는 모든 낱말엔 그 고유의 정서(혹은 온도)가 함께 담겨 있다고 믿는다. 그 예로 내가 자주 드는 단어가 '오뎅'이다. 나는 여전히 '어묵탕'보단 '오뎅탕'이 맛있게 느껴진다. '닭볶음탕'보단 '닭도리탕'을 떠올릴 때 침이 고인다. 심지어 난 '쓰레빠'와 '슬리퍼', '난닝구'와 '러닝셔츠'는 엄연히 다르다고 주장한다.

몇이나 동의해줄지 모르겠으나, 예의 낱말들에서 느낄 수 있는 미묘한 차이가 나는 정서의 차이라 생각한다. 그러니까 내 말은, 일본어 투라고 해서 무조건 배척하는 게 옳은지 모르겠다는 거다. 초등학교 때 학교 앞 분식점에 100원짜리 동전 두 개를 꼭 쥐고 가서 사 먹던 오뎅, 주인아줌마 눈치 봐가며 몇 번이고 떠먹던 짭조름한 그 국물…. 그 시절 추억까지 사라지는 것 같아, 난 좀 속상하다!

함바집 얘기한다더니 또 딴소리다. 어쨌거나 난 '현장 식당'보단 '함바집'이 더 좋다. 현장 식당이란 말은 어쩐지 사무적이고 행정적이다. 먼지가 풀썩풀썩하고 진하게 밴 땀 냄새 때문에 코끝이 시큼해지는 느낌이 현장 식당에서는 안 느껴진다.

말 잘 꺼냈다. 함바집은 그런 곳이다. 풀썩풀썩하고, 시끌벅적하고, 시큼시큼한 곳. 말하자면, 그 공간에 있는 누구에게든 '야생'이라고 불러도 무방할 것만 같은 분위기를 풍기는 곳.

오늘 돼지야, 아니야?
그러자고 약속한 건 아니지만, 11시 30분 전후로 인부들은 하던 작업을 딱 멈춘다(공식 점심시간은 12시부터다). 망설일 것도 없이 현장 밖으로 우르르 몰려나간다. 아파트 같은 큰 현장에선 기본이 수백 명이다. 그 많은 인원이 일제히 함바집으로 향한다. 학창 시절 때처럼 뛰는 사람은 없으나, 본인이 낼 수 있는 가장 빠른 속도로 걷는다. 경보 대회를 방불케 한다.

그도 그럴 게, 딱 5분 차이다. 남들보다 5분 빨리 가면 바로 밥을 먹을 수 있다. 우물쭈물하다 5분만 늦어도 10분 이상 줄 서야 한다. 별거 아닌 것 같지만 그 차이가 크다. 후딱 밥 먹고 넉넉히 한 시간쯤 쉬느냐, 밥 먹다가 시간 다 보내서 제대로 쉬지도 못하고 일 시작하느냐가 결정된다.

함바집에 도착하면 둥글넓적한 접시를 집어 든다. 뷔페 접시랑 똑같은 거다. 간혹 학교 급식실 식판을 주는 곳도 있다. 근데, 아무래도 원형 접시가 편하다. 반찬이 예닐곱 가지는 나오다 보니, 많아야 네 칸밖에 없는 식판엔 반찬을 담기가 애매하다.

함바집 기본 구성은 백반이다. 한식 뷔페 생각하면 된다. 메뉴는 어느 함바집이나 대동소이하다. 배추김치를 기본으로, 김치 카테고리(단무지, 장아찌 등을 포함해)로 구분할 수 있는 반찬 두세 가지에, 각종 나물무침이나 소시지·건어물·버섯 등을 볶아낸, 우리가 흔히 밑반찬이라고 부르는 게 서너 가지 나온다.

거기에 돼지고기를 빨갛게 혹은 하얗게 볶거나 굽거나 튀기거나 쪄낸, 어쨌든 돼지고기 음식이 메인으로 나온다. 간혹 생선 요리가 추가되기도 하고, 돼지고기 대신 닭고기가 나오기도 한다. 아주 드물지만 돼지고기 대신 소고기가 나오는 경우도 있다. 어쨌든

"오늘 반찬 뭐야?"라는 질문보단 "오늘 돼지야, 아니야?"라는 질문이 수월할 정도로 일주일에 4~5일은 돼지고기가 나온다.

국은 반찬과의 가격 밸런스를 함바집 나름대로 고려하는 것 같다. 반찬에 힘 좀 줬다 싶은 날은 된장국이나 미역국(소고기가 들어가지 않은), 콩나물국처럼 국으로서의 역할에 충실한 국이 나온다. 어째 오늘 반찬이 좀 부실하다 싶은 날은 부대찌개나 김치찌개(두툼한 돼지고기가 잔뜩 들어간), 뼈다귀탕, 육개장과 같이 국이라기보단 요리의 성격을 가진 메뉴가 나온다.

분위기는 앞서 살짝 언급한 것처럼 '야생에서 미쳐 날뛰면 흡사 이런 분위기겠구나~' 싶은 분위기다. 표현이 지나쳤다면 죄송하지만 난 그 이상 표현 못 하겠다. 일단, 무척 시끄럽다. 두 가지 상황이 맞물려서인데, 한 번에 많은 사람이 몰리다 보니 채워놓기 무섭게 반찬이 떨어진다. 그리고 성질 급한 거로 둘째 가라면 서러운 노가다꾼들은 그걸 잠시도 못 기다린다.

"아줌마! 아줌마! 고기 떨어졌어! 고기!"

"네에! 갑니다! 가요~!"

"김치도 없어! 빨리 가져와!"

"네! 김치도 나가요~!"

큰 소리가 수시로 울려 퍼지는 데다가, 노가다꾼 200~300명의 수다 소리가 거대한 하모니를 이룬다.

냄새로 말할 것 같으면, 매콤하고 달콤한 음식 냄새와 거친 야생의 땀 냄새가 한데 어우러진, 형용할 수 없는 잡냄새가 아주 진하게 코를 콕콕 쑤신다. 여름엔 좀 심하다. 이 자릴 빌려 얘기하고 싶다. 겨울엔 나도 작업복을 3~4일씩 입는다만, 여름에도 3~4일씩 작업복 안 갈아입는 사람들이 있다. 그 찌든 땀 냄새(라기보단 썩은 식초 냄새?)는 진짜…. 여름엔 자주자주 작업복 좀 갈아입자고요.

여기서 재밌는 건, 그 아수라장 같은 분위기가 불과 20~30분을 안 넘긴다는 거다. 나도 어디 가면 밥 늦게 먹는단 소리 안 듣는다. 연애할 땐 왕왕 앞에 앉은 사람 민망하게 할 때도 있었다. "벌써 다 먹었어? 왜 이렇게 급하게 먹어?"라는 말, 자주 들었다.

근데 함바집에서 난 느린 축이다. 노가다꾼들은 밥을 먹지 않는다. 엄밀히 말하자면 '밥을 마신다'고 표현하는 게 맞다. 정말 후루룩후루룩, "꺼~억~"이다. 그러다 보니 그 많은 인원이 밥을 먹는데도 순식간이다.

한번은 밥을 조금 늦게 먹으러 갔다. 12시 15분 정도였던 거 같다. 식당이 어째 고요해서 아줌마한테 물었더니 "벌써 다 먹고 갔지~. 시간이 몇 신데?" 하며 웃는다. 몇 시긴요. 이제 12시 15분밖에 안 됐는데요, 라는 말은 차마 하지 못했다.

믹스커피 한잔 타서 함바집을 빠져나온 노가다꾼들은 저마다 머리 대고 누울 수 있는 곳으로 간다. 보통은 자기 차로 간다. 현장으로 들어가서 합판 같은 거 하나 깔고 눕는 사람도 적지 않다. 그렇게 30분에서 한 시간 가까이 눈을 붙인다. 매일 새벽 4~5시에 일어나 고된 육체노동을 하니까, 그렇게라도 잠시 쉬지 않으면 몸이 버티질 못한다. 어쩌면 버티기 위해 본능적으로 밥을 마시게 된 건지도 모르겠다.

함바집 사장이 하청 직원 월급까지?

이 글에서만큼은 머리 아픈 얘기 안 하려고 했는데, 도무지 안 하려야 안 할 수가 없다. 언젠가 친구에게 함바집 얘길 들었다. 자기 부모님이 함바집 해서 큰돈을 벌었단 얘기였다. 그때는 "아~, 그랬구나" 하고 말았는데, 문득 생각나기에 친구에게 전화했다.

"야! 너네 부모님이 함바집 했었다고 그랬지? 돈 많이 벌었다며. 그때 얘기 좀 해줘 봐."

이야기는 거슬러 올라가 25년 전쯤으로 간다. 아버지의 남동생, 그러니까 친구의 작은아버지가 한 분 계시는데, 그분의 아주 친한 친구 A씨가 원청 직원이었다. 서열로 보자면 원청 소장 바로 밑 정도? 그 소장이 부산에서 지하철 공사를 하나 맡았다. 현장에서 일하는 인부는 대략 200명. 그들의 식사를 책임질 사람이 필요했다. 소장은 A씨에게, A씨는 작은아버지에게, 마땅한 사람을 알아봐달라고 했을 테고, 운 좋게 친구 녀석의 아버지가 '당첨'됐다. 물론, 공짜는 아니다. 무려, 1천만 원 내고 들어갔다. 25년 전에 1천만 원이니까 결코 적은 돈이 아니다.

이 시점, 친구 얘길 들어보자.

"야. 불법과 탈법이 난무하던 시대 아니었냐. 나도 아빠한테 들은 얘긴데, 무슨 공개 입찰 같은 게 있었던 것도 아니고, 그렇다고 그 1천만 원이 공식적인 계약금이라거나 권리금 명목이었던 것도 아냐. 그냥 소장 주머니에 넣어주는 일종의 '입장료'였지."

그렇게 2년 동안 200명의 아침과 점심을 책임진 친구 아버지는 2억 5000만 원을 벌어 나왔다. 다시 말하지만 25년 전이다. 여기서 중요한 건, 입장료 1천만 원이 시작에 불과했다는 점이다.

다시 친구 얘길 들어보자.

"야. 말도 마라. 수시로 소장이 호출했대. 원청 소장이 함바집 사장을 왜 부르겠냐? 용돈 달라는 거지. 그뿐이냐? 설날 추석 때는 떡값에 양주 세트까지 사다 주고, 틈틈이 접대하고. 심지어 하청이 어렵다고 해서 하청 사무실 직원들 월급도 몇 번인가 대신 줬다더라. 상상이나 되냐? 함바집 사장이 하청 직원들 월급 준다는 게? 푸하하하."

2년 고생한 끝에 금의환향한 친구 아버지는 이층집과 땅을 사고도 돈이 남아 치킨집을 차렸다. 아쉽게도 치킨집은 잘 안 됐다. 절치부심하고 이번엔 철판구이집 차렸지만, 때마침 터진 IMF로 그마저도 망하고 말았다. 어쨌거나 지금은 대기업에 입사해 승승장구하는 아들과 이 시대 최고 직업이라는 초등 교사 며느리를 보는 재미로, 친구 아버지는 행복한 노년 보내신다. 으응? 또 얘기가 산으로 간다. 아무튼 친구와 난 이런 대화 나누며 전화를 끝냈다.

"근데 요즘도 소장한테 입장료 내고, 다달이 용돈 갖다 바치고 그럴라나? 우리 현장 함바집 아주머니한테 한번 물어볼까? 설마 그렇다고 해도, 그런 건 얘기 안 하겠지?"

"에이 설마~. 야! 우리 아빠가 함바집 했던 게 무려 25년 전이다. 요즘이 어떤 세상인데, 아직도 그렇겠냐? 요즘은 다 법대로 절차대로 하겠지."

"그치? 설마 그렇진 않겠지?"

전화 끊고 혹시나 하는 마음에, 21세기 대한민국 지성과 양심과 도덕을 믿지만, 그럼에도 혹시나 싶어, '녹색 창'에 함바집을 검색해봤다. 결과는 참담했다. 일주일이 멀다고 함바집 관련 각종 사건·사고 기사가 떴다. 심지어는 제빵왕도 아니고, 독서왕도 아니고, 기부왕도 아닌 '함바왕'이 실존했다. 두 눈을 의심하지 않을 수 없었다.

녹색 창에 '함바왕' 검색하면 재밌는(?) 기사가 잔뜩 나온다. 여기서 자세한 얘기까진 못 풀겠다. 어쨌거나, 우리 아버지는 어릴 적 나에게 늘 말씀하셨다. "먹는 거로 장난치지 마라."

숨바꼭질할 사람 여기여기 붙어라!

일용직 노동자의 서러움

시작하기에 앞서, 하나를 정정해야겠다. 〈노가다꾼의 모든 것〉에서 나는, 노가다 판은 일한 만큼 결과가 나오고 그렇기 때문에 굳이 정치질하지 않아도 된다고 말했다. 정정하자면, 반은 맞고 반은 틀린 얘기다. 일한 만큼 결과가 나오는 건 분명하다. 해서, 굳이 정치질 안 해도 되는 줄 알았다. 착각이었다.

일한 만큼 결과가 나오는데도 정치질할 수밖에 없는 이유, 결국 '돈'이다. 너무 당연한 소린가. 구체적으로 말하자면 우리가 일용직 노동자라는 점 '탓'이다. 선진국을 자처하는 대한민국에 전혀 어울리지 않는 근로계약 시스템이 노가다꾼을 정치꾼으로 만들어버린다.

이게 뭔 소리냐. 보통 큰 현장에서는 '출근일수×단가'로 계산해서 월말에 임금을 준다. 극단적으로 1월과 2월을 예로 들어보자. 1월에 일이 많아 일요일에도 몇 번 출근하는 바람에 28일 일했다 치자. 20만 원 받는 기공이면 560만 원이다. 그런데 2월은 28일까지밖에 없는 데다가 설 연휴에도 쉬니까, 일요일 빼고 꼬박 일해도 21일이다. 이래저래 좀 더 빠져서 18일만 일했다 치자. 360만 원이다. 1월과 2월 월급이 무려 200만 원 차이다.

이런 까닭에 노가다꾼이 가장 싫어하는 낱말이 '데마'다. 데마 맞는단 얘긴, 내 의지와 무관하게 쉰다는 뜻이고, 쉰다는 건 그만큼 월급이 줄어든단 얘기니까.

빙빙 길게 돌아왔는데, 바로 이 데마가 문제다. 내 의지와 무관하게 쉰다는 것, 바꿔 말하면 내 출근을 누군가 임의로 조정할 수 있다는 뜻이다. 바로 이 지점에서 '노가다 판 권력'이 발생한다. 그리고 '정치질'이 시작된다.

자 그럼, 도대체 노가다꾼은 데마를 왜 맞냐. 일 못해서? 원론적으로 보자면 틀린 말은 아니다. 근데, 여기서 그런 '순수한' 얘기를 하려는 건 아니니까, 패스. 날씨 탓에 데마 맞는 것도 패스. 진짜 이유는 오야지가 '물량을 확보하지 못해서'다.

공사 맡은 하청은 공정별 오야지를 현장으로 부른다. 형틀목수 오야지 세 명, 철근 오야지 한 명, 비계 오야지 한 명, 해체정리 오야지 한 명 등. 오야지들은 팀원들을 데리고 현장으로 들어온다.

축구로 치면 엔트리가 정해진 거다. 엔트리가 정해졌으니 이제

경기에 나가면 될 거 같은데, 문제가 하나 있다. 여타 공정은 보통 한 팀씩 현장에 들어온다. 포지션이 겹치지 않는다. 형틀목수팀이 문제다. 기본이 두세 팀이다. 다섯 팀까지 있는 현장도 봤다. 즉, 포지션이 겹친다.

이 문제를 어떻게 해결할까? 대화로 할까? 우린 이성을 가진 사람이고 대화와 타협이라는 합리적인 문제 해결 방식이 있지 않은가. 하청 소장이 형틀목수 오야지 세 사람을 불러 커피 한잔 마시는 거다. 이런 식으로 말이다.

"이번에 우리가 6개 동 맡았으니, 반장님들이 공평하게 2개 동씩 맡아주시면 될 것 같습니다."

그럼 참 훈훈하고 아름다울 것 같은데 말이다. 그렇게 서로 양보하면 좋으련만 이 또한 안 될 일이다. 황당하게 들리겠지만 노가다 판에선 누가 주전으로 뛸지 누가 벤치를 지킬지 정해놓지 않는다. 사전에 조율하지 않은 상태에서 공사를 시작한다는 얘기다. 이게 노가다 판을 정치판으로 만드는 첫 번째 이유다. 이름하여 1막 1장, 아첨시대阿諂時代다.

1막 1장 아첨시대

현장 따낸 오야지들은 본전을 뽑아야 한다. 해서, 어떻게든 다른 팀보다 많은 일거리 차지하려고 한다. 이걸 노가다 판에선 "물량을 확보한다"라고 표현한다.

이런 식이다.

"빨리빨리 치고 나가줘야 내가 물량을 확보할 거 아닙니까. 디테일한 마감은 천천히 봐도 된다고요. 일단 눈에 보이는 큰 것들 쭉쭉 치고 나가 주라고. 103동 확보 못 하면 일주일 이상 데마 맞을 수밖에 없는 거, 다들 아시죠? 103동은 내가 어떻게든 확보해볼 테니까, 다른 거 신경 쓰지 말고 속도 조금만 올리자고요. 자~, 파이팅합시다."

그럼 여기서 질문 하나. 공사 시작하기 전, 각 팀에서 얼마큼의 물량 맡아 작업할지 왜 사전에 조율하지 않는 걸까. 그러면 오야지들끼리 눈치 싸움 할 필요도 없고, 오야지가 하청 소장 졸졸 따라다닐 필요도 없을 텐데 말이다.

먼저, 변수가 너무 많다. 공사라는 게 계획한 대로, 예상한 일정대로 절대 되지 않는다. 해서, 보통은 하청 소장이 상황과 일정 고려해가며 오야지들에게 물량을 찔떡찔떡 나눠준다. 마치 어미 새가 아기 새에게 먹이 주듯 말이다.

물론, 근본적인 이유는 따로 있다. 개인적인 생각이지만 그런 방식의 일감 나눠주기가, 말하자면 찔떡찔떡 물량을 나눠주는 방식이 '갑'이 자신의 위치를 '을'에게 시시각각 자각시키는 방식이기 때문이다.

이게 무슨 말이냐 하면, 애초에 물량을 딱 쪼개놓고 시작한다 치자. 오야지들은 더 이상 하청 소장 눈치 안 봐도 된다. 아니, 좀 덜 봐도 된다. 근데 물량을 찔떡찔떡 나눠주다 보니 공사 끝날 때까지 하청 소장의 눈치를 봐야 한다.

장난감 사달라고 엄마 뒤를 졸졸 쫓아다니는 아이처럼, 소장 쫓아다니며 103동 지하 2층 달라고, 104동 지하 1층은 꼭 줘야 한다고 사정해야 한다. 혹시 밉보이면 물량 못 받을까 싶어 괜히 굽실거려야 하고, 연휴라도 끼면 하다못해 사과라도 한 상자 들고 쫓아가서 연휴 잘 보내시라고 해야 한다.

이런 모든 순간순간마다 오야지는 '을'의 위치를 자각할 수밖에 없을 테고, 하청 소장은 '갑'으로서의 위치를 증명받는다.

이따금, 별로 보고 싶지 않은 장면 볼 때가 있다. 환관처럼 뒷걸음으로 총총총 소장 사무실에서 나오는 오야지, 그런 오야지 어깨 툭툭 쳐주면서 "그럼 고생하세요" 하고는 뿌듯하게 미소 짓는 소장의 얼굴…. 참 더럽고 아니꼽다는 생각이 들었다.

2막 1장 이간시대

거창하게 시작해놓고 이제 와서 이렇게 말하면 우습겠지만, 오야지와 하청 소장 관계라는 건 승자와 패자가 너무나 분명한 관계다. 실상, 특별할 건 없다. 진짜 다이내믹한 건 각 팀 안에서 벌어지는 정치질이다. 2막 1장, 이간시대離間時代다.

환관처럼 소장 사무실에서 나온 오야지도 자기 사무실에 들어갈 때는 어깨 쫙 펴고 들어간다. 그곳에선 오야지가 왕이니까. 노가다 판에서 오야지가 왕일 수밖에 없는 이유? 서두에서 언급한 것처럼 인부들 출근을 조정할 수 있는 사람이기 때문이다. 정규직은 상상도 못 할 거다. 내일 출근하게 될지 못하게 될지 걱정해야 하는 노가다꾼의 삶을 말이다.

세상사 참 얄궂다고 느낄 때가 있다. 지금부터 설명할 상황이 꼭 그렇다. 오야지가 아무리 소장 뒤꽁무니 졸졸 따라다닌다 해도 물량이라는 건 있다가도 없다가도 한다. 물량이 아예 없어 차라리 팀 전체가 쉬게 되면 속이라도 편하련만, 물량이 또 아예 없는 경우는 드물다. 몇 명은 출근하고 몇 명은 데마 맞는 상황이 종종 연출되곤 한다. 얄궂게 말이다. 그럴 때 오야지가 팀원들 모아놓고 이렇게 말한다.

"다음 주는 물량이 많지 않아서 30명 전원이 출근할 순 없으니까, 지금부터 이름 부르는 열 사람만 출근하고, 나머지는 일주일만 쉬는 걸로 하겠습니다. 홍길동, 김철수, 박영철… 상황이 어쩔 수 없으니까 너무 불만들 갖지 마시고, 이해해주세요."

"…"

"왜들 대답이 없어. 이해하시라고요."

"…네에…."

이런 순간을 마주할 때마다 나는 눈을 질끈 감아버렸다. 근엄하면서도 단호한 오야지 목소리와 그런 오야지 입만 뚫어지게 쳐다보는 팀원들 눈동자와 자신의 이름이 호명되었을 때 대놓고 기뻐하지 못하는 이들의 미소와 일주일이나 쉬게 된 자들의 일그러진 눈썹을 보게 되는, 그런 순간 말이다.

내가 대체로 호명되어서 민망한 마음에, 혹은 쉬게 된 동료들에 대한 미안함 때문만은 아니었다. 물론 그런 감정도 없진 않았으나, 그보다도 정치 드라마의 클라이맥스를 본 것만 같아서다. 그리고 그 드라마의 주연까지는 아니어도 조연 정도는 분명히 했을 나 자신에 대한 께름칙함 같은 감정 때문이다.

2막 2장 이심전심

나는 출근하는데 너는 출근하지 못하는 이유. 예상하는 것처럼 네가 못나서가 아니다. 내가 잘나서도 아니다.

어릴 적, 놀이터 풍경 떠올리면 된다. 대장 노릇 하던 녀석이 엄지손가락 쭉 펴고 "숨바꼭질할 사람 여기여기 붙어라!" 외치면 우르르 몰려가 대장 녀석 엄지손가락 먼저 잡으려고 발을 동동거렸던, 그 시절 그 풍경 말이다. 내가 출근하는 이유? 대장 녀석의 불끈 솟은 엄지손가락을 먼저 차지했기 때문이다. 2막 2장, 이심전심 以心傳心이다.

그렇다. 대장 녀석의 불끈 솟은 엄지손가락을 차지하기 위해, 날 포함한 노가다꾼들은 일상적으로 유치한 소꿉놀이를, 아니 정치질을 한다. 삼삼오오 무리를 만들고 자기네 무리가 최고라고 혹은 저쪽 무리는 별로인 것 같다고, 오야지와 담배 한 대 나눠 피우며 술 한잔하며 낚시 따라가서, 소곤소곤 쑥덕쑥덕 마음에서 마음을 전한다.

현장보단 주로 사무실에서 시간 보내는 오야지는 이간질에 휘둘릴 수밖에 없다. 그 결과가, 위에서 말한 것처럼 물량이 많지 않을 때 고스란히 드러난다. 실력보단 오야지와의 친분을 기준으로 번호표를 부여받고, 부여받은 번호표대로 놀이터에 입장한다. 여전히, 우리는.

놀이터에 입장 못 한 사람은? 주섬주섬 전화를 꺼낸다. 여기저기에 전화를 돌린다. 수십 년 현장 밥 먹으며 쌓은 인맥을 총동원해 사정사정한다. 일주일만 일하게 해달라고. 그것도 여의치 않을 때 인력소라도 간다. 같이 일했던 형님에게 들은 얘기다.

"재작년 겨울이었나? 원래 겨울에 일이 많이 없잖냐. 한 달 정도 데마 맞았는데 마냥 쉴 수 있어야지. 모아놓은 돈이 있는 것도 아니고, 애들한테 매달 들어가는 돈은 고정이니까. 그래서 못주머니 차고 인력소에 갔는데. 뭐, 인력소라고 사정 다르냐? 인력소에서도 목수는 필요 없다는 거야. 잡부라도 시켜달라고 했어. 그래서 한 달 동안 잡부로 일했다니까. 날은 춥지, 욕은 욕대로 먹지. 진짜 서럽더라. 잡부로 일하니까 막말로 '쫀심'도 상하고. 일당도 작고…. 한 달 정도 데마 맞아봐라. 일할 수 있다는 게 그렇게 행복할 수 없다니까? 그러니까 너도 처신 잘해. 오야지한테 괜히 대들지 말고. 뭔 말인지 알지?"

그런 거다. 대장 녀석의 불끈 솟은 엄지손가락을 쫓아 발을 동동거리는 우리 모습이 말이다. 특별하게 영악해서도 특별히 정치적이어서도 아니다. 그저 평범한 가장으로서의 발버둥인 거다. 엄지손가락 잡아야만 살아남을 수 있고, 그래야만 먹고살 수 있으니까.

퍽퍽퍽 몸통 깨지는 소리가 울려 퍼진다

오야지 김씨의 일일

지금부터 일인칭 주인공 시점으로 소설 한 편 써볼 거다. 제목은 '오야지 김씨의 일일─日'이다. 소설가 박태준의 〈소설가 구보씨의 일일〉(1934)에서 차용했다. 주인공은 목수 오야지 김 씨다. 극적 구성을 위해 다소 '과장'했다는 점을 미리 밝힌다.

최근 아파트 현장을 하나 따냈다. 6개월쯤 현장이 없어 놀다 겨우 따낸 현장이다. 나처럼 팀 꾸려 이 현장 저 현장 다니는 '도급팀' 수는 그대로인데 현장은 갈수록 줄어든다. 하청 건설사 사장들 쫓아다니며 줄기차게 접대도 했다. 근데 그쪽 사정도 다르지 않은 터라 영 소득이 없었다. 이 짓도 이젠 못 할 짓인가 싶었다. 이번에도 현장을 못 따면 다 때려치우자는 생각으로 A하청 사장을 만났다.

보름 전이다. 예를 들자면, 한 평당 110원씩 하던 공사비를 100원으로 낮추겠다고 말했다. 사장은 내가 건넨 봉투를 못 이기는 척 챙기고는, 겨우 현장 하나 만들어줬다.

며칠 뒤 팀원들과 현장에 미리 가봤다. 도급팀 세 팀이 5개월이면 끝낼 작은 현장이었다. 이런 현장에 다섯 팀을 몰아넣은 거다. 망할 사장 새끼.

계산기를 두드렸다. 열심히 해봐야 32만 원(100원×20평×4세대×20층×2개 동)쯤 가져갈 수 있을 것 같았다. 현장 하나 들어가서 32만 원이면 거짓말 좀 보태 밑지는 장사다. 그렇다고 마냥 쉴 순 없는 노릇이었다. 궁여지책을 쓰기로 했다. 팀원들에게 이렇게 말했다.

"일당 올려준 지도 오래됐고, 해도 바뀌고 해서 다음 현장 들어갈 땐 일괄적으로 일당 1만 원씩 올려준다고 말했는데, 이번 현장에선 좀 어려울 것 같아. 다들 얘기 들었겠지만, 공사비도 깎인 데다가 현장에 도급팀만 다섯이라, 남는 게 읎어. 솔직한 말로 내 인건비도 안 나와. 이해를 좀 해줬음 좋겄어~. 숙소는 말이여. 다섯 명이 하나씩 쓰는 거로 하자구. 나도 먹고는 살아야 할 거 아녀~."

예상한 대로 팀원들 반발이 컸다. 절반 이상이 팀을 나갔다. 차라리 잘됐다 싶었다. 요즘 같은 시기에 한국인 목수만 있는 도급팀은 우리 팀이 거의 유일했다. 안 그래도 아는 오야지 형님한테 베트남 애들 소개받기로 했다. 일도 곧잘 하고 먹는 거나 자는 문제로 불평 같은 거 안 하고, 결정적으로 한국인 목수보다 일당이 훨씬 적다. 오야지 형님은 전화 끊기 전 이렇게 말했다.

"얀마! 요즘 누가 한국인 목수 쓰냐? 일당만 비싼 고집쟁이들! 에휴 질려! 베트남 애들 일 잘하니까, 적당히 부리다가 계산 안 나오면 돈 주지 말고 내쫓아버려어. 어차피 불법 애들이니까 상관없어~. 열 명 필요하다고 했지이?"

내일부터 현장에 들어간다. 다시 계산기를 두드렸다. 베트남 애들 일당이랑 숙소비에서 세이브하고, 팀원들한테 말은 안 했지만, 함바집도 제일 싼 곳으로 계약했다. 식비에서도 세이브할 거 같다. 이렇게까지 해야 하나 싶은데 어쩔 수 없다. 그래도 답이 안 나온다. 역시 한 평당 100원에 계약한 게 무리였다. 이전처럼 5일에 한 층씩 작업하면 진짜 '또이또이'다. 방법은 하나다. 베트남 애들 잡아 족치면서 분위기 끌어올리는 수밖에. 빠르면 4일, 적어도 4일 반나절에 한 층씩 작업해야, 쬐~금, 진짜 쬐금 남는다. 당장 내일 현장 들어가자마자 분위기부터 조져야겠다. 한국인 목수고 뭐고, 말 안 들으면 내쫓으면 그만이니까…."

"오야지 나쁜 놈! 퉤퉤퉤" 하고 말 텐가

거두절미하고, 내가 생각하는 우리나라 노가다 판의 근본 문제는 '불법 다단계 하도급' 시스템이다. 발주처—대형건설사(원청)—중소건설사(하청)—오야지로 이어지는 먹이사슬 말이다. 이 가운데 가장 말단에 있는 오야지의 관점으로 소설 한번 써봤다.

소설에서 얘기하고 싶었던 건 "오야지 나쁜 놈! 퉤퉤퉤"가 아니다. 김 씨는 자본주의사회에 살아가는 '사용자'다. 냉정하게 말해, 김 씨는 자본주의사회의 구성원으로서 '최소비용 최대마진'이라는 시장 논리에 충실할 뿐이다.

해서 나는, 김 씨의 도덕성과 불법성을 따지기 전에(그건 다음 문제로 미뤄두고), 김 씨의 날갯짓이 어떤 나비효과를 가져오는지를 짚어볼까 한다. 그래야 다음 문제를 풀 수 있으니.

하나하나 따져보자. 수요(도급팀)와 공급(현장)이 불균형한 상황에서 김 씨가 택한 건 로비, 접대, 공사비 자진 삭감이다. 비용이 늘어난 김 씨는 여러 방법으로 손해를 만회하려 했다.

첫째, 팀원들 임금을 동결했다. 숙식비도 긴축했다. 노동자의 생활임금과 노동환경 문제를 야기했다.

둘째, 비등록 외국인 노동자를 채용했다. 장기적으로 봤을 때 한국 노동자 일자리 문제와 임금 하향 평준화를 야기했다.

셋째, 임금 체불과 부당 해고 문제다. 소설에 직접 나오진 않지만, 노가다 판에선 통상적으로 근로계약서 없이 일한다. 채용되었다는 기록조차 없는 노가다꾼이(더욱이 평생 망치질만 해서 법과 행정에 상대적으로 어두운), 근로기준법 운운하며 임금 체불과 부당 해고에 대응하기란 불가능에 가깝다.

마지막으로, 제일 큰 문제는 이른바 '빨리빨리' 공사다. 김 씨가 그런 것처럼 대한민국의 모든 공사가 급하게 진행된다. 필연적으로 부실 공사와 안전사고, 특히 생명과 직결된 사고를 동반한다.

김 씨의 날갯짓에서 시작한 위 문제들이 노가다 판에서 벌어질 수 있는 거의 모든 문제다. 그리고 이 모든 문제에 관해 "김 씨, 나쁜 놈! 퉤퉤퉤"라고 하기엔 무리가 있다. 김 씨 또한 가해자임과 동시에 피해자고, 결국 김 씨를 그렇게 만든 건 시스템이니까.

내가 처음부터 시스템 얘길 꺼낸 이유다. 이건 어느 한 노가다 꾼이 오야지한테 대든다고 바뀔 문제도 아니고, 어느 양심적인 오야지 하나가 손해를 감수한다고 바꿀 수 있는 문제도 아니다. 인심 좋은 하청 사장에게 책임을 떠넘길 수 있는 것도 아니고, 원청에만 희생을 강요할 수도 없다. 건설 산업 전반을 뜯어고쳐야 한다.

뭉치는 것, 뭉쳐서 대항하는 것뿐이었다

왜 이렇게 무겁고 딱딱한 얘기를 줄줄이 풀어놓느냐고 물으신다면, '이 사람들'의 이야기를 하기 위해서다. 노가다 판에 어떤 문제가 있는지 알아야 이들을 이해할 수 있으니까.

아, 그전에 하나만 고백하겠다. 나는 '전국민주노동조합총연맹 산하 전국건설노동조합(건설노조)' 소속 조합원이다. 맞다. 가끔 뉴스에 나오는 그 사람들, 건설 현장 타워크레인에서 고공 농성하는 사람들이, 바로 내 동지다.

이들의 이야기를, 노가다 판에서 "어휴~ 저 빨갱이 쉐끼들"이라고 한마디로 뭉쳐지고 마는 건설노조 사람들 이야기를 해보겠다. 우리는 왜! 그런 수모를 당하면서까지 머리에 빨간 띠를 두르는지에 관해.

한강의 기적으로 상징되는 우리나라의 고속 성장 뒤엔 박정희가 아니라 '노동자들의 희생'이 있었다. 과도하고 위험한 노동에 시달려야 했던, 그러면서 낮은 임금을 받고도 아무 말 하지 못했던 우리 엄마·아빠·삼촌·이모 들의 희생 말이다. 많이 개선되었다고 는 하나 몇몇 산업군은 여전히 '쌍팔년도'다. 이 가운데 노가다 판 이 대표적이다.

근데 이상한 건, 불합리하고 비상식적인 일이 일상처럼 벌어지 는데도 다들 '못 본 척'한다. 심지어 매일매일 두 명꼴로 죽어나가 는데, 어느 작가 말처럼 "퍽퍽퍽 몸통 깨지는 소리가" 울려 퍼지는 데 아무도 문제도 제기 안 한다.

잘난 네가 한번 나서 보지 않겠느냐고? 나 또한 일용직 노가다 꾼이다. "얀마. 너 내일부터 나오지 마. 어디서 싸가지 없이 눈깔 부 라려. 건방진 새끼"라는 오야지의 말 한마디에 당장 오늘이라도 쫓 겨날 수 있는 처지다.

과장하지 말라고? 진짜다. 그렇게 쫓겨난 사람, 숱하게 봤다. 때 려치울 거 아니면 참아야 한다. 그게 노가다꾼 삶이다.

이런 건설 자본 권력 앞에 힘없고 '빽' 없는 노가다꾼이 할 수 있 는 건 오직 하나, 뭉치는 것! 뭉쳐서 대항하는 것뿐이다.

시골 촌놈의 상경 투쟁기

노가다꾼의 집회는 집회로 끝나지 않는다?

앞서 노가다 판의 여러 부조리를 지적했다. 건설노조를 창립할 수밖에 없었던 이유에 관해서도. 순서상 지금부터는 건설노조가 구체적으로 어떤 목표를 갖고 어떻게 활동하는지 첫째, 둘째, 셋째 하면서 구구절절 늘어놔야 하는데, 아! 상상만으로도 재미없다. 물론, 중요한 이야기이지만 여기서 굳이 그 많은 얘기를 할 필요는 없을 거 같다.

2007년 창립한 건설노조 창립선언문 일부를 소개한다.

"일당쟁이 노가다라는 천대와 멸시 속에서 소중하게 일구어

온 우리의 조직은 이제 역사의 당당한 주인으로, 이 사회를 움직이는 건설 노동자로서 역사의 주체로 일어섰음을 이 나라와 전 세계 만방에 선포한다. (중략) 200만 건설 노동자들의 절절한 염원인 불법 다단계 하도급을 철폐하고, 8시간 노동제와 일요휴무제를 전국의 현장에 실시되게 하고, 생활임금 쟁취를 반드시 이룩하겠다는 것을 역사 앞에서 선언한다. (중략) 건설노조 죽이기에 혈안이 되어 있는 건설 자본과 정권의 현실을 통큰 단결과 거대한 공동 투쟁의 함성으로 돌파할 자랑스러운 투쟁의 무기 '전국건설노동조합'으로 성장할 것이다."

대신, '아~, 건설노조는 이런 단체구나!' 하고 느낄 수 있는 이야기를 하나 풀겠다. 이름하여, 시골 촌놈의 상경 투쟁기다.

건설노조에 가입한 지 1년쯤 됐을 때였던가? 광화문에서 '건설노조 총파업 결의대회'를 연다는 소식이 전해졌다. 전국 3만여 조합원이 한자리에 모일 거라는 말과 함께. 며칠 전부터 심장이 두근두근했다. 상상해보라. 세상에 거칠 것 없는 '강성' 노가다꾼들이 한자리에 모인다니! 그것도 서울 한복판에! 3만 명씩이나!

전설로 전해들은 얘기가 주마등처럼 스쳤다. 노가다꾼들 집회는 집회로 끝나지 않는다더라, 누군가는 반드시 피를 보게 된다더라 등등. 집회 전날, 나는 잠자리에 누워 상상의 나래를 펼쳤다. '만일의 사태(?)를 대비해야 하나? 목수니까 망치라도 챙겨야 하나?' 같은 허무맹랑하고 순진무구한 상상 말이다.

날이 밝았다. 집결지로 갔다. 이미 많은 사람이 모여 있었다. 이

날의 '드레스코드'는 빨간 띠와 건설노조 단체 조끼였다. 선글라스와 마스크를 착용한 이들도 많았다. 누가 누군지 구분할 수 없었다. 어제까지 같이 일했던 동료들인데도 개별로 보이지 않았다.

사람들을 헤집으며 앞으로 나갔다. 왼쪽 길가엔 관광버스가 줄지어 있었다. 헤아려보니 대략 20대 남짓이었다. 앞으로 갈수록 고막을 찢을 것 같은 소리가 울려 퍼졌다. 확성기를 부착한 승합차에서 〈임을 위한 행진곡〉, 〈단결투쟁가〉 같은 노동가가 흘러나왔다.

내 목적지는 우리 팀, 아니 정확하게는 우리 '분회'였다. 여기저기에 각 '지대'와 분회 깃발이 나부꼈다. 참고로 건설노조 조직 체계는 '지역본부—지대—분회'로 이어진다. 군대의 '대대—중대—소대' 같은 개념이다. 우리 분회 깃발은 저~ 앞쪽에 있었다. 겨우 찾아갔다. 진이 쭉 빠졌다.

각 분회장은 도착한 순서대로 줄을 세웠다. 분주하게 인원 체크도 했다. 인원 체크를 마친 분회장은 지대장에게 보고하고, 지대장은 다시 지부장에게 보고했다. 분회별로 지대별로 도열하고, 체크하고 도열하고 체크하길 수차례, 천 명 정도가 오와 열을 맞춰 앉았다. 각 분회장, 지대장, 지부장의 인사말이 이어졌다.

그사이 분회별로 떡과 생수가 배급됐다. 아침 대용이었다. 양손에 떡과 생수를 챙겨 든 조합원부터 정해진 버스에 올라탔다. 서울까지는 두 시간쯤 걸린다고 했다. 긴장이 풀렸다. 깜빡 잠이 들었던가.

뭉치면 용감해진다더니

요란한 소리에 잠이 깼다. 광화문 앞이었다. 버스에서 내렸다. 입이 떡 벌어졌다. 아침, 집결지에서 느꼈던 혼란은 비할 게 아니었다. 이미 도착해서 도열한 지역, 막 도착해 버스에서 내리는 지역, 5분 뒤 도착한다고 소식을 전해온 지역…. 어쨌거나 서울, 대전, 대구, 부산, 인천, 경기… 전국 팔도에서 모든 조합원이 속속 모여들었다. 우리 지역 버스만 20대였으니, 아마도 버스 600대에서 끝도 없이 사람이 내렸으리라. 그렇게 3만 명이 광화문에 모였다.

수십수백 가지 깃발이 펄럭였다. 북측 광장 끝에 설치된 무대에선 계속 안내 방송이 흘러나왔다. 지역별로 몇 시까지 점심 먹고, 정해진 자리에 도열하라는 방송이었다. 서울은 여기, 대전은 저기, 대구는 요기, 부산은 저 뒤….

그사이 도시락을 실은 화물차가 줄줄이 도착했다. 도시락은 지역별로 다시 지대별로 다시 분회별로, 마침내 나에게로 전해졌다. 또 일회용 숟가락과 젓가락이 지역별로 지대별로 분회별로 나에게로 왔다. 또 생수가 지역별로 지대별로 분회별로 나에게로 왔다. 도시락 차가 도착한 걸 내 눈으로 확인하고, 그 도시락과 숟가락과 젓가락과 생수가 내 손에 오기까지 얼마나 시간이 걸렸을까. 가늠할 수 없었다.

우리 지역은 교보빌딩 앞 인도에서 도시락을 받았다. 시내버스가 오가고, 사람들이 끊임없이 들고나는 버스정류장 뒤쪽 길바닥에 철퍼덕 주저앉아 도시락을 까먹었다. 뭉치면 용감해진다더니.

담배를 두 개비쯤 피웠던가. 다시 안내 방송이 흘러나왔다. 무대

앞 광장으로 집결하라는 방송이었다. 분회별 지대별로 줄을 서고, 인원 체크하고, 광장으로 이동했다. 그곳에서 다시 분회별로 지대별로 지역별로 줄을 서고, 인원 체크하고, 오와 열 맞추고, 자리에 앉기까지는 또 얼마나 시간이 걸렸던가. 각 지역의 지부장이 무대로 나가 인사를 하고, 투쟁 구호를 외치기까지는 또 얼마나 걸렸던가. 서울 지부장과 대전 지부장과 대구 지부장과 부산 지부장을, 나는 구분할 수 없었다.

그날 건설노조 조합원들이 모인 가장 큰 이유는 '주휴수당' 쟁취였다. 무대에서 투쟁 구호를 선창하면 목이 터져라 후창했다.

"구호 준비!"

"투쟁!"

"일요일은 쉬고 싶다! 주휴수당 보장하라!"

"일요일은 쉬고 싶다! 주휴수당 보장하라! 주휴수당 보장하라! 건~ 설~ 노~ 조~ 단결! 투쟁! 결사! 투쟁!"

이어 〈철의 노동자〉, 〈단결투쟁가〉 같은 노동가를 반복해서 불렀다.

"내 하루를 살아도 인간답게 살고 싶다~. 아아~ 민주노조 우리의 사랑 투쟁으로 이룬 사랑~."

투쟁 구호 외치고, 노동가 부르기를 수차례. 집회가 막바지에 이르렀다. 다시 안내 방송이 나왔다. 지역별로 오와 열을 맞춰 행진한다는 방송이었다. 다시 분회별로 지대별로 지역별로 줄을 서고, 인원 체크하고, 오와 열을 맞췄다.

앞쪽 지역부터 차례로 행진을 시작했다. 대략 30분쯤 걸었던가.

놀이동산에 처음 놀러 간 아이처럼, 앞서가는 형님 팔뚝을 꼭 붙들었다. 내가 구분할 수 있는 건 형님 팔뚝뿐이었다.

하나의 덩어리로 적을 부수어내는 것

전설로 전해들은 유혈 사태 같은 건 없었다. 평화로운 행진이 끝나고 광화문으로 복귀했다. 지역별로 버스가 대기했다. 지역별로 지대별로 분회별로 줄을 서고 인원 체크한 뒤, 버스에 올랐다. 맥이 풀렸다. 졸음이 쏟아졌다. 한 시간 뒤 휴게소에서 저녁을 먹는다 했다. 꾸벅꾸벅 조는 사이 휴게소에 도착했다. 주차장에서 지대별로 분회별로 줄을 서고 인원 체크를 했다. 지부에서 분회별로 도시락을 배급했다.

"5분회! 도시락 서른 개 맞죠? 생수 서른 개 챙기시고. 숟가락 젓가락은 저쪽에 있습니다. 다음 6분회! 도시락 스물일곱 개 챙기세요. 7분회! 7분회 안 계세요?"

"7분회 여기 있습니다!"

"7분회! 앞으로 나와서 도시락 받아 가세요."

지부 관계자 입에서 우리 분회가 호명되길 기다리다, 문득 김훈 작가의 소설 《칼의 노래》(문학동네, 2012)의 한 구절이 생각났다. "끼니때는 어김없이 돌아왔다. 지나간 모든 끼니는 닥쳐올 단 한 끼니 앞에서 무효였다."

식어 터진 밥과 국에 숟가락을 찔러 넣으며 임진왜란과 요동 정벌과 한국전쟁에 총칼을 들고 나섰던 군사들을 떠올렸다. 모르건대, 그들도 하루 대부분을 끼니에 맞춰 배급받고, 먹고, 싸고, 자면서 보냈겠구나…. 틈틈이 도열하고, 인원 체크하고, 이동했겠구나…. 그 와중에 겨우 칼을 빼 들고, 겨우 총을 쐈겠구나, 싶은 생각이 들었다.

먹고 자고 싸야만 하는 개개인의 일상에 울타리를 둘러주는 것, 서로가 서로의 손을 맞잡을 수 있도록 줄 세워주는 것, 그리하여 하나의 덩어리로 적을 부수어내는 것, 그게 전쟁이겠구나 싶었다.

그날 나는 휴게소 주차장에 주저앉아 도시락을 까먹으며, 이쑤시개로 이 사이에 낀 음식 찌꺼기를 쑤셔내며, 교과서에서 배웠던 전쟁 속 군사들 일상을 생각했다. 그들의 일상과 그날 하루 내가 겪은 일상의 차이에 관해 생각했다. 그 차이를 가늠할 수 없었다.

국가 공휴일에 일당 받고 쉬는 노가다꾼

노가다 판 전체에 미치는 긍정의 물결

이번 글을 끝으로 건설노조 이야기를 마무리하겠다. ①탄이 Why, ②탄이 How에 대한 대답이었다면, 마지막 ③탄은 What에 대한 대답이다. 우리는 무얼 쟁취했는가에 관한 이야기.

②탄에서 묘사한 것처럼, 우리는 뭉치는 것으로써 우리의 요구를 관철한다. 전국 조합원이 모두 모이는 총파업 결의대회는 물론이고, 지역본부 차원에서도 수시로 집회를 이어간다. 그렇게, 지난 십수 년간 빨간 띠를 두르고 투쟁한 결과가 무엇이냐고? '불법 다단계 하도급 시스템'이라고 하는 거대한 벽을 조금은 허물었다고 답할 수 있다. 그 첫걸음이 바로 '직고용' 투쟁이었다.

형틀목수인 내가 현장에서 일하려면 오야지가 꾸린 도급팀에 들어가야 한다. 오야지는 하청 건설사와 계약한다. '그렇게 하지 말자'는 거다. 오야지 없이, 하청 건설사에서 '직접 노동자를 고용해달라'는 거다. 현장이 새로 생길 때마다 하청 건설사가 새로 생길 때마다 지속적으로 요구해왔다.

그 결과, 현재 대부분의 큰 현장은 직고용 형태로 노동자를 채용한다. 물론, 아주 낮은 비율이다. 예를 들어 현장에 형틀목수팀이 세 팀 필요하다면, 두 팀은 도급팀이고 한 팀은 노조팀(정확하게는 한 개 분회)을 받는 식이다. 대략 15~25명가량의 노조팀 목수가 직고용으로 현장에 들어간다.

그럼, '직고용으로 현장에 들어가는 것'이 구체적으로 무얼 의미하느냐. 아주 쉽게 말하자면, 개개인이 오야지와 일당 올려주네 마네 하면서 입씨름할 필요가 없어진다. 건설노조 차원에서 매년 하청 건설사와 단체교섭을 하니까.

이게 핵심이다. 직고용 투쟁과 단체교섭권. 이를 통해 노가다 판에서 벌어질 수 있는 상당 문제를 해결한다. 조합원으로서 피부에 가장 와 닿는 건 역시 임금과 일자리다.

2020년 기준, 건설노조 소속 목수 일당은 22만 원이다. 도급팀 목수는 18~20만 원 받는다. 제법 차이가 크다. 미국이나 유럽 등 소위 선진국에 비하면 여전히 부족하지만, 어느 정도 생활임금을 보장받는다. 또한 안정적으로 일자리를 받는다. 이뿐만 아니라 설날, 추석, 어린이날 등 국가 공휴일에 유급으로 쉰다(오랜 투쟁 끝에 2020년부터 처음 적용한 유급휴가제다). 상상이나 해봤나. 노가다꾼이 일당 받고 쉰다니! 크고 작은 안전사고를 당했을 때도 투명한 절차를 거쳐 보상받는다.

이 밖에도 건설노조 조합원에게 주어지는 혜택(실은 당연한 '권리')이 상당하다. 지난 세월, 교육하고 연대하고 투쟁한 끝에 조금씩 얻어낸 성과다.

이 모든 성과가 더욱 의미 깊은 건, 조합원뿐만 아니라 비조합원 노가다꾼에게도 긍정적인 영향을 미친다는 점이다. 일례로, 건설노조에서 선행적으로 임금을 인상하면 비조합원 노가다꾼 일당도 자연스레 따라 오른다. 내 삶뿐만 아니라, 내 덕분에 당신의 삶도 바뀌는 거다.

그 덕에 건설노조를 바라보는 시선도 많이 달라졌다. 노조라면 학을 떼던 노가다꾼들이 하나둘 건설노조에 가입하기 시작했다. 우리 지역의 경우, 7~8년 전에 불과 10여 명이 지역본부를 만들었다고 한다. 지금은 조합원이 약 1000명이다. 놀라운 변화다.

귀족노조 프레임에 갇히지 않으려면

그렇듯, 지난 세월 선배들의 노력은 대단했다. 생각해보라. 100만 명이 촛불을 들어야 겨우 조금 바뀌는 나라다. 10여 명이 투쟁한다 한들 하청 사장들이 콧방귀나 꼈을지. 우리 지역뿐 아니라 거의 모든 지역이 그런 과정 거쳤다. 눈물 없인 들을 수 없는 역사가 참으로 길다만, 그 많은 얘길 여기서 어찌 다 할까.

그렇게 노동자 권리를 찾아왔다. 모든 민주주의 역사가 그러하듯, 오늘에 이르기까진 앞선 자들의 헌신적인 노력이 있었다. 나를 포함한 조합원들이 이걸 알아야 한다. 우리가 누구 덕분에 명절에도 일당 받고 쉬게 되었는지, 누구 덕분에 일당 22만 원씩 받으며 일하게 되었는지 말이다.

건설노조 들어오기 전까지 내 나름 이상향이 있었다. '노조'를 떠올렸을 때 함께 생각나는 낱말들 말이다. '정의'랄지, '이타'적인 마음이랄지, '진보'적이고 '개혁'적인 가치 같은 것들. 솔직히 말하자면 건설노조에 들어와 좀 실망했다. 조합원 상당수가 눈에 보이는 혜택, 말하자면 안정적인 일자리와 상대적으로 높은 일당 때문에 건설노조에 들어왔고, 여전히 그런 것만 생각하는 것 같아서 말이다. 심지어 집회 때 이렇게 말하는 조합원도 봤다.

"에휴, 이놈의 빨갱이 단체! 뭔 놈의 집회를 이렇게 자주 해. 괜히 노조 들어왔어."

옆에 있던 사람이 한마디 하지 않았더라면 나라도 한마디 할 판이었다. 옆 사람이 이렇게 맞받아쳤다.

"어이어이! 그놈의 빨갱이 단체 덕분에 당신 같은 사람까지 먹고사는 거니까, 자꾸 빨갱이 빨갱이 하지 마슈!"

노조의 역할을 어디까지 규정할 수 있는지, 나는 잘 모른다. 건설노조의 역할에 관해 조합원의 임금 인상과 노동조건 개선만 신경 쓰면 되지 않느냐고 묻는다면, 그것도 틀린 말은 아닐 거라고 답할 수밖에 없다.

그럼에도 불구하고, 난 이렇게 한번 되물어보고 싶다. 우리가 집회하기 위해 도로를 점거하고, 확성기에서 〈임을 위한 행진곡〉이 엄청난 사운드로 울려 퍼질 때, 그리하여 주변 시민에게 불편을 초래할 때, 혹은 지나가는 차가 경적 울리며 쌍욕 퍼부어댈 때, 무어라고 말할 건가. "우리는 우리의 이익을 위해 집회하는 거니까 조금만 참으슈"라고 할 텐가.

많이 들어봤을 거다. '귀족노조'라는 말. 우리가 당장 눈앞에 보이는 우리의 이익만 위해 움직인다면, 스스로 명분을 위축시키는 꼴이다. 저들이 늘 비난하는 것처럼 귀족노조 프레임에 갇힐 수밖에 없다. 지나가는 차가 경적 울리며 쌍욕 퍼부어댈 때 "우리는 건설 산업 전반이 개선되길 바라며, 더 나아가 우리나라의 모든 노동자가 존중받는 세상을 바랍니다. 그런 마음으로 집회하는 중입니다. 불편하더라도 조금만 양해해주세요. 우리 모두 같은 노동자잖아요"라고 답할 수 있어야 한다. 그래야 "아이고, 그런 줄 몰랐습니다. 우리 몫까지 파이팅해주세요"라는 국민의 지지를 얻을 수 있겠다.

하물며 "에휴, 이놈의 빨갱이 단체! 뭔 놈의 집회를 이렇게 자주 해. 괜히 노조 들어왔어"라는 조합원들을, 난 어떻게 이해해야 할지 모르겠다. 한둘이 아니다. 제법 많다. 내 까짓 게 뭐라고, 그들에게 한마디 더하자면, 그런 심보는 앞선 자들의 노력까지 짓밟는 짓이다. 최소한의 예의는 지키면 좋겠다. 좋은 시절에 뒤늦게 들어와 혜택만 누리는 새내기 조합원 주제에, 말이 많았다.

덧붙여, 건설노조에 관해서는 하고 싶은 얘기가 있었다기보다는, 해야만 할 것 같은 얘기가 참으로 많았다. 부채감 때문이었는지, 사명감이나 책임감 때문이었는지는 모르겠다. 어쨌거나 고민 끝에 많은 내용을 생략했다. 자리에 어울리는 옷이 있듯, 이 책에도 그에 걸맞은 분위기가 있겠다. 그래서 이 정도로 글을 마무리했다. 혹여, 선배들 노력을 너무 가볍게 다룬 건 아닌지는 모르겠다. 이해해주시기를 바란다.

현장을 기록하는 노가다꾼으로
조금 더 살아보려고요

1

"왜 글을 쓰냐고 물으면, 그것 말고는 할 줄 아는 게 없어서라고 대답합니다."

소설가 에쿠니 가오리가 《맨드라미의 빨강 버드나무의 초록》 (소담출판사, 2008)에서 한 말이다. 그게 진짜 그녀의 진심인지 겸손의 표현인지 알 길은 없다. 다만, 한 가지 분명한 건 저 대답이 나에게도 해당한다는 점이다. 진심이다.

난 특별히 잘하는 게 없다. 머리가 비상한 것도, 끼가 넘치는 것도 아니다. 사무실에 진득이 앉아 있을 성격도 못 된다. 그런 데다가 천성적으로 게으르고 노는 걸 좋아한다. 그런 나를 어릴 때부터 봐온 친구 녀석은 이런 말을 했었다.

"이 쉐끼 이거, 글 쓰는 재주라도 있으니까 사람 구실 하면서 살지, 그거 없었으면 영락없는 동네 양아치인데. 푸하하하. 아무튼 대단해! 네가 기자라니!"

대책 없이 살 것 같던 놈이 기자랍시고 아등바등 사는 게 대견하기도 하고 신기하기도 했던 모양이다. 웃으며 호응했지만 속으로 뜨끔했던 기억이 난다.

정확한 분석이었다. 동네 양아치, 후하게 쳐줘야 예술가 흉내나 내는 한량이었을 게 분명했다. 글을 쓰지 않았더라면 말이다.

친구의 말을 들은 뒤로, 나는 나의 별거 아닌 재주를 더 소중하게 여겼다. 곱씹을수록 그러했다. 내가 이 세상에 쓸모 있는 사람으로 증명받을 수 있는 유일한 방법은 글을 쓰는 거였다. 그런 심정으로 부단히 썼던 것 같다. 노가다 판에 오기 전까지 말이다.

2

본문에서도 말한 것처럼, 노가다 판에 올 즈음 나는 자존감이 바닥을 치고 있었다. 털어봐야 먼지밖에 안 나오는 주머니 사정도 한몫했다. 보증금 100만 원에 월 15만 원짜리 반지하방에 누워 있으면 눈물이 나는 게 아니라 헛웃음이 픽픽 나왔다.

그 당시 난 내 존재의 가치에 관해 꽤 자주 고민했었다. 당장의 쓸모없음도 문제였지만, 앞으로의 삶도 딱히 쓸모 있을 거 같지 않았다. 캄캄했다. 어떤 방식으로든 내가 이 세상에 쓸모 있는 존재라는 걸 나 자신에게 증명해야만 했다. 그러지 않으면 영영 무너져 내릴 것 같았다. 그러자니 역시, 글을 쓰는 수밖에 없었다.

그렇게 쓰기 시작한 글이 모여 한 권의 책이 됐다. 아주 사적인 욕망에서 비롯한 글을 세상에 선보이려니 발가벗겨진 기분이다. 부끄럽다. 그럼에도 불구하고 용기를 내 책으로 엮었다. 한 권의 책이 가진 위대한 힘을 믿기 때문이다. 이 책이 얼마나 큰 도움이 될진 모르겠다. 몇 사람이라도 좋다. 이 책으로나마 공감하고 위로 받을 수 있다면 더 바랄 게 없겠다.

3

글쟁이 시절 얘길 조금 더 해야겠다. 당시 내가 매달렸던 화두는 '기록'이었다. 어떤 걸 취재할지 말지 결정할 때 고려한 첫 번째 기준은 '이것이 기록할 만한 가치가 있는가?' 하는 점이었다. 잊히고 없어지는 수많은 현상과 맥락 속에서 보편타당한 진리를 찾아내고, 그 진리를 미래 세대에 전해주자는 것. 이게 글쟁이로서 내가 가진 의무감 같은 거였다.

노가다 판 와서 내가 가장 많이 느낀 건 "여기도 똑같다"는 거다. 좋은 의미에서든 나쁜 의미에서든. 선입견 품고 바라봐서도 안 될 일이지만, 그렇다고 특별히 고상하게 볼 필요도 없다. 그냥, 주변에서 흔히 볼 수 있는 보통 '아저씨'들의 평범한 밥벌이 현장이다. 그렇기에 이곳에도 보편타당한 진리 같은 게, 있다. 당연한 소리지만. 해서, 한두 명쯤은 있어도 좋지 않을까 싶은 거다. 노가다 판에서 보편타당한 이야기를 찾아내고, 그걸 기록하는 사람 말이다.

내가 글쟁이로서 대단한 사람이라고는 생각하지 않는다. 나 정도의 식견과 필력을 가진 글쟁이, 널리고 널렸다. 다만, 나만큼 노가다 판을 이해하는 글쟁이는 드물 거다. 남들이 다 하는 일을 굳이 나까지 할 필요는 없다만, 아무도 하지 않는 일이라면, 마침 그게 내가 할 수 있는 일이라면, 기꺼이 해보고 싶다. 노가다꾼으로 얼마나 더 살지 잘 모르겠다. 어쨌든, 앞으로도 한동안 지금처럼 살아볼 참이다. 망치질 열심히 하고, 틈틈이 노가다 판을 기록하면서 말이다.

노가다 현장 용어 사전

가다   자세를 속되게 이르는 단어로, 어깨라는 뜻의 일본어 かた[가따]에서 파생.

가따   굵은 철사를 자를 때 쓰는 도구. Cutter에서 파생.

갈고리   실처럼 아주 가는 철사로 철근과 철근을 엮을 때 쓰는 연장. 정식 명칭은 결속 핸들.

강관 비계   높은 곳에서 일할 수 있도록 설치하는 임시가설물을 비계飛階라 한다. 그중 강관 비계는 원형 파이프를 활용한 비계다.

거푸집   철근콘크리트 구조물 공사할 때 콘크리트를 부어 굳히기 위한 목적으로 만드는 임시 구조물. 얼음 트레이와 같은 역할을 한다.

견출   콘크리트를 타설한 뒤 거친 표면을 갈아내거나 미장해 매끄럽게 만드는 작업.

결속선   철근을 엮을 때 쓰는 가는 철사.

고데   사모래를 벽에 바를 때 쓰는 도구. 우리말로는 흙손이다. 일본어 こて[고테]에서 파생.

곰방   시멘트나 벽돌 등 자재를 나르는 작업으로, 이 일을 하는 사람을 곰방꾼이라 한다. 곰방꾼은 일본어 こうんぱん[고운반]에서 파생.

기리바리   흙막이 공사를 할 때 흙이 무너지지 않도록 바닥면과 공사 단면 사이에 대각선으로 지지해주는 버팀목을 기리바리라 하는데, 철근콘트리트 공사에서도 경사보강재를 기리바리라 한다. 일본어 きりばり[기리바리]에서 파생했으며, 한자로 보면 끊을 절切, 넓힐 장張을 쓴다. "더 이상 넓어지지 않게 끊다" 정도로 직역할 수 있다.

나라시	고르게 하다는 뜻의 일본어 ならし[나라씨]에서 파생. 현장에선 작업 상황에 맞게 자재를 쭉 나열한다는 뜻으로 쓴다.
내장목수	골조공사가 끝난 후, 건물 내부 목작업인 마루바닥, 싱크대, 수납장, 창문틀, 방문 등을 시공하는 목수. 흔히 인테리어 목수라고도 부른다.
다루끼	흔히 각목이라고 부르는 두께 40×50mm 각재. 일본어 たるき[다루끼]에서 파생.
다이	받침이라는 뜻으로, 일본어 だい[다이]에서 파생.
단도리	일을 해 나가는 순서, 방법, 절차 또는 그것을 정하는 일을 뜻하는 일본어 だんどり[단도리]에서 파생
데마	일거리가 없어 쉬게 될 때 '데마 맞는다'고 표현한다. 비슷한 뜻의 일본어 てまち[데마찌]에서 파생.
데모도	조수라는 뜻으로 일본어 てもと[데모또]에서 파생.
도급	어떤 공사에 들어갈 비용을 미리 정하고 도맡아 하게 하는 일.
도급팀	하청 건설사로부터 하도급 받은 팀을 뜻하는 현장 용어.
똥 뗀다	인력사무소에 수수료를 떼어 주는 것.
똥망치	용접똥을 제거하는 망치.
먹통	먹물 잔뜩 머금은 먹줄을 돌돌 감아놓은 통으로, 먹줄을 빼 바닥에 밑그림을 그릴 때 쓴다.
못주머니	못을 담아놓는 주머니라는 뜻인데, 일반적으로는 못주머니, 망치고리, 망치, 시노까지 모두 세팅한 X자 안전벨트를 통칭해서 못주머니라 부른다.
미장	시멘트, 모래, 물을 섞은 혼합물인 사모래를 벽, 천장, 바닥 등에 바르는 일.
밀바	세로로 기다랗게 생겨 작은 바퀴가 두 개 달린 손수레. 동네슈퍼에서 흔히 볼 수 있다.

바라시	해체, 분해하다는 뜻으로, 철근콘크리트 공사 등에서 거푸집, 비계 등 임시 가설물을 해체할 때 쓰는 용어. 같은 뜻의 일본어 ばらす[바라쓰]에서 파생.
바이브레이터	콘크리트에 공기가 차지 않게 빈 공간을 진동으로 채워주는 장비.
반생이	현장에서 쓰는 굵은 철사. 보통 직경 4.8mm인 6반생과 직경 3.2mm인 10반생을 쓴다. 일본어 ばんせん[반쎈]에서 파생.
비계	높은 곳에서 일할 수 있도록 설치하는 임시가설물. 현장에서는 발판이라는 뜻의 일본어 あしば[아씨바]를 더 많이 쓴다.
빠루	생긴 게 노루발처럼 생긴 연장이다. 지렛대 원리로 못을 뽑거나 무언가 뜯어낼 때 쓴다. 일본어 バール[빠아르]에서 파생.
사게부리	수직추라는 뜻으로 수직을 확인할 때 쓰는 연장. 가는 실 끝에 무거운 추가 달려 있다. 일본어 さげふり[사게후리]에서 파생.
사모래	미장할 때 벽에 바르는 시멘트, 모래, 물을 섞은 혼합물
삿보도	천장을 지지할 때 쓰는 원형 쇠파이프. Support에서 파생.
샌드위치 패널	단면이 샌드위치처럼 생겨 샌드위치 패널이라 부른다.
스킬	나무 자르거나 켤 때 쓰는 휴대용 원형톱. 독일 전동연장 브랜드 SKIL에서 비롯.
슬라브	1층 기준 천장, 2층 기준 바닥을 슬라브라 한다. 평판, 판을 뜻하는 영어 slab에서 파생.
시노	30cm 정도 쇠막대기로 끝이 가늘고 약간 구부러져 있다. 반생이(철사)를 조일 때 쓰는 연장
신호수	타워크레인 기사와 무전기로 소통하면서 자재 떠주고 내려주는 사람.
실링바	타워크레인에 매달려 있는 줄. 정식명칭은 슬링벨트
쓰메끼리	우리말로 해석하면 '임금지급 유보기간'이라는 뜻으로, 현장에서는 통상 보름에서 한 달 정도 월급을 깔고 준다.

아다리	명중, 적중이라는 뜻으로 일본어 あたり [아따리]에서 파생.
아시바	높은 곳에서 일할 수 있도록 설치하는 임시가설물. 발판이라는 뜻의 일본어 あしば [아씨바]에서 파생. 우리말로는 비계다.
앵발이	제초기처럼 생겨, 모터를 돌려 바람을 부는 기계. 소리가 앵~ 앵~ 하고 나서 붙은 이름. 영어로는 Air blower.
야리끼리	그날 정해진 할당량 채웠을 경우 일찍 퇴근하는 것. 일본어 やり切り [야리키리]에서 파생.
오야먹	먹선 중에서도 가장 기준이 되는 먹선.
오야지	도급팀 팀장을 흔히 오야라 한다. 직장의 책임자, 가게 주인이라는 뜻의 일본어 おやじ [오야지]에서 파생. 우리말로는 십장什長이 있다.
와꾸	테두리, 틀. 영어로는 프레임을 뜻하는 일본어 わく [와꾸]에서 파생.
외지핀/ 웨지핀	꼬깔콘 모양의 손가락만 한 쇳조각. 유로폼과 유로폼 사이에 끼우는 부속 자재. 현장에서는 폼핀(뽐삔)이라 부른다.
유로폼	테두리에 강철을 둘러놓은 나무 합판. 일정한 규격의 코팅 합판에 강재鋼滓라고 부르는 철을 격자무늬로 붙여 만든 거푸집 패널. 보통 가로 600mm 세로 1200mm짜리 유로폼을 많이 쓴다(현장에서는 6012 또는 600폼이라고 부른다).
전동드릴	드릴 작업하는 전동 공구를 통칭 전동드릴이라 한다. 그중에서 임팩트 기능이 더해져 힘이 쎈 드릴을 현장에선 임팩드릴이라 한다. 시멘트와 모래와 물을 섞는 전동믹서드릴도 있다.
직선 탄다	인력소 통해 알게 된 인력소 인부와 현장 소장이 인력소를 거치지 않고 직접 소통해서 일을 하는 것.
직영(잡부)	하청 건설사 소속 잡부.
클램프	현장에서는 '클립'이라 부름. 비계 연결 부속.
타설	거푸집에 콘크리트를 붓는 작업.

타카	순간적인 공기 압력으로 얇은 핀을 쏘는 기계. 영어 Tacker(압정 박는 사람이나 기구)에서 파생.
테라코타 패널	점토(terra)를 구워(cotta) 만든 패널.
테이블톱	테이블에 톱이 달려있는 연장. 합판을 켤 때 쓴다.
투바이	두께 2×4인치 각재여서 '투바이포' 각재인데, 현장에서는 흔히 투바이라 한다.
함바(집)	노가다꾼들이 밥 먹는 현장 식당을 말한다. 일본어 はんば[한바]에서 파생.
협착 사고	기계의 움직이는 부분 사이 또는 움직이는 부분과 고정 부분 사이에 신체 또는 신체의 일부가 끼이거나 물리는 것.
형틀목수	형틀은 '모형 형型'에, 순우리말 '틀'을 합성한 단어다. 사전에선 "형틀=거푸집"이라 설명한다. 그러니까 형틀목수는 거푸집을 만드는 목수. 흔히 외장목수라고도 부른다.
TBM	Tool Box Meeting. 공정별 반장을 중심으로 둥글게 모여 그날 할 일과 위험 요소 등을 점검하는 조회.